로맨스 느와민

차례

서문

각자의 삶을 살아가던 인물들이 우연한 계기로 만나 감정을 교류하고, 서로의 운명이 되어 가는 이야기!

여러분은 로맨스를 좋아하시나요? 좋아하신다면, 어떤 점에서 매력을 느끼시나요?

저는 어릴 때부터 로맨스가 주는 짜릿함이 좋았습니다.

지금은 티격태격하는 저들이 언제 자신의 마음을 자각할지 궁금해하며 키득댔고, 자각의 순간엔 덩달아 설렘을 느꼈습니다.

상대방의 마음을 눈치채지 못하는 장면들을 보며 고통에 몸부림쳤고요.

두 사람의 영원한 행복을 암시하는 엔딩을 보며, 뒷이야기 내놓으라 바짓가랑이를 붙잡고 늘어지기도 하고, 뜻밖의 새드 엔딩을 마주하면 날벼락을 맞은 사람처럼 며칠을 앓아눕기도 했어요.

현실의 사랑은 부디 평탄하길 바랐지만, 지금은 바야흐로 도파민의 시대. 과장되고, 극단적인, 그러나 잘 가공된 맛.

그런 것들이 참 좋았습니다. 저를 몸부림치게 만드는 미디어 속 로맨스의 맛이요.

'2023 안전가옥 스토리 공모: 로맨스 도파민'은 '새로운 캐릭터로 사랑의 의미를 표현해 도파민을 폭발시킬 로맨스 이야기'를 찾았습니다. 친구들과 모여 앉아 몸부림칠 수 있는 설레는 이야기를 다시 한번 보고 싶었어요. 그래서, 새롭길 바랐습니다.

너무나 사랑했지만, 실장님, 재벌 남주, 캔디가 아니라 신선한 캐릭터들이 선보이는 사랑 이야기를 보고 싶었어요.

보고 난 후에 남는 것 없이 공허한 이야기는 원치 않았기에, 작가님 나름대로 정의한 '사랑의 의미'가 담긴 이야기이길 바랐고요.

길이에 구애 없이 다채로운 이야기를 받기 위해 중단편 소설과 장편 트리트먼트 두 분야에서 지원받았습니다. 이번 공모전에 응모된 중단편 소설은 200편이었습니다. 소중한 원고를 사랑을 담아 보내 주신 덕분에, 200개의 다채로운 사랑의 정의를 맛볼 수 있었습니다.

접수된 응모작들 하나하나 빼곡히 반짝이는 이야기들이라, 심사 내내 덩달아 설레는 마음이 들었습니다. 응모작이 선보이는 로맨스가 설레서, 새로운 이야기를 만나 들떠서요. 본 적도 들은 적도 없는 낯선 세계의 이야기도 있었고, 현실에 발붙인 채 반짝이는 이야기도 있었습니다. 모두가 반짝 반짝 빛나 어느 것 하나 포기하기가 아쉬웠지만, 각 작품에서 제시하는 사랑의 의미, 작품의 주인공 캐릭터와 그들의 이야기에 집중하며 심사했습니다. 그렇게 심사 위원들의 논의 끝에 중단편 소설 분야에서 총 5편의 작품을 선정하였고, 작품을 집필하신 작가님들을 만나 뵙고 이야기를 나누어, 《로맨스 도파민》 앤솔로지로 엮어 세상에 선보이게 되었습니다.

이 책을 선택해 주신 독자님들께서도, 작품을 심사하는 동안 저희 심사 위원들이 느꼈던 황홀한 감정을 맛보신다면 더없이 기쁘겠습니다.

최영원 작가님의 〈맛있는 녀석들〉은 '한국인은 밥!' 마인드를 훌륭히 장착한 작품인데요. 기자의 사명을 지킬 줄 알지만 이로 인해 거식증이 생긴 커리어 우먼 여자 주인공과 예민하고 아름답지만 편식을 하는 다정한 남자 주인공의 조합입니다. 호러틱하고 사랑스러운 '맛깔나는 로맨스'로, 이들의 뒷이야기가 궁금해 바짓가랑이를 붙잡고 싶어지는 이야기랍니다.

조수연 작가님의 〈러브러브 좀비템플〉은 템플 스테이와 좀비 떼와 로맨스라는, 뜻밖의 키워드들이 어우러져 발생하는 짜릿한 화학적 반응을 보여 주는 작품입니다. 급박한 위기 속에 은근하게 샘솟는 사랑 이야기는 언제나 우릴 즐겁게 만들죠. 〈러브러브 좀비 템플〉은 이를 아주 충실히 실현하는 작품입니다. 저도 이번 주 템플 스테이를 하러 갈까 봐요.

오조 작가님의 〈행운을 빌어 줘〉는, 〈하트시그널〉 같은 연애 프로그램 촬영 중에, 출연진은 스태프와 〈환승연애〉 중이라면?'이라는 아이디어에서 출발한 작품이라고 해요. 퀴어+전 연인이라는 조합을 재치 있는 코미디로 풀어내며, 웃음과 공감을 안겨 주었던 작품입니다. '으이구' 소리가 절로 나오는 맛이 있는 로맨스입니다.

김이숨 작가님의 〈팝콘을 들으세요〉는 목소리를 통해 운명을 찾아 주는 데이팅 기기 '팝콘'이 대유행한, 머지않은 미래를 배경으로 둔 이야기인데요. 귀에 팝콘을 꽂은 채 길을 걷는 작중 인물들의 모습은 지금과 크게 다르지 않다고 생각되기도 해요. 무언가를 소중히 여겼던 마음이 우리에게 어떤 온기로 남게 되는지를 보여 주는 따뜻한 로맨스 성장 소설이랍니다.

우재윤 작가님의 〈나의 지구〉는 쓸쓸한 삶을 살던 청년 앞에, 지구의 상식이라곤 전혀 알지 못하는 푸른빛의 외계인이 나타나며 벌어지는 로맨스 코미디 작품이에요. 서로에게 스며들며 '함께하는 것의 행복'을 깨닫는 과정을 유쾌하게 그려 낸 작품으로, 이 작품을 읽는 동안 무조건 한 번은 웃음을 터트리실 것이라고 장담합니다.

사랑에 빠진 사람들에게는 '도파민'이라는 호르몬이 치솟는다고 하죠. 독자님들 역시, 신선함으로 무장한 다섯 편의 이야기를 통해 짜릿한 도파민 100퍼센트의 감각을 느껴 보시길 바랍니다. 그 끝은 공허하진 않을 거예요. 이 책을 읽으신 후엔, 떠올리면 미소가 지어지는 사랑스러운 이야기들을 마음속에 품은 채 살아가게 되실 테니까요.

안전가옥 스토리 PD
이수인 드림

맛있는 녀석들

최영원

괴담도 농담도 좋아하는 작가 겸 직장인.
세상 모든 이야기를 좋아하지만 암울한 현실
에서도 유머와 선의를 잃지 않는 사람들의
이야기를 가장 사랑합니다. 카카오페이지에
서 웹소설《사내 복지는 악령 퇴치부터 시작
합니다》를 연재 중입니다.

얼마 전에 결혼한 은선 언니의 말이 아니었으면, 이 자리에 절대 나오지 않았을 것이다. 나는 멍한 얼굴로 카페의 커다란 창밖을 바라보았다. 앙상한 가로수들이 삐죽삐죽 서 있는 겨울 하늘은 회색으로 잔뜩 웅크려 있었다. 그렇게 추운 걸 싫어하더니, 은선 언니는 가을의 끝자락에 올린 결혼식이 끝나자마자 끝없는 여름이 계속되는 나라로 이민을 떠나 버렸다. 그 후로도 한참이나 연락이 없었는데 나도 그때는 이런저런 일로 정신이 없어서 이민 간 은선 언니가 어떻게 사는지 알아볼 생각도 하지 못했다.

그런 은선 언니가 먼저 연락을 해 온 것이 바로 며칠 전이었다. 영상통화였다. 화면 속 은선 언니의 얼굴은 그 사이 햇볕에 그을려서 한국에 있을 때보다 훨씬 더 건강해 보였으므로 나는 그간의 무심함에 대한 면죄부를 얻은 것 같아 마음이 편해졌다. 떨어진 사이 있었던 일들에 대한 구구절절한 안부 묻기가 끝나자마자 은선 언니는 대뜸 남편의 후배와 소개팅을 하라고 말했다.

맛있는 녀석들

소개팅해 볼래? 누구 만나 보지 않을래?가 아니라 애, 너 소개팅해라, 라는 단정적인 어투로 말하는 것이 은선 언니다웠다. 아래로 나이 차이가 나는 동생이 둘이나 있는 장녀에, 동아리에서는 부장, 반에서는 반장을 도맡아 하던 은선 언니는 원래 모든 말투가 살짝 명령조였다. 그런 걸 싫어하는 사람들도 있었지만 줏대라고는 없고 결정하는 걸 제일 싫어하는 나 같은 사람에게 모든 일의 방향을 제시해 주는 은선 언니의 독선은 그야말로 구원이나 다름없었다. 고등학교 신문부에서 은선 언니를 만나고 대학생이 될 때까지 나는 질리지도 않고 언니를 졸졸 쫓아다녔고 졸업 후 기자가 된 것도 언니를 따라 학보사에서 일했던 경험 덕분이었다. 그래서 은선 언니가 산적처럼 생긴 남자를 옆에 끼고 와서는 갑자기 결혼을 하겠다, 그리고 이민을 가서 나의 인생에서 완전히 사라질 거라고 통보했을 때는 꽤나 충격을 받았던 것도 같다.

공교롭게도 그날 은선 언니와 형부를 만난 곳도 이 카페였다. 갑작스러운 폭탄선언에 혼란스러워하는 내게 은선 언니는 일이 그렇게 되었다고 말하며 평온한 얼굴로 따뜻한 차를 홀짝였다. 옆에 앉은 은선 언니의 예비 남편은 경악한 표정으로 아무 말도 하지 못하는 나와 여상한 표정의 은선 언니를 번갈아 바라보며 어쩔 줄 몰라 하느라 바빴다(덩치에 비해 좀 심약한 사람이다). 당사자를 앞에 두고 실례를 범하고 있다는 자각은 있었지만, 그 외에 할 수 있는 다른 반응이 없었다. 그도 그럴 것이 나는 그때까지 은선 언니가 결혼 생각은 커녕 누군가를 만나고 있는 줄도 몰랐던 것이다. 묘한 배신감에 계속 입을 다물고 있는 내게 은선 언니는 아무것도 잘못된 것이 없다는 듯 말했다.

"네가 요새 바빴잖아."

맞는 말이었다. 요 몇 달간 나는 갑작스러운 부서 이동에 적응하느라 바빠서 정신없는 나날을 보내고 있었다. 그 와중에 오래 사귄 애인과도 헤어지고 헤어진 애인이 스토커로 돌변해서 도망치듯 이사까지 나가야 했던 바람에 주변 사람들의 대소사에 신경 쓸 시간이 없었던 것도 사실이었다. 하지만 그렇다고 해서 문자메시지 하나 읽을 짬이 없었다는 것은 아니다. 누굴 만난다는 말 정도는 해 줄 수 있었잖아. 우리는 지난 모든 연애에 대해 시시콜콜한 것까지 공유하던 사이가 아닌가. 나는 여전히 어이없는 얼굴로 외쳤다.

"그래도 말했어야지…!"
"뭐, 말할 수도 있었지만, 못 한 걸 어떻게 해."

은선 언니는 아무것도 아니라는 듯이 어깨를 으쓱이며 말을 이었다. 이 언니가 원래 이렇게 대책이 없었던가? 나는 은선 언니를 새삼스럽게 바라보았다.

"새롭게 시작할 좋은 시기라고 생각했어."

스스로의 말에 동의하듯 고개를 끄덕이는 은선 언니의 말간 눈동자에 나는 그만 할 말을 잃었다. 그 말이 무슨 뜻인지 너무나도 잘 알고 있었기 때문이었다.

얼마 전에 은선 언니의 남동생이 죽었다. 아니, 죽은 것 같다.

은선 언니의 말로는 시체는 찾지 못했지만 강원도의

어느 저수지에서 손목 하나가 떠올랐기 때문에 죽은 것으로 처리되었다고 했다. 퉁퉁 불어서 허옇게 질린 손목에 남아 있던 금팔찌로 겨우 신원이 확인되었다. 희게 부풀어 오른 투실투실한 손이 떠오르는 자세한 설명에 나는 인상을 찌푸렸다. 은선 언니의 남동생이 고등학생 때부터 불법 토토에 사다리 게임, 바카라까지 할 수 있는 모든 도박에 손을 댔다는 것은 이미 알고 있었지만 도박 중독자의 말로가 잘린 손목이라니, 너무 교과서적이어서 우습지도 않았다.

은선 언니의 부모님들은 장례식장에서도 보기 힘들 정도로 오열하고 있었다. 어찌나 아끼는 아들이었는지 처음 보는 딸의 친구 앞에서도 아들 이야기를 줄줄이 쏟아 냈는데, 레퍼토리는 뻔했다. 대단하고 건실한 청년이었던 아들이, 친구를 잘못 만나 이렇게 되었다는 류였다. 아까워서 어쩌나, 피지도 못하고 떠난 내 새끼 아까워서 어쩌나, 하고 중얼거리는 소리를 배경처럼 두고 나는 시든 꽃처럼 기력이 없어 보이는 은선 언니와 마주 앉아 있었다. 둘째 여동생은 장례식에도 오지 않았다고 했다. 왜인지는 뻔했다. 그들에게는 아까운 그 아들이, 아까워서 자기 것이고 딸들 것이고 가리지 않고 퍼 준 그 아들이 은선 언니가 손꼽는 대기업에 취직하고도 대출 이자에 허덕이며 괴로워한 원인이라는 걸 아는 나는 여기 시들어 가는 댁들 딸은 안 보이냐고 악을 지르고 싶은 것을 겨우 참고 벌건 육개장 국물에 비치는 은선 언니의 얼굴을 빤히 내려다보았다. 일을 도와주는 아주머니인지, 아니면 친척 어른인지 모를 아주머니가 내 앞에 놓은 국그릇에는 놀랄 정도로 건더기가 없었다. 언니의 앞에 쭈뼛쭈뼛 부조금을 내밀자, 육개장 속에 벌건 얼굴로 앉아 있던 은선 언니가 엷게 웃었다. 결국 육개장은 한 숟가락도 먹지 못하고 일어섰다.

꼭 그날의 육개장처럼 벌건 홍차에 은선 언니의 모습이 비쳤다. 나는 찻잔을 만지작거리며 무슨 말을 꺼내야 할지 고민했다. 이번에도 먼저 말을 꺼낸 건 은선 언니였다.

"매년 그놈 제사상 차려 주기 싫어서 도망가는 거야."

둘째 동생은 벌써 미국으로 이민 갈 준비를 하고 있다고 했다. 은선 언니가 내 인생에서 멀어지는 것은 싫었지만, 그런 이유라면 마냥 떼를 쓸 수도 없었다. 나는 그냥 축하한다는 말로 은선 언니의 선택을 지지해 주기로 했다. 조금이라도 작고 무해해 보이려는 사람처럼 내내 커다란 덩치를 웅크리고 앉아 있던 예비 형부가 그제야 미소를 지었다.

그렇게 한국을 떠난 은선 언니가 갑자기 영상통화를 걸어 왔을 때도 놀랐지만, 그 통화의 목적이 소개팅 주선일 줄은 정말로 몰랐다. 밑도 끝도 없이 나와 그 사람이 잘 맞을 거라고만 주장하는 은선 언니를 보던 나는 영상 속에서 민소매를 입고 까맣게 탄 얼굴로 웃고 있는 언니의 얼굴이 좋아 보여서, 거절할 새도 없이 고개를 끄덕이고 말았다.

그게 실수였던 것 같다. 거절했어야 했는데…. 아무리 생각해도 지금은 누군가를 만날 때가 아니었다. 〈정상일보〉 사회부에서 일하다가 몇 달 전 주간지로 발령받은 나는 이전에 담당하던 기사와는 전혀 다른 톤인 미식 칼럼 자리에서 고군분투하고 있었다. 몇 번이고 선배들에게 혼이 나며 간신히 마감에 맞춰 불만족스러운 글을 완성하는 날들이 이어지는 동안 기자 생활을 하며 드높게 쌓아 둔 자존감마저 천천히 깎여 나갔다. 글솜씨에는 자신이 있었지만, 나는 원래 사회부 기자였다. 철저하게 문제를 꼬집고 건조하게 사실을 늘어놓도록 훈련된 글쓰기는 미식 칼럼이라는 새로운 장르 앞에서 완전히 무너지고 말았다.

이런 말도 안 되는 인사 발령이 일어난 이유도 다 음식, 그 빌어먹을 음식 때문이었다.

〈정상일보〉 사회부에서만 3년을 보냈다. 첫해에는 오래간만에 똘똘한 신입이 들어왔다는 소리를 들었고, 두 번째 해에는 여자치곤 잘한다는 소리를 들었다. 그리고 세 번째 해에는 지독한 년이라는 소리가 들려왔다. 기자보다 여기자라는 말을 더 많이 듣게 되는 이 세계에서는 그야말로 극찬이었다. 그만큼 이 일을 좋아했고 일도 나를 좋아한다고 생각했다. 진부하지만, 내 글로 세상을 더 나은 곳으로 바꿀 수 있다고 생각했던 것도 같다. 물론 그것이 사회 초년생의 갓같은 치기이자 오만이었다는 것을 깨닫는 데에는 얼마 걸리지 않았지만.

시작은 평범했다. 술자리에서 취재원 중 하나가 모 식품 회사의 원료품 원산지 갈이에 대한 정보를 흘려 주었다. 술자리에서 정보를 얻는 것은 선배들이 물려준 나쁜 관행이었지만 알코올이 들어간 취재원의 입만큼 열기 쉬운 것이 없었다. 나는 값싼 중국산 식재료를 포대만 갈아서 국산으로 둔갑시켜 가공한다는 공장에 대한 정보를 얻었고, 몇 군데의 소식통을 거쳐 이 정도 이야깃거리면 1면 감은 아니어도 괜찮은 뉴스로 만들 수 있겠다는 확신을 얻었다. 데스크 또한 이번 이야기는 내가 전적으로 맡아 만들어 보라고 했으니 3년 차 기자가 혼자 만들어도 좋을 정도의 기삿거리라고 생각했던 것이다.

몇 주간의 취재를 거쳐 나는 중국산 식재료의 포대 갈이에 대한 기획 기사를 내보냈다. 이야기를 파 보니 식품 회사 단 한 곳만 연결되어 있는 것이 아니라 식재료를 수입하는 무역업체에서부터 가공 회사까지, 여러 회사가 단합된 꽤나 커다란 망이 끌려 나왔고 경찰에서는 관련자들을 조사하며 나에게 조언을 구하기까지 했다. 책상에 앉기만 하면 끊임없이 울리는 전화를 받으며, 나는 꽤나 어깨에 힘이 들어가 있었다. 그 식품 회사의 모기업이 우리 신문의 가장 큰 광고주 중 하나였다는 것을 알기 전까지는 그랬다.

기사에 대한 보복성 조치로 광고들이 끊기기 시작했고 그 광고들은 그대로 경쟁사에 들어갔다. 선배들도 처음에는 어떻게든 나를 감싸 주려고 했지만, 그 기업의 라인을 타고 낙하산으로 내려온 것으로 유명한 모 부장이 대놓고 길길이 날뛰며 나를 공격하자 선배들에게까지 불똥이 튀었다. 결국 나는 부서에서 고립되었고 매일 밤 사라진 언론 정의를 한탄하며 혼자 술잔을 기울일 수밖에 없었다. 불의 앞에서 펜 끝으로 맞서 싸우던 언론 투사들은 다 어디로 사라졌단 말인가! 술에 취해 어눌한 발음으로 소리치는 나와 마지막까지 술 상대가 되어 주던 한 선배는 잠시 망설이다가 묘수를 하나 내주었다. 부장의 두둑한 배가 사실 그냥 두둑하기만 한 배가 아니라는 것이었다.

"그 자식이 꼴에 엄청난 미식가야."

마치 중요한 비밀을 말해 주는 것처럼 선배는 예전에 자신이 일으켰던 '사소한 사고'를 어떻게 무마할 수 있었는지 말해 주었다. 압구정 근처의 고급 초밥집에서 한 끼에 몇십만 원 하는 코스로 부장을 접대하며 비위를 맞춰 줬다는 것이다. 마치 특급 비법인 양 아귀 간과 방어 살로 부장의 목구멍에 기름칠을 해 주라고 말하는 선배 앞에서 나는 어이없는 표정을 짓고 말았다.

하지만 다음 날 나는 부장과 함께 그 초밥집에 있었다. 가게는 지하에 있었고 어둠으로 이어지는 계단을 내려가며 나는 거대한 생물에게 삼켜지는 듯한 묘한 기분을 느꼈다.

예약해 둔 자리에 앉자마자 신선하고 비싼 재료로 만든 화려한 음식들이 줄지어 등장했다. 그러나 지금은 그중 어느 맛도 기억나지 않는다. 유일하게 기억에 남은 것은 꽃처럼 모양을 낸 회가 올라간 초밥을 삼키는 순간 내 허벅지 위에 올라온 부장의 두꺼비 같은 손이다. 선배에게는 날생선을 원했던 부장은 나에게는 더한 것을 원하고 있었다. 당황한 나를 응시하는 부장의 기름진 시선과 목구멍을 긁고 내려가는 날생선과 밥알의 감각이 동시에 느껴진 순간 욕지기가 치밀어 올라 더 이상 앉아 있을 수 없었다. 나는 부장의 손을 뿌리치고 짐승의 배 속 같은 그곳을 뛰쳐나왔고, 그 뒤로 얼마 지나지 않아 인사이동이 발표되었다.

보복성 인사가 분명한 인사이동 공지를 보며 나는 허탈해졌다. 잠시 동안이었지만 그날, 허벅지 위로 올라오던 부장의 두꺼비 같은 손을 참았어야 했을까? 같은 생각까지 들었다. 그러나 그렇게 둔 다음은? 그를 따라 더 어둡고 깊은 곳으로 내려갔어야 했나? 아무리 생각해도 그렇게까지 떨어질 수는 없었다.

어쨌든 그 순간을 참지 못한 덕분에 나는 판매 부수가 떨어지다 못해 아무도 안 보는 수준이 된 주간지 부서로 적을 옮겼다. 솔직히 말해 주간지 부서는 출세 트랙에서 벗어나 그저 말년을 편하게 보내고 싶어 하는 나이 든 사람들이나 큰일을 저지르고 좌천된 사람들이 가는 곳이었다. 내가 둘 중 어디에 속하는지는 말 안 해도 알 거다.

매일같이 사회면의 굵직한 범죄와 사건들을 다루다가 아무도 읽지 않는 미식 칼럼을 쓰게 된 나는 여러모로 위태로운 상태였다. 선배들은 하나같이 나를 위로하며 부장의 화가 가라앉거나 낙하산 줄을 잡고 그가 다른 곳으로 갈 때까지 조금만 고개를 숙이고 버티라며 날 위로했지만 대체 그게 언제가 될지 모른다는 것이 문제였다. 기약 없는 기다림은 점점 날 깎아 먹었고 만나던 남자 친구와도 싸우다 헤어졌다. 그는 내가 이 상황에 절망하는 것을 이해하지 못했고 오히려 내가 일이 편한 부서로 옮긴 것을 좋아하는 눈치였다. 결혼을 하면 어차피 좀 더 편하게 다닐 수 있는 직장을 찾아야 하지 않냐는 남자 친구의 말에 나는 바로 이별을 고했다. 그러나 이별은 생각보다 쉽지 않았다. 평소 순하디순한 모습만 보여 줬던 남자 친구는 갑자기 스토커로 돌변했다. 이별을 받아들이지 못한 그가 몇 번이고 집으로 찾아와 위협적으로 구는 통에 나는 결국 아무도 모르는 곳으로 이사를 하고 나서야 그의 손아귀에서 벗어날 수 있었다.

그때쯤 뭔가를 삼키지 못하게 되었다. 미식 기자가 된

후로는 업무 목적의 식사를 할 일이 더 많아졌는데, 목구멍으로 음식이 미끄러지는 감촉이 느껴질 때마다 내 허벅지 위에 손을 얹고 나를 빤히 보던 부장의 시선이 기억 속에서 되살아났다. 그럼 나는 역겨움을 견디지 못하고 입안에 든 것을 뱉어 내야 했다. 음식 자체에 대한 역함보다는 내가 속한 이 세계에 대한 역겨움이었다. 이런 역한 곳에서 뭘 먹고 마시고 살아가는 사람들이 너무나도 신기해 보였다.

몇 번 병원을 가 보았지만 거식증이라는 병명 외에는 어떤 도움도 받지 못했다. 덕분에 공인된 병자가 된 나는 새로운 사실을 깨달았다. 밥 한번 먹자가 인사 대신으로 쓰이는 한국에서 제대로 된 식사를 하지 못한다는 것은 곧 인간관계의 말살을 의미한다는 것이었다. 안 그래도 취직한 후 점점 더 좁아지던 인간관계는 거식증이 발발하고 난 뒤에는 완전히 정리되었고 업무 관계에서도 애로 사항이 발생했다. 귀양지라고 하나 주간지 팀에 들어왔으니 팀원들과 친해져야 했는데 식사 시간 내내 힘없이 깨작거리다가 입맛이 떨어질 만큼 리얼한 웩웩거리는 소리를 내며 튀어 나가는 신입을 예뻐하기란 내가 생각해도 힘든 일이었다. 결국에 평소 거의 존재감이 없는 팀장님이 나서서 식사는 따로 하라는 말을 꺼냈고 그 뒤로 나는 늘 외딴섬처럼 팀과 떨어져 있게 되었다.

딸랑, 하고 카페 문이 열리며 울린 종소리가 생각에 빠져 있던 나를 다시 소개팅 자리로 불러냈다. 커피는 이미 미지근하게 식어 있었다. 소개팅 상대는 어쩌면 커피값을 내기 싫어서 늦는 게 아닐까? 처음 만나는 장소로 카페를 고른 것만 봐도 뻔했다. 요즘의 소개팅은 처음 보는 사람과 같이 밥을 먹는 게 어색하다며 카페에서 간단히 차만 마시고 헤어지는 것이 보통이라지만, 아무리 좋은 말을 붙여 봐도 내 눈에는 돈을 아끼려는 수작으로밖에 보이지 않았다. 물론 나야 뭔가를 먹는 척할 필요가 없어서 좋다. 그러나 한 발짝 물러나서 생각해 보자면, 관계의 진전을 바라며 상대의 시간을 청한 자리에서 밥 한번 사는 것도 아까워하는 사람과 무슨 관계가 될 수 있을지 모르겠다.

이쯤에서 나는 이미 소개팅에 대한 기대감을 버렸다. 멍하니 창밖을 내다보며 어떻게 오늘의 자리를 마무리해야 은선 언니가 화를 내지 않을까만 생각했다.

"저기, 해수 씨?"

등 뒤에서 들린 목소리에 고개를 들었다. 테이블 옆에서 키가 껑충한 남자가 구부정하게 허리를 숙이고 내 얼굴을 빤히 들여다보고 있었다. 시야에 한가득 들어오는 창백할 정도로 하얀 얼굴에 나는 움찔 놀랐다.

"권해수 씨 맞으시죠?"

"네? 아, 네…."

거리감이 너무 가까웠다. 나는 얼빠진 목소리로 대답해 버렸다.

"늦어서 죄송합니다. 갑자기 일이 생겨서…."

쭈뼛거리며 고개를 숙이고 맞은편에 앉은 남자의 하얀 얼굴에서 유독 붉은 입술을 보자마자 기억이 되살아났다. 은선 언니의 결혼식이라고 해서 내 거식증이 괜찮았던 것은 아니었다. 버려도 죄악같이 느껴지지 않을 정도의 음식만 떠 놓고 앉아서 먹는 척하고 있는데 그리 멀지 않은 자리에 나와 똑같은 자세로 앉아 있는 남자가 있었다. 다른 사람들의 눈치를 보며 앞에 놓인 음식을 뒤적이고 있는 그를 보자마자 감이 왔다. 저 사람도 음식을 못 먹는구나.

불쌍하게도 그 사람은 나와는 달리 주변의 눈치를 보느라 어깨가 축 처져 있었다. 어떤 모임인지는 모르겠지만 주변에 앉아 있는 젊은 남자들이 그의 부실한 접시를 두고 한마디씩 하고 있었다. 어떻게 봐도 친구 사이로는 보이지 않았다. 친구라면 저런 식으로 사람을 몰아붙이지는 않을 거였다. 사내새끼가 먹는 것이 그게 뭐냐는 둥, 그것만 먹고 비실비실해서 어떻게 힘을 쓰냐는 둥, 걱정을 빙자한 거친 말들이 오가는 모습을 보니 이상하게 더 식욕이 떨어져서 나는 들고 있던 포크를 툭 내려놓았다. 같은 테이블의 누군가가 더 먹지 그러냐고 말을 걸었지만 나는 이미 양을 채웠다는 말을 하고선 자리에서 일어났다. 그런 나를 부러운 얼굴로 바라보던 남자의 모습이 아직도 눈에 선했다.

결국 못 먹는 사람 둘을 붙여 놓은 건가.

은선 언니는 대부분 점잖게 굴었지만 가끔은 견딜 수 없을 정도로 짓궂을 때가 있었다. 그래도 장난 칠 게 따로 있지. 어떻게 이런 걸로 장난을 친담. 그런 생각을 하니 갑자기 이 자리가 두 배로 불편해졌다.

"바쁘셨나 봐요."

나는 뾰족하게 나오는 목소리를 가다듬으려고 노력도 하지 않았다. 누가 봐도 화가 나 보이는 내 모습에도 남자는 아무렇지 않은 표정으로 앞자리에 앉아 고개를 끄덕였다.

"오는 길에 사고가 나서요."

사고? 뾰족하게 갈았던 연필심이 툭 부러지듯 갈아 뒀던 분노가 순식간에 사라졌다. 나는 눈을 동그랗게 뜨고 일견 멀쩡해 보이는 남자의 몸을 빠르게 훑어보았다.

"사고요? 괜찮으세요? 어디 다친 곳은…."
"다행히도 가벼운 접촉 사고였습니다. 죄송합니다. 하필 이런 날에 늦었네요. 사고 때문에 안경도 부러져서 해수 씨 얼굴을 못 알아볼 뻔했어요."

처음의 그 불편한 거리도 안경이 사라져서였던 모양이었다. 잘 알아보지도 않고 남자에게 편견을 가졌던 것이 미안해져서 나는 이미 식어 버린 커피를 마시는 척하며 시선을 피했다.

"커피도 이미 시키셨네요. 제가 사고 싶었는데…."

이 사람은 나의 모든 편견을 깨부술 모양이었다. 애초에 커피를 살 마음도 없는 게 분명하다고 남자를 신랄하게 비판했던 나는 헛기침을 하며 고개를 저었다. 남자는 몇 번이고 아쉽다는 티를 내더니 자기 몫의 커피를 주문하러 떠났다. 한번 편견이 깨져서 그런지 걸어가는 뒷모습에서 깔끔한 옷태가 제법 괜찮다는 생각이 들었다. 커피를 들고 돌아오는 앞모습도 나쁘지 않았다. 잘 정리한 부드러운 갈색 머리카락과 깊게 팬 눈두덩에서 왠지 우수가 느껴진다고 생각하려는 찰나, 테이블에 커피를 내려 두는 남자의 소매에서 갈색 자국이 보였다. 말라붙은 핏자국을 연상케 하는 색이었다. 사고가 났다고 했지,

다친 게 아닐까? 하는 생각이 들었다.

"이거, 피 아닌가요?"

나를 따라 소매로 시선을 옮긴 남자가 살짝 미간을 좁혔다.

"어디 다친 거 아니에요? 급하게 오시지 않아도 괜찮았는데…."

"아, 제 피는 아닙니다."

다른 설명은 없었다. 다음 말을 기다리던 나는 남자가 더 이상 설명할 생각이 없다는 것을 깨닫고는 어색하게 웃었다.

"혹시, 누구 묻고 오신 건 아니죠?"

어색한 분위기를 참지 못하고 농담을 건네는 것은 나의 나쁜 버릇이다. 문제는 여기서 발생했다. 이대로 웃어넘기면 끝일 농담이었는데, 남자는 잠시 고민하는 표정으로 고개를 기울이더니 느릿느릿 대답했다.

"묻진 않았어요."

정말 그런 흉흉한 일과는 관련이 없다는 걸까, 아니면 진짜로 묻지만 않았을 뿐, 끔찍한 일을 저질렀다는 걸까? 농담이라기에는 좀 과한 것 같아 그를 빤히 바라보자 남자가 샐쭉 웃었다. 알 수 없는 웃음이었다. 갑자기 소개팅의 난도가 껑충 상승한 것 같아서 나는 얼떨떨한 얼굴로 그를 바라보았다.

남자의 이름은 신영노였다. 창백할 정도로 하얀 얼굴에 진주알처럼 하얀 이빨이 인상적인 영노는 어머니 쪽 피가 섞인 탓에 전체적으로 색소가 엷은 편이라며 묻지도 않은 설명을 덧붙였다.

　조금 이야기를 나눠 보니 주선자인 은선 언니가 말했던 대로 우린 공통점이 많았다. 일단 취향이 비슷했다. 듣는 음악도 비슷하고 좋아하는 영화도 비슷한 남자는 처음이었다. 물론 가장 똑같은 점은 뭘 못 먹는다는 것이었지만. 나는 나의 거식증의 이유를 남에게 들려줄 수 있을 법한 수준으로 편집해서 영노에게 고백했다. 잠자코 듣고 있던 영노는 직장 스트레스 때문에 거식증이 오다니, 얼마나 힘들었냐고 진심으로 공감한다는 듯이 고개를 끄덕였다.

　"혹시 영노 씨도 저와 비슷한가요?"

　"음, 비슷하다고 해야 할지…."

　신중하게 말을 고르며 고민하던 영노가 곧 고개를 들었다.

　"저는 편식을 해요."

　답변에 어울리지 않는 환한 얼굴로 말하는 영노를 보고 나는 조금 웃고 말았다. 나는 거식증이고 영노는 편식을 한다. 어쩐지 이 자리가 편안해졌다.

　우리의 데이트는 주로 함께 먹을 수 있는 것을 찾아보는 일이 되었다. 마침 미식 칼럼을 쓰고 있던 나는 다채로운 식당들에서 식사할 일이 자주 생겼고 프리랜서로 일하는 영노는 스케줄이 자유로워서 나의 미식 모험에

웬만하면 참여할 수 있었다. 보통 1인용 식사권을 제공받았지만 어차피 우리 두 사람의 양을 합쳐도 극단적으로 적지 않은가. 음식은 1인분이면 충분했다. 내가 자리에 앉아 간단한 감상을 끄적이고 있으면 영노는 사진기자인 척 옆에 앉아 여러 각도로 음식 사진을 찍기로 말을 맞췄다.

인도 커리집과 일본식 돈가스집, 그리고 새로 생긴 한식 퓨전 레스토랑을 돌아다니며 우리 둘은 점점 가까워졌고 서로에 대해 잘 알게 되었다. 이를테면 내 거식증의 진짜 이유나 서로의 식성 같은 것에 대해서. 영노는 부장의 성추행을 거부한 뒤 좌천당해 거식증에 걸린 나를 위로해 주었고 나는 영노의 심각한 편식을 이해해 주었다. 그때부터 먹는 것이 그리 괴롭지 않았다. 음식을 삼킬 때마다 기억 속에서 살아나던 기름진 시선과 허벅지에 느껴지던 불쾌한 체온은 나를 응원하듯 바라보는 영노의 시선에 의해서 천천히 사라져 갔다. 단지 음식을 먹는 것뿐인데 어쩜 저렇게 대견하다는 듯이 봐줄 수 있는지. 오히려 그 시선이 부끄러워서 먹지 못할 지경이었다.

안타깝게도 영노는 나와 달리 그리 나아지지 않았다. 나는 원래도 음식을 가리지 않았기 때문에 어떤 음식이든 적게나마 먹을 수 있었는데, 영노는 식감과 맛을 꼼꼼히 따지다 보니 어떤 것은 너무 아삭해서 먹지 못했고, 어떤 것은 너무 흐물거려서, 또 어떤 것은 너무 비려서 먹지 못했다. 그렇게 먹지 못하는 것들을 빼고 나면 영노는 나보다 더 적은 양을 먹기 일쑤였고 나는 영노가 대체 저 덩치를 어떻게 유지하는 건지 궁금해졌다.

우리는 보통의 커플들보다 더 미식에 집중된 데이트를 했지만 거식증과 편식 때문에 1인분의 음식도 남기기 일쑤였다. 걱정스러운 얼굴로 남은 음식과 우리 얼굴을 번갈아 바라보는 가게 주인들에게 이미 다른 집을 돌고 왔다며 능청스럽게 거짓말을 하는 데에 도가 트기 시작할 때쯤, 눈 돌아갈 정도로 비싼 일식집의 리뷰 의뢰가 들어왔다. 내 돈을 써야 했다면 문턱도 밟지 않았을 비싼 식당의 협찬 제안에 나는 그제야 나의 미식 칼럼이 꽤나 좋은 평가를 받고 있다는 것을 깨달았다. 말도 안 되는 미사여구로 가득하거나, 부엌에는 한 번도 들어가 본 일 없는 나이 든 남자가 엄마의 맛을 부르짖으며 잔소리를 하는 글이 아닌, 건조한 시선으로 한 발짝 물러나 솔직하게 맛에 대해 논하는 어조가 독자들에게서 의외로 호평을 받고 있었던 것이다. 실제로 인터넷 커뮤니티 등지에서 내 칼럼은 '음식을 싫어하는 사람이 쓴 미식기' 같은 제목이 달려 조각난 채로 여기저기 퍼져 나갔다. 화제가 되는 건 좋은 일이었지만 원래 나는 음식을 싫어하는 사람이 아니었다. 영노는 드높아져 가는 칼럼의 인기와는 다르게 의기소침해하는 나를 달래느라 한동안 고생해야 했다.

소름 돋을 정도로 고상한 말씨를 쓰는 일식집 매니저와 전화로 조율한 날짜에 맞춰 영노와 나는 평소보다 조금 비싼 옷을 입고 식당으로 향했다. 일본의 유서 깊은 여관을 모티브로 했다는 내부 인테리어는 깔끔하고 고즈넉한 분위기가 났지만 어딘지 모르게 위화감이 들었다. 너무나도 잘 흉내 낸 복사본에서 느껴지는 묘한 감각이었다. 담당 서버를 기다리며 교토의 정원을 그대로 가져다 둔 거 같은 중정을 감상하던 나는 건너편 복도에서 익숙한 사람의 그림자를 발견하고 그 자리에 굳어 버렸다.

부장이었다. 부장은 번들거리는 이마를 손수건으로 훔치면서 굽신거리는 남자를 앞세우고 복도를 걸어가고 있었다. 거들먹거리는 꼴을 보니 또 접대를 받으러 온 모양이었다. 또 일식이라니, 예나 지금이나 날로 먹는 건 참 좋아하는 새끼였다.

"해수 씨? 왜 그래요?"
"네?"
"갑자기 무서운 표정을 하길래."

아, 나는 미간에 잡힌 주름을 얼른 펴고는 고개를 저었다. 굳이 부장의 등장을 알려서 영노의 기분까지 망치고 싶지는 않았다. 어차피 이곳은 모두 개별 룸이기 때문에 식사하는 동안 부장과 마주칠 일도 없었다. 곧 우리 두 사람을 방으로 안내해 줄 담당 서버가 도착했다. 방으로 가면서도 여전히 걱정스러운 표정으로 나를 바라보는 영노에게 나는 괜찮다는 듯이 억지 미소를 지어 보였다.

식사는 제법 만족스러웠다. 사실 생각만큼 맛있지는 않았지만 원래 음식의 값이라는 게 늘 맛에 비례하는 것은 아니었다. 나는 양이 적어서 남기는 음식도 적었다는 점에 꽤 후한 점수를 주며 자리에서 일어나 방을 나섰다.

"오늘 식사 괜찮았죠?"
"네, 해수 씨가 좋으면 저도 좋아요."

순하게 웃어 보이는 영노의 얼굴에 나도 모르게 얼굴

이 붉어졌다. 이 사람은 가끔 이렇게 낯간지러운 소리를 한다니까.

"영노 씨도 평소보다 많이 먹던데."

"음, 맞아요. 요리사가 누군지는 모르겠지만 꽤나 제 입맛에 맞았을지도."

요리사까지 따지는 영노의 말에 웃음을 터트리려는 찰나, 몇 걸음 앞의 방문이 열리고 꿈에서도 보고 싶지 않은 부장의 얼굴이 튀어나왔다. 못 본 사이에 얼마나 처먹은 건지 부장은 전보다 더 기름진 얼굴을 하고 부푼 배를 두드리고 있었다. 아마도 음식만 집어삼키지는 않았을 것이다.

"어, 권 기자 아냐?"

"…."

"잘 지냈나? 그때 초밥집에서 식사하고 처음 보는 거지?"

나를 보자마자 실쭉 웃은 부장은 그날 일을 일부러 상기시키는 말투로 인사를 건네며 커다란 손을 내밀었다. 거절할 새도 없이 나를 향해 다가오는 두툼한 손을 보자마자 속에서 욕지기가 차올랐다. 그 손, 그 역겨운 손. 나는 새파래진 얼굴로 돌아서서 화장실로 뛰어갔고, 비어 있는 칸을 찾자마자 모든 것을 게워 냈다. 참을 수 없는 욕지기에 몇 번이고 웩웩거리며 속을 게워 내고 난 뒤에야 아까부터 내 등을 두드리고 있던 손길이 느껴졌다. 영노였다. 구역질로 경련하는 나의 등을 쓸어 주는 그의 손은 전혀 역겹지 않은데, 나를 향해 다가오던 부장의 뜨겁고 두툼한 손은 생각만 해도 욕지기가 치밀어 올랐다. 나는 몇 번 더 속을 게워 냈다. 등을 두드리는 영노의 손

은 이상하게 서늘했지만, 그 냉기가 천천히 욕지기를
가라앉혀 주었다.

"해수 씨, 괜찮아요?"

심각한 얼굴로 나를 내려다보는 영노의 모습에 나는
겨우 고개를 끄덕이고 물을 내렸다. 그렇게 몇십만 원
짜리 일식 코스 요리가 변기 속으로 사라져 버렸다. 콰
르르, 소리를 내며 사라지는 토사물을 보고 나는 눈살
을 찌푸리며 손등으로 입을 닦았다.

"미안해요. 이런 거 보게 해서…."
"미안해할 필요 없어요."

분명 더러웠을 텐데도 그의 얼굴에는 나를 향한 순수
한 걱정 이외에는 어떤 감정도 보이지 않았다. 나는 그
만 울고 싶어졌다.

"참으려고 했는데 도저히 참을 수가 없어서…."

뻔뻔하게 나를 보며 웃던 부장의 얼굴을 떠올리니 더
이상 토할 것이 없는데도 욕지기가 또 올라왔다. 기다
렸다는 듯이 나의 등을 쓸어 주던 영노가 낮은 목소리
로 물었다.

"아까 그 남자, 전에 말한 그 사람이에요?"

영노는 눈치가 빠른 사람이었으므로 그가 모를 거라
는 생각은 아예 하지 않는 것이 좋았다. 나는 힘없이 고
개를 끄덕였다. 영노의 눈동자에 묘한 빛이 돌았다고
생각한 순간, 다시 욕지기가 치밀어서 나는 변기통에
머리를 박았다. 지금은 구역질의 파도가 지나갈 때까지
버티는 수밖에 없다. 그때 여자 화장실에 들어온 사람

들이 우뚝 서 있는 영노를 보고 당황해하기에 나는 영노를 억지로 문밖으로 밀어냈다. 토하는 것쯤은 혼자서도 할 수 있었다.

"밖에서 기다려요."

내 말에 영노는 버려진 듯한 표정을 지었지만 어쩔 수 없었다. 이곳은 여자 화장실이니까. 그가 경범죄로 잡혀 가는 것만은 막아야 했다.

폭풍처럼 밀려왔던 구역질의 파도가 가라앉고 드디어 정신을 차린 나는 세면대를 짚은 채 깊은 한숨을 내쉬었다. 이런 곳에서 부장을 만날 줄은 몰랐다. 그날 일이 알려져도 자신은 전혀 거리낄 것이 없다는 투로 내게 악수를 청하는 그의 모습을 본 순간 모멸감에 그 자리에서 돌아 버릴 것만 같았다. 다시 생각해도 속이 좋지 않아서 나는 몇 번이고 수돗물로 입안을 씻어 댔다. 사실 이것만으로 입안에 남은 끔찍한 맛을 씻어 내는 것은 불가능했지만, 일단은 이 정도로 참아야 했다. 영노도 나를 기다리다 지쳤을 것이다.

밖으로 나왔지만 어디에서도 영노의 모습이 보이지 않았다. 날 혼자 두고 갈 사람은 아닌데, 의아한 얼굴로 핸드폰을 확인해 봤지만 부재중 연락도 없었다.

누군가에게 물어보면 좋겠는데, 조용하게 가라앉은 복도에는 종업원조차 보이지 않았다. 이 넓은 건물에 홀로 남아 있다고 생각하니 어쩐지 오싹했다. 나는 영노를 찾아 복도를 걸었다.

이상한 소리를 들은 것은 긴 복도 끝 편의 방을 지나칠

때였다. 손님방에는 정교하고 화려한 문살의 미닫이문이 달려 있었는데, 그 방은 벽과 비슷해서 유심히 보지 않으면 거의 보이지 않을 것 같은 작은 쪽문이 달려 있었다. 창고로 사용하는 방 같았다.

아주 미세하게 열린 쪽문의 안쪽에서 끅, 하고 아주 만족스러운 식사를 마친 사람이 낼 법한 트림 소리가 들려왔다. 아무리 생각해도 그 소리가 영노와 어떤 연관이 있을 것 같지는 않았지만, 이상하게도 문을 열어 봐야겠다는 생각을 멈출 수 없었다. 어쩌면 사건을 쫓는 기자의 감이 아직 살아 있었던 것일지도 모르겠다. 나는 문을 열었고 앞으로의 인생을 순식간에 바꿔 버릴 만한 장면과 마주쳤다.

"해수 씨."

영노였다. 아니면 영노의 탈을 쓴 무엇이거나. 나는 멍청한 얼굴로 어두운 창고 한가운데에 우뚝 서 있는 그를 바라보았다. 영노의 입과 상체 전체가 시커먼 액체로 범벅이 되어 있었고 그의 손에는 묵직한 고깃덩이 같은 것이 들려 있었는데 어둑어둑한 창고 안에서는 오직 영노의 눈과 이상할 정도로 뾰족한 송곳니만이 빛나고 있었다. 영노는 얼른 들고 있던 것을 뒤로 감췄지만 나는 이미 그게 뭔지 보고 난 후였다. 내가 잘못 본 것이 아니라면 그것은… 성인 남자의 팔이었다.

"미안해요. 이런 거 보게 해서."

영노는 손등으로 더러워진 입을 닦으려 했지만 그의 손등도 이미 엉망이었다. 입가에 묻은 피는 점점 더 번져 갔다.

"정말 미안해요. 보통은 참을 수 있는데… 아, 이 새끼는 진짜 맛있네요."

처음 보는 얼굴로 입맛을 다시던 그가 갑자기 고개를 돌리고 입을 막았다. 어찌나 맛있게 식사를 마쳤는지, 트림이 올라오는 모양이었다. 방금 전까지 사람 팔을 뜯어 먹다가 예의 바르게 고개를 돌리고 트림을 참는 남자 앞에서 어떤 반응을 해야 할지 몰라 멍하니 보고 있으려니 결국 고개를 돌린 채 끅, 하고 짧게 트림을 한 그가 입에서 뭔가를 뱉어 냈다.

두툼하고 못생긴 손가락. 내 허벅지를 제 것처럼 주무르던 부장의 손가락이었다.

그걸 깨닫자 순식간에 시야가 어두워졌다. 나는 태어나 처음으로 기절했다.

다시 정신을 차렸을 때는 어두운 방 안이었다. 우리 집인가? 아니, 냄새가 달랐다. 건조한 종이 냄새가 가득한 방 안에는 사람의 체취가 나지 않았다. 멍하니 눈을 깜박거리던 나는 어둠 속에서 파랗게 빛나는 눈동자 두 개를 보고 자리에서 벌떡 일어났다.

영노였다. 멀찍이 떨어져 무릎을 꿇고 나를 바라보던 영노가 얼른 말을 꺼냈다.

"미안해요. 해수 씨가 갑자기 쓰러져서 어쩔 수 없이 저희 집으로 데려왔어요. 병원에는… 못 갔어요."

나는 말줄임표에 축약된 이야기를 바로 알아들을 수 있었다. 정신을 차린 내가 다른 사람들 앞에서 호들갑을 떨면 곤란하다는 거겠지. 하지만 그런 장면을 봤는데 아무 반응을 하지 않는 것도 이상했다. 영노가 부장의 팔을 뜯어 먹고 있지 않았는가. 그리고 그가 먹고 있던 '팔'에서 시작된 생각은 자연스레 그럼 부장의 나머지 부분은 어디에 있는 걸까, 로 이어졌다.

나는 영노를 빤히 바라보았다. 보양식이라도 먹은 사람처럼 평소 영양부족으로 푸석해 보이던 그의 머리카락에는 어느새 매끈한 윤기가 감돌고 있었고 늘 창백했던 뺨에도 생기가 돌았다. 그러나 좀 더 많은 증거가 필요했다. 장밋빛으로 혈기가 도는 그의 얼굴을 보면서도 확신을 얻지 못한 나는 그다음 순서로 자연스레 그의 배를 응시했다. 성인 한 사람을 다 먹었다기엔 배가 평소처럼 납작했다. 그렇다면 아까 본 건 꿈인가?

"아, 내가 먹은 거에 대해서는 걱정할 필요 없어요. 조각 하나 남기지 않고 먹어 치웠으니까. 머리카락 한 올 찾을 수 없을걸요?"

꿈을 꿨을지도 모른다는 희망을 그대로 하수구로 처박는 영노의 말에 절망한 나는 양손으로 얼굴을 가렸다. 그러니까 정말 부장을 잡아먹었다는 건가? 그럼 이제 나는 어떻게 되는 거지? 그리고 영노는? 부장에겐 미안하지만 나는 나와 영노만을 생각했다. 일단 나는 긴장한 얼굴로 주변을 둘러보았다. 이곳은 영노의 집인 듯했다. 모든 것이 깔끔하게 정리되어 있었고 의외로 취향이 깜찍했다. 이케아 카탈로그에서나 볼 법한 방을 멍하니 바라보던 나는 건너편의 식인귀가 아까부터 날 빤히 바라보고 있었다는 것을 깨닫고 화들짝 놀라 뒤로 물러났다.

"나, 나, 나, 나를….."

"어떻게 할 거냐고요."

"혹시, 잡, 잡, 잡, 잡…."

"잡아먹을 거냐고요."

기자 생활 3년 동안 차곡차곡 쌓아 올려 온 나의 언어 능력이 완전히 붕괴되고 있었다. 영노는 친절하게도 천치가 된 나 대신 말을 마무리해 주었다. 그리고 영노는 나를 잡아먹지 않을 거라는 뜻으로 고개를 저었다. 물론 곧이곧대로 믿을 수는 없었다. 나는 최대한 침대 끄트머리로 물러나 거리를 벌렸다. 영노와 가능한 한 멀어지고 싶었다. 그는 서글픈 눈으로 나를 바라보더니, 스스로 뒤로 한 걸음 더 물러나 주었다.

"일단 난 해수 씨를 먹지 않을 거예요. 아니, 먹기 싫은 것에 가까워요."

로맨틱한 이유에서일까. 그간 그와 보냈던 시간들이 머릿속에 맴돌았다. 하긴 아무리 식인귀라도 몇 번이나 데이트한 상대를 잡아먹진 않겠지.

"내가 편식이 심하다고 말했잖아요. 해수 씨는… 미안하지만 정말 맛이 없을 것 같아요."

그런 이유구나. 나는 이 신랄한 평가를 고마워해야 하는지 아니면 기분 나빠해야 하는지 모르겠다는 얼굴로 그를 바라보았다. 영노는 나를 보며 어색하게 웃었다.

"내 식성을 설명할 때가 됐네요."

긴 이야기가 이어졌다. 짧게 줄이면 영노는 못된 사람을 먹는다는 것이었다. 편식이라고 말한 것은 뭐든 먹으

려면 먹을 수는 있지만, 못된 사람이 맛있기 때문이란
다. 비계가 붙은 고기를 좋아하는 사람이 있으면 퍽퍽
할 정도로 단단한 살코기만을 좋아하는 사람이 있는 것
처럼. 영노는 못된 사람을 좋아한다. 못된 놈들은 보통
다른 사람들을 괴롭히며 제 몸에 기름과 육즙을 차곡차
곡 채워 놓은 덕분에 입안에서 터지는 풍미가 일품이라
고 했다.

"그러니까 해수 씨는 안 먹어요. 사실 못 먹는 것에
가깝죠. 부정은 한 톨도 용납 못 하는 꼬장꼬장한 성
격이니까 질기고 쓸 거고, 한 입만 먹어도 입맛을 다
망쳐 놓아서 하루 종일 입안에 씁쓸한 맛이 남을…."

왜 기분이 나쁘지. 미간을 좁힌 나를 본 영노가 입을
다물었다. 어쨌든 나를 죽이지 않을 거라는 건 알겠다.
그렇다면 이제 뭘 해야 할까. 긴장하니 머리가 잘 돌아
가지 않았다. 그도 그럴 것이 나는 지금 야수 앞에 놓인
먹잇감이나 다름없지 않은가. 한참이나 생각하던 내가
조심스럽게 입을 열었다.

"영노 씨."
"아, 네. 네…."
"저를 안 죽이실 거면, 집에 가 봐도 될까요."

당연하죠, 라며 영노가 자리에서 일어났다. 손님을
배웅하는 듯한 평범한 움직임에 이상하게 더 머리가 어
지러워졌다. 나는 비틀거리면서 핸드백을 겨우 챙겨 영
노가 안내하는 대로 현관으로 걸어갔다. 거기에는 내
신발이 아주 가지런하게 놓여 있었다. 신발을 앞에 두
고 나는 이상하게 머뭇거렸다.

"사실 이런 식으로 집에 초대하고 싶었던 건 아니었는데. 여러모로 계획대로 안 됐네요. 미안합니다."

등 뒤에서 나직한 그의 목소리가 들렸다. 그렇지, 그런 일이 없었더라면 우리는 연인이 될 수도 있었을 것이다. 그랬다면 좀 더 평범하게 이 집에 초대받았을 텐데…. 아마도 지금 이 집을 떠나면 나는 다시는 이 집에 돌아오지 못하겠지. 그런 생각을 하니 신발을 꿰신는 동작이 느려졌다. 이건 멍청한 짓이다. 그런 꼴을 보고서도 계속 영노의 곁에 있고 싶어 하다니. 나는 큰맘을 먹고 영노를 돌아보았다. 잘 정돈된 현관에 서서 나를 바라보는 영노는 이미 내가 무슨 말을 할지 예상하고 있는 것만 같았다.

"우리가 계속 만날 수 있을지 모르겠어요."
"네, 압니다. 이해해요."

영노는 씁쓸하게 웃으며 이별을 편하게 받아들이는 것 같았다. 이전 남자 친구처럼 스토커로 돌변할 것 같지는 않아서 정말 다행이었다. 헤어지자고 말했을 때 너 지금 힘들어서 투정 부리냐는 식으로 굴어서 없는 정까지 떨어지게 했던 전 남친은 이별이 진짜라는 것을 깨닫자마자 스토커로 돌변해서 수많은 전화와 메시지를 보내며 나를 괴롭혔다. 늦은 밤의 고성방가와 사람의 피를 말리는 끝나지 않는 문 두드리는 소리에 참다못해 몇 번이고 신고를 했지만 경찰은 연인 간의 일에 자신들이 나서기 힘들다는 말만 늘어놓았다. 끈질기게 이어지던 괴롭힘과 스토킹은 결국 내가 야반도주하듯 이사를 나가고 번호를 바꾼 뒤에야 멈췄다.

그 끔찍한 남자와 달리 영노는 여전히 정중하고 친절

했다. 혹시라도 내가 그를 무서워할까 봐 걱정되는지 아까부터 계속 거리를 유지하고 있는 것만 봐도 답이 나왔다. 솔직히 말해서 정말 다행이었다. 평범한 운동 부족의 30대 남자가 스토커가 된 것도 힘들었는데, 키 188짜리 식인귀가 스토커가 되었다면 진짜로 힘들었을 것이다.

"해수 씨."

영노는 긴장한 기색이 역력한 나를 조금 슬픈 얼굴로 바라보며 입을 열었다.

"사실, 오늘 말하려고 했는데, 저 해수 씨를 굉장히 좋아해요."

그가 새빨갛게 물든 입술로 말했다. 나는 그 말을 믿지 않고 돌아섰다.

늑대가 양을 좋아하는 게 말이 되나.

눈앞에서 사람이 잡아먹히는 것을 봤지만 세상이 아무 일 없이 계속 돌아가고 있다는 것이 신기했다. 영노는 집을 나서는 나에게 해가 뜨고 첫차가 다닐 때까지 쉬었다 가는 것은 어떻겠냐고 제안했다. 그러나 그의 정체를 안 이상, 한 시간도 같이 있고 싶지 않았다. 기어코 집으로 가겠다는 나를 걱정스러운 표정으로 바라보는 그의 얼굴을 보자마자 코웃음이 나왔다. 지금 가장 무서운 게 누구인데.

사실 영노가 나를 걱정하는 이유가 없지는 않았다. 스토커가 되어 버린 전 남친을 피하려고 급하게 구한 나의 새집은 소위 '위험한 동네'에 있었다. 영노는 나를 몇 번 집에 데려다준 적이 있었기 때문에 날이 어두워지면 장정들마저 몸을 움츠리고 다니는 이 동네 분위기를 아주 잘 알고 있었다. 길거리의 CCTV는 태반이 가짜로 달아 놓은 것이었고, 가로등은 군데군데 고장 나 있어 보이지 않는 사가이 많았다. 안쪽이 보이지 않을 정도로 새까만 골목들을 볼 때마다 그 안에 범죄자가 도사리고 있으면 어떡하지 하고 걱정했는데 오늘은 식인귀가 숨어 있을지도 모른다고 생각하자 온몸에 소름이 돋았다. 어깨를 움츠린 나는 일부러 발걸음을 재촉했다.

조용한 새벽길을 재빠르게 걸어가는 나의 발소리에 다른 사람의 발걸음 소리가 섞이기 시작한 것은 언제부터였을까. 잘못 들은 건가 싶어 발걸음을 늦추면 나를 따라오는 소리도 느려졌다. 나는 마른 입술을 핥으며 한 손으로 핸드백 안을 더듬었다. 핸드폰, 핸드폰이 어디로 갔지? 신고를 하고 도움을 요청하려면 핸드폰이 필요한데 어디에도 보이지 않았다. 희미한 가로등 불빛에 의지해 미친 듯이 핸드백을 뒤지던 나는 누군가가 어깨를 잡는 순간 비명을 지를 뻔했다.

"권해수."
"어…?"

어깨를 잡아챈 남자가 소름 끼칠 정도로 익숙한 목소리로 나를 불렀다.

"왜 전화 안 받아?"

나는 일그러진 미소를 짓고 있는 그를 어이없는 얼굴로 바라보았다. 식인귀의 소굴에서 도망친 나를 기다리고 있었던 것은 영노가 아니라, 전 남친에서 스토커로 진화한 민기였다. 아, 이 나라에서는 사람을 잡아먹는 식인귀보다 전 남친이 위험할 수 있다는 것을 잊고 있었다.

"우리 이야기 좀 해."

"무슨 이야기? 할 이야기 없어."

나는 일부러 겁먹지 않은 척하면서 고개를 치켜들었다. 민기는 말짱해 보이는 내 얼굴이 더 고까운 모양이었다. 그는 쉴 새 없이 경련하는 입술을 벌려 다소 고압적으로 말했다.

"내가 할 이야기가 있다고."

민기는 내 손목을 움켜쥐었다. 그 우악스러운 힘에 인상을 찌푸린 나를 내려다보며 민기는 비열한 얼굴로 재차 웅얼거렸다.

"네가 감히 날 신고해?"

"이거 놔…!"

"너 때문에 내 인생은 망했어. 내 인생 망쳤으니까 너도 당해 봐야지. 안 그래?"

이 찌질한 새끼는 사귈 때도 이상한 피해 의식이 있더라니, 나의 사람 보는 눈에 대체 무슨 문제가 있는 걸까? 이 찌질한 새끼한테 벗어나서 만난 건 식인귀고, 심지어 식인귀 쪽이 이별 앞에서 더 젠틀하다니, 충격이었다.

"너 나한테 영상 있는 거 몰랐지? 인터넷에 올려 볼까? 요새 잘나가는 칼럼니스트가 이렇게 천박한 여자라고? 남자랑 붙어먹느라고 매일 밤…."

이건 못 참아 주겠다. 따귀라도 날려 주려고 녀석에게 잡히지 않은 손을 들었을 때였다. 민기가 그대로 팔을 잡아채더니 나를 벽에 밀어붙였다. 딱딱한 벽에 머리를 박자 순식간에 눈앞이 깜깜해졌다.

"쌍, 쌍년, 남자 우스운 줄 아는 너 같은 년들은 한번 좆돼 봐야 해."

너를 만난 것만으로도 충분히 좆같은 인생 아니냐고, 하고 퍼붓고 싶었지만 얼굴을 벽에 밀어 대는 통에 입이 열리지 않았다. 시멘트 벽에 문질러진 뺨에서 아픔이 번져 왔다. 나는 이를 악물고 더러운 손을 쳐 내고는 고개를 힘껏 뒤로 젖혔다. 뻑! 하는 소리와 함께 코를 부여잡은 민기가 비명을 질렀다. 그대로 도망치려던 나는 민기의 우악스러운 손에 발목이 붙잡혀 바닥에 쓰러졌다.

"이 미친년이!"

헐떡이는 남자의 무게가 등허리 위에서 느껴졌다. 나를 내려다보는 민기의 눈은 이미 반쯤 돌아 있었다.

"그래, 어디 한번 해보자. 너 거칠게 하는 거 좋아하지?"

이게 무슨 개소리야. 벌건 눈으로 나를 내려다보며 바지 버클을 푸는 민기에게서 벗어나려고 몸을 뒤튼 순간 옆구리에서 심상치 않은 감촉이 느껴졌다. 스웨터를 젖히고 닿아 오는 날붙이의 서늘한 온도에 온몸이 얼어붙었다.

"움직이기만 해, 뱃가죽에 구멍 하나 날 테니까. 나 잃을 거 없는 놈이야."

민기는 칼을 쥔 손을 내 목에 둔 채 헐떡이며 바지를 내렸다. 움직일 수 없는 것이 분했다. 이 칼만 없어도 뭐라도 해 보겠는데.

"씨발년, 어디서 나를, 네가 감히 나를…."

기분 나쁜 손길이 내 옷을 우악스럽게 움켜쥔 순간이었다. 뻐억! 소리가 나며 내 위에 올라탄 민기의 머리가 빙그르르 돌아갔다. 정말로 돌아갔다. 180도. 나는 놀란 얼굴로 어깨 위에서 불안하게 까닥거리는 민기의 뒤통수를 바라보았다. 분명 방금 전까지만 해도 나를 똑바로 바라보고 있던 얼굴이, 지금은 완전히 뒤로 돌아가 있었다. 뒤틀린 목에서 피가 뿜어져 나오기 직전에 커다랗고 서늘한 손이 나를 끌어내 준 덕에 다행히도 피투성이가 되는 것은 피했다.

"해수 씨, 괜찮아요?"

나를 바라보고 있는 것은 영노였다. 나는 얼떨떨한 얼굴로 고개를 끄덕였다.

"어디 다친 데는?"

바닥으로 털썩 쓰러지는 민기의 몸에 시선을 고정하느라 내가 미처 대답하지 못하자 영노는 내 몸을 더듬으며 상처를 찾았다. 그러고는 멀쩡한 모습에 안도했는지 깊은 한숨을 내쉬었다. 나는 그가 왜 여기에 있는지가 궁금했다. 그를 빤히 바라보자 또 금세 내 생각을 읽은 영노가 손사래를 쳤다.

"아, 쫓아온 건 절대로 아니고요, 해수 씨가 이걸 두고 가서 가져다주려고 했어요."

영노는 결백을 증명하려는 듯이 귀퉁이가 깨진 내 핸드폰을 내밀었다. 완전히 꺼져 있는 핸드폰을 받아 든 나는 허탈한 얼굴로 숨을 내뱉었다.

"고마워요."
"뭘요. 기자한테는 핸드폰이 중요하잖아요."
"그것도 그렇고, 구해 줘서 고맙다는 뜻이었어요."

설마 살인을 저지르고서 고맙다는 소리를 들을 줄 몰랐는지 영노의 눈이 커졌다. 나는 조금 망설이다가 그의 옷자락을 잡았다. 어깨부터 시작한 떨림이 점점 온몸으로 번져 가고 있었는데 혼자 서 있다가는 이대로 쓰러지고 말 것 같았다. 영노는 이번에도 내 마음을 읽고 나를 꽉 끌어안아 주었다. 열기가 느껴지는 품은 아니었지만 이번에도 이상하게 서늘한 온도가 끓어오른 감정을 가라앉혀 주는 것 같았다. 나는 영노의 품에 얼굴을 묻은 채 깊게 심호흡을 했다.

"근데, 저건 어떡하죠."

한참 동안 그의 품에 안겨 있던 나는 조심스레 고개를 들고 민기, 아니 민기였던 것을 가리켰다. 내 머리카락에 얼굴을 묻고 있다가 고개를 든 영노는 그것을 보며 인상을 찌푸렸다.

"이 새끼는, 먹고 싶지도 않네요."
"안 먹으면 시체는 어떻게 해요."

냉정한 내 말에 영노는 좀 놀란 표정이었다. 하지만 이제 와서 응급차를 부른들 이미 목이 돌아가 버린 민기가 살아날 리도 없고, 둘 중 하나가 살인죄로 잡혀가지 않으려면 저 시체를 어떻게든 처리해야 하지 않겠는가. 잠시 나를 바라보던 영노가 내 이마 위에 가볍게 입술을 눌렀다. 그리고 돌아서 민기를 먹기 시작했다.

우적, 우두둑, 아드득.

영노는 순식간에 민기를 먹어 치웠다. 먹고 싶지도 않다고 말했던 사람치고는 굉장히 흡족한 얼굴이었다. 나쁜 놈이니까 맛은 있겠지. 고개를 끄덕이던 나는 남이 먹는 걸 빤히 바라봐서는 안 된다는 사실을 기억해 내고는 예의 바르게 시선을 돌렸다. 하지만 영노의 모습이 자꾸만 시선을 끌었다. 아까 전, 어두운 창고에서는 제대로 볼 수 없었지만, 어슴푸레한 새벽하늘 아래에서 보니 식사를 하는 영노의 머리카락이 하얗게 빛나고 있었다. 마치 자체 발광하는 듯한 흰 머리카락과 열심히 먹는 그의 모습을 최면에 걸린 사람처럼 빤히 바라보던 나는 내 입꼬리가 살짝 올라가 있는 것을 알아챘다. 마치 밥 잘 먹는 어린아이를 지켜보는 엄마처럼, 나는 묘한 뿌듯함을 느끼고 있었다.

"맛있어요?"

눈까지 지그시 감고 음미하듯 민기의 허벅지 부근을 먹고 있던 영노는 고개를 끄덕이다가 갑자기 흠칫 놀라 고개를 들었다. 그제야 자신의 식사 매너가 걱정되는 모양이었다. 그는 무작정 손등으로 입가를 닦아 댔는데 닦는 손도 이미 더러워진 채라 닦으면 닦을수록 더 더러워지기만 할 뿐이었다. 나는 상황도 잊고 웃음을 터트리고 말았다. 그러고 보니 부장을 먹을 때도 내 눈치를 보면서 입을 닦으려고 했지.

"괜찮으니까 천천히 마저 먹고 이야기해요."

내 웃음에 정말 놀란 것처럼 나를 바라보던 영노는 나에게서 두려움이나 자신을 역겨워하는 기색이 보이지 않자 조금 안심한 모양이었다. 그는 고개를 끄덕이고 다시 식사에 집중했다.

영노는 민기의 모든 것을 먹어 치웠다. 바닥에 튄 피 한 방울까지 깨끗하게. 짧은 시간 동안 두 끼나 해치운 탓인지 식사를 마친 그의 얼굴은 포만감에 젖어 있었다. 만족스러워 보이는 얼굴을 보고 있자니 배 속에서 이상한 소리가 울리고 배 안쪽이 조여들었다. 오랜만에 느끼는 감각이었지만, 이게 어떤 감각인지 알고 있었다. 나는 배를 부여잡은 채 영노를 불렀다.

"영노 씨."
"네?"
"나 배고파요."

영노를 만나고 처음 해 보는 말이었다. 놀란 얼굴로 나를 바라보던 영노는 얼른 소매를 당겨 입가를 깔끔히 닦고는 자리에서 일어났다. 그 자리에 민기의 흔적은 조금도 남아 있지 않았다.

"그럼, 밥 먹으러 가요."

우리가 향한 곳은 시장의 육회집이었다. 새벽인데도 술을 걸치는 아저씨들로 북적북적한 좁은 가게는 테이블도 비좁아서 마주 앉았는데도 무릎이 맞닿았다.

"감사합니다."

빨간 앞치마를 걸친 아주머니가 눈앞에 육회 접시와 함께 육회비빔밥 그릇을 내려놓자마자 나도 모르게 감사

인사가 톡 튀어나왔다. 바로 앞에서 피비린내 나는 광경을 보고도 육회를 먹을 수 있다니, 나도 내게 놀랄 정도였지만 왠지 육회여야 할 것 같았다. 그다음부터는 말을 할 새도 없었다. 즉시 숟가락을 세워 상추와 윤기 나는 육회, 그리고 달걀노른자를 밥알과 잘 섞어 비빈 나는 완벽한 육회비빔밥 한 숟가락을 입안에 왕창 밀어 넣었다. 고소한 참기름 향이 코로 뿜어져 나오고, 혀에 착 달라붙는 육회 사이로 꼬들꼬들한 밥알이 곤두섰다. 끝내주는 한 입이었다. 쉴 새 없이 비빔밥을 입안으로 밀어 넣던 나는 시선을 느끼고 흠칫 놀랐다. 앞자리에 앉은 영노가 나를 빤히 바라보고 있었다. 앗, 못 먹는 사람 앞에서 너무 열심히 먹었나.

"그쪽이 먹는 거 보니까 왠지 저도 배고파져서."
"전 먹고 왔잖아요. 많이 드세요."

영노가 방긋 웃었다. 방금 배부른 식사를 마친 그에게서는 나른하고 만족스러운 분위기가 풍겼다. 그럼 사양하지 않고. 고개를 끄덕인 나는 영노를 앞에 두고 전투적으로 숟가락을 움직였다. 육회비빔밥은 금방 동이 났고 다음은 육회 접시의 차례였다. 동그랗게 뭉친 고기 위의 윤기 나는 노른자를 터트리려는 찰나, 빈 그릇을 치워 주려고 다가온 아주머니가 한마디를 건넸다.

"아이고 총각이 색시를 너무 예뻐하네."
"네?"
"아가씨 먹는 걸 어찌나 예뻐 죽겠다는 얼굴로 보는지, 내가 다 가슴이 뛰네. 거 원래, 먹는 걸 보기만 해도 배부른 게 사랑인 거라."

윙크를 하며 물러나는 아주머니의 말에 나도 모르게

얼굴이 붉어졌다. 웃고 넘길 생각으로 영노를 돌아보던 나는 그만 말문이 막히고 말았다. 아주머니의 말이 사실이었던 것이다. 나는 헛기침을 하고 얼른 말을 돌렸다.

"그, 언제부터 그랬어요?"

"뭐가요?"

"그 특이한 식성 말이에요."

그 말을 한 순간 막걸리를 기울이던 아저씨들 사이에서 커다란 웃음이 터져 깜짝 놀랐다. 영노는 놀라 젓가락까지 떨어트린 내 손에 손수 젓가락을 쥐여 주고는 별것 아니라는 듯이 답했다.

"그냥 태어날 때부터 이랬어요. 부모님 쪽도 그랬고."

"아, 그, 그, 그런 식성을 가진 분이 한두 분이 아니시구나…."

"걱정할 필요 없어요. 이제 우리는 한 줌이라고 하기도 민망할 만큼만 남았으니까."

영노의 말로는 자신과 같은 것들은 아주 오래전부터 있었다고 했다. 아주 오래전부터라는 말에 조금 멍한 표정을 지었더니, 별거 아니라는 대답이 돌아왔다.

"사람을 잡아먹는 괴물 같은 건 아주 옛날부터 많은 이야기에 등장했잖아요."

그러니 놀랄 것도 없다는 투였다. 그런 논리로 보자면 세상에 놀랄 것은 없을 것 같았지만 어쨌든 '아주 오래전부터 존재했다'는 말에 내가 궁금해진 부분은 다른 거였다.

"그럼 영노 씨는 나이가 아주 많은 거예요?"

이번엔 영노가 나를 멍하니 바라보았다. 그리고 그는

정말 재미있는 농담을 들은 사람처럼 크게 웃었다. 영노의 큰 눈은 웃을 때면 부드럽게 휘며 눈가에 자잘한 주름이 잡혔는데 그 모습이 참 예뻤다. 눈앞에서 사람을 둘이나 잡아먹은 식인귀를 두고 이런 생각을 하는 내가 이상하긴 했지만, 뭐 생각은 자유 아닌가.

한참이나 웃고 난 영노가 물을 마시고는 한숨을 내쉬었다. 이럴 때는 완전히 평범한 사람 같았다. 사실 사람을 잡아먹는다는 사실만 빼면 영노는 누구보다도 인간적으로 보였다.

"전부터 말하고 싶었는데 해수 씨는 늘 자기가 줏대 없는 사람이라고 말하지만, 줏대가 없는 게 아니라 오히려 엄청 강한 거 같아요."

"내가요?"

"처음 봤을 때도 그랬어요. 다들 뷔페니까 본전을 뽑아야 한다며 미친 듯이 먹고 있는데 혼자서 아무렇지도 않게 자기가 먹을 수 있는 만큼만 먹고 딱 일어났죠. 그 모습이 이상하게 머릿속에 남았어요. 그래서 형한테 조르고 졸라서 해수 씨를 소개시켜 달라고 했던 거예요."

그랬었나? 이제는 기억도 나지 않는 오래전 일이라 뭐라고 답해야 할지 몰라 멍하니 있는데 영노가 웃으며 손을 내밀었다. 눈앞에 놓인 하얀 손바닥이 예뻐서 나도 모르게 그 위에 손을 올려놓았다가 금세 후회했다. 부드러운 석고상 같은 피부가 닿은 순간부터 심장이 미친 듯이 뛰기 시작한 것이다. 손잡기 따위는 예전 데이트에서도 다 했는데, 왜 갑자기 가슴이 뛰는지.

"그리고 지금도."

"네?"

"해수 씨는 방금 내가 '식사'하는 모습을 봤는데도, 아무렇지도 않게 손을 잡아 주잖아요. 내가 무섭진 않아요?"

"그건, 일단 날 잡아먹을 건 아니니까. 날 구해 주기도 했고 또⋯."

영노는 말을 고르는 나를 가만히 바라보았다. 나는 마구 뛰는 심장을 느끼며 말했다.

"나쁜 사람들이었잖아요."

특히 민기는 강간 미수에 살인 미수니 완전히 흉악범이었다. 내 말에 영노가 웃음을 터트렸다.

"응, 그렇게 기준이 정확하니까 본인 기준에 맞지 않을 것 같은 것들은 그냥 포기하고 남한테 맡겨 버리는 거죠. 그게 오히려 줏대가 없어 보였던 게 아닐까?"

나를 손바닥 보듯 들여다보는 듯한 영노의 말투에 나는 드디어 은선 언니가 이 남자를 소개해 준 이유를 알 것 같았다.

둘이 잘 맞을 것 같다고 말했던 은선 언니의 목소리가 머릿속에 맴돌았다. 영노를 빤히 바라보던 나는 육회 한 젓가락을 숟가락에 예쁘게 담아 그의 앞에 내밀었다. 그는 조금 놀란 얼굴로 그것을 바라보았다.

"저, 이런 거 안 먹어 봐서⋯."

"육회는 괜찮지 않을까요?"

"딱히 날것만 먹는 건 아니에요."

"먹어나 봐요."

영노는 조심스럽게 내가 내민 육회를 받아먹고 지그시 눈을 감았다. 나는 그의 혀에서 지금 무슨 일이 벌어지고 있는지를 모두 알 수 있었다. 차갑고 쫀득한 고기를 감싼 고소한 참기름과 노른자 위로, 알싸한 마늘 양념과 배의 달큰함이 함께 퍼질 것이다. 육회를 먹지도 않은 내 혀 위에서 그것들이 끈적하게 구르는 감각이 전해졌다.

모든 과정을 겪고 천천히 눈을 뜬 영노는 먹는 것을 빤히 바라보고 있던 나를 향해 방긋 미소 지었다.

"맛있네요."

역시 생각했던 대로였다.

*

우리는 자연스럽게 연인이 되었다. 수많은 식사를 함께하면서 그는 언제나 음식을 딱 한 입만 받아먹는다. 그것으로도 충분하다면서. 가끔은 정말로 맛을 즐기는 것처럼 눈을 지그시 감는 그의 얼굴에서 한 점의 불행도 보이지 않으므로 나는 늘 음식 한 입을 나누어 준다. 그럴 때마다 영노는 애정이 느껴져서 좋지만, 반대로 자신은 나눠 줄 수 없어서 슬프다고, 농담처럼 말하곤 한다.

부장이 사라지고 난 뒤 나는 일이 잘 풀려 다시 사회부로 돌아가게 되었다. 미식 칼럼도 좋았지만, 사회부로 돌아간 것은 아주 좋은 결정이었다. 솔직히 말해서 나보다는 영노에게. 주로 범죄나 비리 등 무거운 사건을 다루는 내 기사가 영노에게는 미식 칼럼처럼 보이는 모양이었다. 그러니까 근본적으로 내가 하는 일은 달라지지 않았다고도 할 수 있겠다.

물론 미식 칼럼을 쓰며 알게 된 맛집 리스트는 아직도 잘 써먹는다. 주로 영노와 데이트할 때. 함께 식사를 할 수 없는 우리의 데이트는 영노가 먼저 식사를 한 다음에 내가 식사를 하러 가는 식이다. 식욕이 늘어 내가 2인분 정도는 먹게 되었으므로 주문할 때 문제가 된 적은 없다. 덩달아 얼굴에 살이 붙은 건 조금 문제였지만.

가장 먼저 변화를 눈치챈 것은 의외로 동료들이었다.

"권 기자 요새 얼굴에 아주 윤기가 도네? 뭐 좋은 거 먹어?"

"요새 주말마다 권 기자님 인스타에 맛집만 올라오잖아요. 후기 글이 재미있어서 팔로워도 엄청 많아요. 역시 전직 미식 칼럼니스트셔."

인턴인 주희 씨가 엄지손가락을 들어 올려 보여서 나는 웃음을 터트렸다. 회사에 출근한 첫날부터 내 미식기의 팬이라며 SNS 맞팔을 하자고 살갑게 다가오더니 요즘에는 게시물마다 댓글난에 주희 씨의 이름이 보였다.

"오, 아직도 글 써?"

"아, 은근히 재미있어서 지면은 아니어도 SNS에 계속 써 보려고요."

"이야, 그러다가 우리 권 기자도 인플루언서 되는 거 아니야? 어? 막 티브이 프로그램 같은 데 패널로 나가고 말이야. 잘되면 나 잊지 말기다?"

"당연하죠."

지나치게 당당한 내 대답에 박장대소한 동료가 돌아서자마자 주희 씨가 조심스레 다가오더니 작은 목소리로 물었다.

"그런데 기자님 계정에 매번 같이 식사하러 가는 사람 남친이죠? 그렇죠?"

"아, 맞아요. 티가 났나?"

"완전 훈남이시던데, 부럽다아…. 혹시 소개팅할 동생은 없대요?"

주희의 물음에 나도 모르게 웃음이 터졌다. 왜요? 있어요? 연신 물어보는 주희에게 나는 괜찮은 사람이 있는지 한번 물어봐 주겠다고 대답했다. 자신이 뭘 청했는지 모르는 주희는 기쁨의 비명을 지르고는 자리로 돌아갔고 마침 점심시간이었던지라 나는 핸드폰을 들고 영노에게 메시지를 보냈다.

> 해수: 밥 먹었어요?

얼마 되지 않아 답장이 도착했다. 처음에는 식사 중에 메시지 보내는 걸 어려워하더니 요새는 아주 칼답장이다. 특훈시킨 보람이 있었다.

> 영노: 네, 해수 씨가 가르쳐 준 곳에서요.
> 정말 맛집이던데요. 해수 씨는 식사했나요?

> 해수: 이제 하려고요.

답장을 마친 나는 한 번 더 대화를 훑어보았다. 만족스럽게 식사를 마쳤다는 메시지를 보자마자 내 입꼬리도 느긋하게 올라가고 입맛이 돌았다. 상대가 먹는 모습만 봐도 배가 부른 게 사랑이라던데, 나는 상대가 먹는 모습을 보면 배가 고파졌다. 이것도 사랑일까? 그랬으면 좋겠다. 그사이 맛있게 먹으라는 영노의 메시지가 도착해서 나는 통통해진 손끝으로 그 메시지를 한번 매만졌다.

내 다정한 식인귀.

우리는 제법 행복한 커플이다.

러브러브 좀비템플

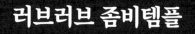

조수연

대학에서 시나리오를 전공했다.
짠 내 나고 웃픈 코미디에 관심이 많다.
〈러브러브 좀비템플〉로 소설 작품 활동을 시작한다.

0.

턱이 아플 만큼 귀신의 코를 세게 깨물고 나서, 제가 깨어난 곳은 병원이었습니다.

수면제를 한가득 먹고 쓰러졌다고 하더군요. 부모님의 재능을 물려받아 세계적인 음악 콩쿠르에서 상을 휩쓰는 언니와 동생을 보는 게 힘들었거든요. 저도 피아노를 쳤지만, 가족들 모두 제가 취미로 배운다고 생각했죠. 연습량은 제가 제일 많았지만요. 서재에 있는 수십 개의 황금 트로피를 멍하니 바라보던 제게 아버지는 말씀하셨죠. 아는 교수에게 뒷돈을 줘서 합격시킬 테니, 너무 애쓰지 말라고요. 그날은 삼수를 했는데도 원하는 음악대학에 떨어진 날이었어요.

그때부터였을까요. 저는 밤마다 귀신을 보기 시작했습니다. 처음엔 그들이 귀신이란 사실도 몰랐어요. 소복을 입지도, 머리를 풀어 헤치지도 않았거든요. 오히려 '좀비'와 비슷했어요. 창백한 피부와 축 처진 어깨, 비뚤어진 입과 공허한 눈빛까지…. 그런데 이상하게도 그들이 무섭지 않았어요. 당장 물려 죽어도 상관없었고, 차라리 죽여 줬으면 좋겠다고 생각했으니까요. 무엇보다 그들의 의욕 없는 얼굴이 꼭 저를 보는 것 같았어요. 그래서 안쓰러웠어요. 어쩌다 이승을 떠돌게 됐을까. 잘 좀 살지….

그러던 어느 날, 귀신이 가까이 다가와 손을 내밀었습니다. 이 손을 잡으면 해방될 수 있다고 생각하자 고민이 되더군요. 비좁은 연습실에서 피아노를 치는 일이 너무 지겨웠거든요. 그런데 막상 희뿌연 연기 같은 귀신의 손을 잡고 나니, 평소에 즐겨 치던 피아노곡의 멜로디가 들리기 시작했어요.

라파미레… 라파미레… 라파미레… 라파레미….

멜로디가 흘러갈수록 열 손가락은 자연스레 꿈틀거렸고, 떠오르는 생각은 단 하나뿐이었어요. 피아노 치고 싶다….

네. 맞아요. 징그럽고 지독한 짝사랑이었죠. 잘하든 못하든 태어나서 가장 사랑한 건 피아노였으니까요. 그 순간 서늘한 시선이 느껴졌습니다. 귀신이 제 마음을 귀신같이 알아챈 거예요. 귀신은 엄청난 아귀힘으로 제 목을 졸랐어요. 눈앞에 커다랗고 창백한 귀신의 코가 보였죠. 저는 다시 피아노를 치기 위해, 이 코를 물어뜯어야 했습니다.

*

병원 생활은 잔인할 만큼 따분했어요.

가족들은 바빴고, 친구는 없었으니까요. 핸드폰마저 없었어요. 제가 또 뭔 짓을 벌일까 봐 두려웠는지, 부모님은 제 물건을 모두 압수했죠. 할 일이라곤 책장에 꽂혀 있는 몇 권의 책을 읽는 것뿐이었어요. 읽은 책이라곤 안데르센 동화가 전부인 제가 책을 읽기 시작한 겁니다. 그런데 예상외로 책의 세계는 흥미로웠어요. 이야기에 몰입할수록 외딴섬에 초대받는 기분이었거든요. 초라한 저를 화려하고 신비로운 세상으로 불러 준 거예요. 매일 불꽃놀이가 펼쳐졌어요. 존재하지 않지만, 깊이 빠져든 허구의 세상에서나마 말이에요. 책장에 꽂힌 마지막 책을 꺼낼 때는 몹시 속상하더군요. 페이지가 넘어갈 때마다 아깝다는 생각뿐이었어요.

그런데 말이죠. 재밌어지려는 부분부터 시커먼 '코딱지'가 붙어 있는 거 아니겠어요? 중요한 문단 중간에 버젓이 말이에요! 속이 매스꺼웠어요. 하지만, 다음 내용이 궁금해서 심호흡을 하고 페이지를 넘겼습니다. 아니나 다를까… 다음 장엔 더 흉물스러운 코딱지가 붙어 있었어요. 우직한 바위처럼 종이에 야무지게도 붙어 있었죠. 심장이 두근거렸어요. 이야기는 재미를 향해 치닫는데, 어떡하지… 여기서 책을 덮어야 하나…. 하지만, 참을 수 없었어요. 이미 머릿속엔 퍼즐이 맞춰지고 있는데 이대로 끝내다뇨. 저는 매번 실눈을 뜨고 조심스럽게 페이지를 넘겼고, 결국 그 책을 완독하고 말았습니다.

가슴이 쿵쾅거렸어요. 침대에 누워 눈을 감으니, 수십 개의 코딱지가 야광별처럼 반짝였어요. 이곳이 병동인지, 소설 속 세계인지 분간이 되지 않았죠. 제가 저인지, 이야기 속 인물인지도요. 이야기가 코딱지를 삼키고, 저도 삼켜 버린 거였죠. 저는 항복을 외쳐야만 했어요. 그리고 복종을 약속했죠. 이야기를 위해 살아가기로요.

석 달 뒤, 저는 수능을 쳤고, 문예창작과에 입학하게 되었습니다.

*

결론부터 말씀드릴까요. 저는 소설 쓰기에 실패했어요.

합평 시간에 제가 쓴 소설은 사형대에 올랐죠. 상상력이 부족하고, 다음 내용이 기대조차 되지 않는 소설. 무엇보다 가장 큰 문제는 재미가 없다는 거였어요. 캐릭터 때문이었죠. 누군가가 말했어요. 태어나서 한평생 부족함을 극복하려고 애쓰다가 죽는 게 인간이라고요. 그 삶을 받아 적는 게 우리의 일이라나 뭐라나… 하지만 제가 만든 캐릭터는 너무 '완벽'해서 매력이 없대요. 완벽해서 매력이 없다니…. 저는 그 의견에 동의할 수 없었어요. 누구나 완벽한 인생을 꿈꾸지 않나요? 그런 삶이 매력적이기 때문이잖아요. 어차피 소설은 가짜인데, 소설에서까지 무능하고 평범할 필요가 있을까요. 저는 제 캐릭터만큼은 욕망하는 것은 무엇이든 이루고, 죽는 순간까지 불행하지 않기를 바랐거든요.

사소하게 시작된 논쟁은 점차 격렬해졌고, 저는 그들

과 한바탕 싸우고 나서 홧김에 조교실에 자퇴서를 내 버렸어요. 이틀 동안은 씩씩거리며 침대에 누워만 있었죠. 좀이 쑤실 때쯤, 의자에 앉았어요. 어차피 마지막이 될 테니까 소설을 고쳐 보기 시작한 거예요. 그들 말대로 제 분신이 삶에서 닥치는 시련 따위를 어떻게 극복해 나갈지 한편으론 궁금했거든요. 완벽한 신체와 머리를 줬으니까, 알아서 살아 보라는 심정으로 말이죠.

그렇게 제가 만든 캐릭터는 말도 안 되는 상황에 맞닥뜨리기 시작했어요. 굳이 험난한 길을 선택했고, 온갖 괴물들과 마주쳤죠. 저는 이쯤에서 그가 포기하길 바랐어요. 그런데 말이죠. 제가 이 친구를 너무 얕봤나 봐요. 포기하라고 아무리 외쳐도, 그는 끊임없이 앞을 향해 달려 나갔어요. 그러니까… 의도치 않게 저는 그를 응원하고 있었어요. 어쩌면 나랑 가장 닮은, 나의 페르소나에게 제발 끝까지 살아남으라고 말이죠. 백지 위에서 커서가 깜빡이더군요. 더 이상 아무 말도 쓸 수가 없었거든요.

*

최근에 권투를 배우기 시작했어요.

손을 망가뜨리고 싶었거든요. 이 손만 망가지면 피아노도, 소설도 저절로 포기할 수 있을 거 아녜요. 그런데 문제가 생겼어요. 저… 권투를 사랑하게 된 것 같아요. 곧 아마추어 챔피언 대회가 열리거든요. 저 좀 말려 주세요. 상대를 쓰러뜨릴 때의 희열 같은 건 잊어버리도록 말이에요.

네. 그래서 이곳에 오게 된 거예요. 모두 잊어버리려고요. 전부 내려놓으면 되지 않겠어요? 태어나서 한평생 부족함을 극복하려고 애쓰다가 죽는 게 인간이라면서요. 어차피 똑같은 굴레일 것도 알아요. 권투를 잘하는 사람과 못하는 사람이 존재하는 세계에서, 저는 후자일 테니까요.

그러니까, 도와주세요. 사랑하지 못하도록….

1.

바람이 불자 초여름 냄새가 났다.

한차례 소낙비가 내린 후, 젖은 흙냄새였다. 절을 둘러싼 울창한 편백나무 숲에선 진한 나무 향이 풍겼다. 불경 외는 소리가 바깥 너머로 희미하게 들려왔고, 기왓장에서 물방울이 느리게 떨어졌다. 나는 스님이 내려준 작설차를 한 모금 입안에 머금었다. 묵직한 고소함 뒤로 적당히 떫은맛이 났다.

여덟 명의 신선이 머물다 갔다고 하여 팔선사로 불리는 이곳은 해발 1200미터 높이의 산자락에 위치하여 속세와는 동떨어진 곳이었다. 전파조차 통하지 않아 핸드폰은 무용지물이었고, 주차장까지 족히 한 시간은 걸어 내려가야 했다. 그래서였을까. 나는 이곳에 머물며 건강해지고 있었다. 피톤치드 때문인지, 세상의 난잡한 소식을 듣지 않아서인지, 이유는 알 수 없지만, 어찌 됐든 50 대 1의 경쟁률을 뚫고 팔선사 템플 스테이에 참여한 보람이 있었다. 한 남자가 나를 지목하기 전까지, 나는 분명 그렇게 생각했다.

"스님, 이분 안 했는데요."

그가 손가락으로 나를 가리켰고, 갑작스러운 지목에 나는 입안 가득 머금은 작설차를 바닥에 내뿜었다. 순식간에 일어난 일이었다. 사람들은 급히 행주를 찾아 젖은 바닥을 닦았다. 스님은 인자하게 웃으며 장내 분위기를 풀어 보려 했지만, 찰나의 순간 그녀의 얼굴이 종잇장처럼 구겨졌다가 황급히 펴지는 것을 나는 보았다. 그녀의 얼굴에 내가 뱉은 오물이 튄 것이 분명했다.

"죄, 죄송합니다…."

"괜찮습니다. 자, 간단히 소개해 주시지요."

"네? 아, 소개요…."

"자기소개 시간이지 않습니까."

똑같은 회색 법복을 입고서, 둥그렇게 모여 앉은 수십 명의 사람들이 나를 쳐다봤다. 모두 팔선사 템플 스테이 참가자들이었다. 일부러 덩치 큰 사람들 뒤쪽에 앉아, 자기소개만큼은 피하려 했건만 용케도 찾아내다니…. 나를 고발한 남자를 노려보자, 그는 아무것도 모르는 아이처럼 천진난만하게 웃었다.

"모두 박수!"

심지어 그는 좌중의 분위기를 유도했다. 내가 좀 더 적극적인 관심을 원한다고 오해한 것이다. 생긴 건 멀쩡하게 생겨서 사람을 바보로 만드는 재주가 있었다.

"안녕하세요. 저, 저는 정세라입니다…."

또다시 어색한 침묵이 흘렀다.

"소개는 끝인가요? 뭐 하시는 분인지 짧게라도 말씀

해 주시지요."

스님은 숙제를 던져 놓고는 차를 호로록 마셨다. 도대체 뭘 하는 사람이라고 해야 할까. 삼대째 내려오는 음악가 집안의 돌연변이? 겨우 한 학기만 다닌 대학교 자퇴생? 재능 없는 소설가 지망생?

이름과 나이를 제외하고는 말할 수 있는 것도, 말하고 싶은 것도 없었다. 이래서 자기소개만큼은 피하고 싶었던 건데….

결국 나는 가장 정직한 대답을 내놓을 수밖에 없었다.

"백수 무직입니다."

"그렇군요…."

스님은 다시 차를 홀짝 들이켰고, 침묵이 이어졌다.

"저 그런데…."

침묵을 깬 건, 또 그 남자였다.

"백수와 무직은 같은 말 아닌가요? 둘 중에 하나만 사용해야죠."

"네?"

머릿속이 새하얘졌다. 왜 시비를 거는 거지.

"아, 네…. 그렇다면 전 백수입니다."

몸에서 열이 났다. 사람들은 대수롭지 않게 여겼지만, 나는 그렇지 못했다. 사람들이 생각보다 타인에게 관심이 없다는 사실을 나는 매번 망각하곤 했다.

스님은 내 상태를 살피고서 재빨리 다음 순서로 넘어갔다. 다음은 내게 시비를 건 남자의 차례였다. 자리에서 일어난 남자는 천장에 머리가 닿을 듯 키가 컸다. 그는 허리를 구부정하게 숙이고서 사람들을 향해 씩 웃어 보였다. 구김살 없이 생글생글 웃는 모습에 다들 엄마 미소를 지었다. 곱상하게 생겨서 사람을 홀리는 게 한두 번 해 본 솜씨가 아니었다.

"하하, 안녕하세요. 저는 하길동이라고 합니다. 모두 박수 주세요!"

자기가 뭐 레크리에이션 강사라도 되는 줄 아나. 나는 다소 언짢았지만 일단은 사람들 틈에 끼어 손뼉을 쳤다. 하길동은 자신을 배우라고 소개하며, 자리에서 한 바퀴를 빙그르르 돌았다. 반응은 상당했다. 참가자 중 누군가가 휘파람을 불었고, 스님도 껄껄 웃었다. 그는 사람들을 향해 외쳤다.

"앞으로 티브이에서 자주 뵙게 될 테니, 잘 부탁드립니다."

그의 도발에 사람들은 하나둘 손을 들고 어떤 프로그램에 나오냐고 물었다. 사람들은 은근히 기대하는 눈치였다. 그러나 하길동은 동문서답을 했다.

"어디에도 나오지 않아요."

이제 나올 거라고, 그는 미래형으로 말했다. 그는 영화과 학생들이 찍는 단편영화에 출연하며 사는 무명 배우였다. 묻지도 않았는데, 본인에 대해 자랑스럽게 떠들어 댔다. 덕분에 그가 올해 서른이고, 스무 살까지는 영국에서 나고 자랐으며, 서른 편이 넘는 영화에 출연했지만 아주 작은 독립 영화제에도 초청받지 못했다는 사실을 알게 되었다.

뭐야… 백수인 건 매한가지 아닌가. 나는 괘씸한 마음에 그를 노려봤다. 그러나 하길동은 뭐가 그리 좋은지 반달눈으로 웃고만 있었다.

하길동이 분위기를 이끌어 내서인지, 다음 참가자들부터는 스스럼없이 자기 얘기를 했다. 템플 스테이 브이로그를 찍으러 왔다고 고백한 '유튜버'는 임영웅 노래 메들리로 중년 여성들의 환심을 샀다. 그는 동정심에 호소하며 '구독'과 '좋아요'를 외쳤는데, 갑자기 〈전국노래자랑〉이 된 분위기에 어쩔 줄 몰라 하는 건 나뿐이었다.

소개를 시작하자마자 눈물을 터뜨린 '중년 남자'는 연이은 사업 실패로 세상과 작별하려다가 이곳에 왔다고 고백했다. 서럽게 우는 그에게 여기저기서 티슈를 건넸다. 그는 시원하게 코를 풀더니, 갑자기 목이 멘 목소리로 욕을 내뱉었다.

"김정태… 이 시발 개새끼…."

김정태는 사기를 친 동업자의 이름이었다. 스님의 만류에도 그는 김정태의 이름을 스무 번 넘게 불렀다. 유튜버는 주변 눈치를 슬슬 보더니, 카메라의 동영상 버튼을 꾹 눌렀고 하길동은 이 모든 게 신기한지 입을 벌리고 구경했다. 스님이 수차례나 헛기침을 했지만, 중년 남자는 귀신에 홀린 듯 욕설을 토해 냈다. 바깥에서 희미하게 들려오는 목탁 소리는 어느새 비트가 되어, 랩하듯 쏟아 내는 중년 남자의 욕설에 리듬감을 더해 줬다.

염병할놈 / 육시랄놈 / 야이놈아 / 내돈내놔….

목탁 소리가 무슨 메트로놈도 아니고 중년 남자는 네

글자씩 끊어 운율을 완성했고, 사람들도 점차 리듬을 타며 고개를 끄덕거렸다. 그는 시조를 외는 고려 문인 같기도, 프리스타일 래퍼 같기도 했다. 공기 좋고 물 좋은 청렴한 산사에서 나는 점점 머리가 어지러웠다.

유튜버는 이젠 대놓고 사람들을 찍었다. 나는 손으로 얼굴을 가렸지만, 구독자 수에 환장했는지 그는 예상보다 집요했다. 숨길 수 없는 미소에서 솟구치는 조회 수의 욕망이 보였다.

그때, 하길동이 갑자기 내 어깨를 툭툭 쳤다.

"근데요⋯, 염병할 놈이랑 육시랄 놈이랑 같은 말이에요?"

백수와 무직이 같은 건 알면서, 왜 이건 모르는 걸까. 나는 퉁명스럽게 대답했다.

"글쎄요?"
"그럼, 염병이랑 육시랄의 어원은 뭐예요?"
"몰라요⋯. 내가 어떻게 알아요!"
"설마, 세라 씨도 외국에서 왔어요?"

하길동이 순진한 얼굴로 넌지시 물었다. 그의 얼굴 뒤로 눈이 시릴 만큼 파란 하늘이 펼쳐졌다. 바람결에 은은한 종소리마저 울리자, 이 모든 것이 꿈같았다. 도대체 여긴 어디고, 나는 누구인가⋯.

스님이 신경질적으로 목탁을 두드리면서, 티타임은 빠르게 종료됐다. 그녀가 진이 빠진 표정으로 자리에서 일어섰다. 나 역시 얼른 숙소에 가서 쉬고 싶었다. 그러나 스님과 나를 제외한 나머지는, 엠티에 온 것처럼 대체로 들떠 있었다.

러브러브 좀비템플

2.

절 한가운데 지어진 웅대한 불상은 무려 80미터 높이로 하늘과 맞닿아 있었다. 과연 우리나라에서 가장 큰 불상이라 불릴 만했다. 득도한 부처의 얼굴은 달덩이처럼 환했다. 나는 물끄러미 부처를 바라보다가 법당으로 향했다.

이른 아침부터 사람들은 백팔배를 올렸다. 나도 뒷자리에 자리를 잡고, 무릎을 꿇었다. 절 한 번에 염주 한 알을 꿰며 괴로움이 소멸되길 빌었다.

눈을 감으면, 흘려보낸 줄로만 알았던 기억이 어제 일처럼 생생히 떠올랐다. 콩쿠르에 입상한 언니와 여동생은 꽃다발에 둘러싸여 있었고, 늘 그랬듯 나는 익숙하게 그들의 꽃을 나눠 들었다. 평생 받아 본 적 없는 무게이기 때문일까. 꽃 주제에 더럽게 무거웠다. 착한 언니와 동생은 정신없는 와중에도 내 눈치를 살폈다. 과도한 배려는 집안 내력이었다. 그게 사람을 얼마나 불편하게 만드는지, 평생 환대만 받은 사람들은 모를 수밖에.

뭐가 그리 서글픈지 사람들은 다들 눈물을 훔쳤다. 연회색의 방석이 눈물로 젖어 들고 있었다. 이 공간에서 여유로운 건 오직 부처뿐이었다.

그때, 창문에서 무언가 사각거렸다.

나는 마지막 염주 한 알을 남겨 놓고, 소리가 난 곳을 바라봤다. 창호지에 뚫린 동전만 한 구멍. 이전엔 없던 구멍이었다. 그 사이로 한 줄기 붉은빛이 들어왔다. 가느다란 빛줄기는 법당을 환하게 밝혔고, 왠지 모르게 신비로운 분위기를 자아냈다.

나는 대수롭지 않게 다시 눈을 감았다. 백팔 번째 절을 하고, 마지막 염주 알을 옮기고 나니 기분이 이상했다. 지독한 번뇌를 끊어 내고, 깨끗하게 새로 시작할 수 있을 것 같았다. 달라진 마음가짐 때문일까. 법당은 점점 더 밝아졌다. 가만 보니 창호지의 구멍은 어느덧 세 개였다. 눈이 부실 만큼 찬란한 빛이 쏟아졌다.

내가 잘못 본 것일까? 구멍들 사이로 거무죽죽한 손가락이 꿈틀거렸다. 사람의 것이라곤 믿을 수 없을 정도로 창백하고 앙상한 손. 눈을 비볐지만, 시체 같은 손은 사라지지 않고 그대로였다. 목격자는 나 말곤 없었다. 다른 이들은 눈을 감고, 오로지 백팔배에만 집중했다. 때때로 몸을 들썩이며 흐느끼기도 했다. 그러나 나는 몸이 경직되어 움직일 수 없었다.

곧이어 창호지를 뚫고, 그들이 정체를 드러냈다.

창백한 피부와 축 처진 어깨, 비뚤어진 입과 멍한 눈빛… 좀비였다! 입시에 실패하던 시절, 가위에 눌릴 때마다 꿈에서 보던 좀비 떼가 맞았다.

"쉿. 조용히."

유튜버는 내게 경고하더니 손을 덜덜 떨며 녹화 버튼을 눌렀다. 그는 사람들에게 다가가는 좀비를 줌인해서 찍었다. 그놈의 조회 수가 뭐길래. 나는 속으로 외쳤다.

'아니, 이거 모두 제 꿈이라고요! 찍어 봤자 소용없다니까요?'

불경을 외는 스님의 목소리가 점점 커지며 사람들은

저마다의 슬픔에 잠겨 절을 올렸다. 좀비 떼는 천천히 사람들 사이로 비집고 들어가 입을 크게 벌렸다. 그러나 사람들은 재빨리 절을 올리고 일어서기만을 반복했다. 과연 한국인다운 빠른 속도였다. 한 템포 느린 좀비들은, 얼떨결에 입을 벌린 채, 그들의 속도에 맞춰 백팔배를 올려야만 했다.

독경을 마친 스님이 눈을 떴다. 사람들도 따라서 눈을 떴고, 눈물로 번진 얼굴을 닦아 냈다. 잠시, 숨죽인 듯 사위가 조용했다.

지옥문이 열린다는 건 이런 것일까.

스님은 하이 톤의 비명을 내질렀고 사람들은 혼비백산이 되어 정신없이 문밖으로 뛰쳐나갔다. 불과 조금 전까지 번뇌를 내려놓던 사람들은 어디에도 없었다. 그들은 서로 나가겠다고 밀치다가 머리를 박고 쓰러졌다.

좀비들은 가차 없이 사람들을 먹어 치우기 시작했다. 잘려 나간 팔과 다리가 바닥에 나뒹굴었고, 시뻘건 내장이 춤을 추듯 이곳저곳에 날아다녔다. 사람들의 피가 분수처럼 솟아오르자 부처의 얼굴에도, 내 얼굴에도 선득한 피가 묻었다.

꿈이라고 하기엔 너무 생생했다. 무엇보다 피 냄새가 이토록 선명할 수 없었다. 그러나 좀비를 현실에서 마주하다니. 말도 안 됐다. 심지어 이곳은 전파조차 터지지 않는, 속세와 단절된 산사가 아닌가. 굳이 이곳까지 좀비가 나타날 리가…. 만약, 꿈이 확실하다면 해야 할 일이 있었다.

춤. 춤을 춰야 했다.

오래전부터 꿈꿔 왔던 계획이었다. 아무것도 못 하고 악몽에 시달리기만 하던 내가 미련했다는 걸 깨달았기 때문이었다. 한 번쯤은 귀신들에게 본때를 보여 주고, 공포에 허우적거리는 이 굴레에서 벗어나고 싶었다. 그리하여 나는 자리에서 벌떡 일어나 머리를 흔들었다. 피칠갑이 된 법당의 열기는 홍대 클럽보다도 뜨거웠고, 후끈 달아오른 분위기 속에서 부처는 내게 거대한 황금색 미러볼이나 다름없었다. 나는 부처의 엄지발가락을 잡고 춤을 췄다. 목이 댕강 잘린 사람들의 얼굴이 내 위로 거침없이 날아다녔다.

저 멀리서 유튜버가 내게 엄지를 들어 올렸다. 미련한 자식. 백날 찍어 봤자 소용없다니까…. 나는 어지러울 때까지 머리를 흔들어 재꼈다. 이상하게도 주변이 점차 고요해졌다. 눈을 뜨니, 어느새 법당 안에 남은 사람은 나뿐이었다. 좀비 떼는 마지막 남은 인육인 나를 보며 입맛을 다셨다.

그래, 죽여라 죽여!

예전에 읽은 꿈풀이에서, '내가 죽는 꿈'은 엄청난 길몽으로, 횡재수가 있다고 했다. 심지어 피는 곧 재물이니, 일어나면 로또부터 사야 했다. 가만… 수동으로 찍으려면 죽은 사람 숫자라도 세야 하나? 하나, 둘, 셋, 넷….

숫자를 세는 사이 좀비들이 천천히 다가왔다. 시체 썩는 냄새가 코를 자극했다. 그들이 다가올수록, 몸이 경직됐다. 가위에 눌려 귀신을 볼 때마다 느끼던 공포였다.

인생은 본래 고해, 괴로움의 바다라고 하지 않던가. 나는 석가모니의 말을 되새기며 눈을 감았다. 머리로는 이해됐지만, 마음은 어쩔 수 없이 고독했다. 아무리 꿈이라지만 홀로 죽어 가는 것은 외로운 일이니까.

그때, 누군가 내 손을 잡았다. 따뜻하고 부드러운 촉감. 좀비의 손이 원래 이렇게 보드라웠나?

눈을 뜨니 하길동이 있었다.

"얼른요!"

그가 내 손을 잡아끌었다. 설마 저 눈치 없는 싸가지가 나를 구하러 온 건가? 일단은 그의 커다란 손을 잡았다. 저 멀리 희미한 빛줄기가 보였다.

밖으로 나가는 구멍, 이승의 통로였다.

3.

바깥에 나오니 시체 냄새가 진동했다.

그러니까 이건 꿈이 아니었던 것이다! 방금까지만 해도 내 옆에서 절을 하던 사람들은 싸늘한 주검이 되어 무덤처럼 쌓여 있었다. 그러나 수북이 쌓인 인간 무덤도 금방 무너지고야 말았다. 그들이 새롭게 탄생했기 때문이다. 인간이 아닌 좀비로 그들은 우뚝 섰다.

좀비의 수는 기하급수적으로 늘어났다. 식당 아주머니도, 사무실 직원도, 관광버스를 대절해 절에 놀러 온 관광객들까지도 좀비가 되어 사람들을 먹어 댔다. 출구가 없는 사면초가였다.

나는 뛰다가 흙바닥에 엎어졌다. 찢어진 바지 틈 사이로, 피가 철철 흘렀다. 하길동은 내가 넘어진 줄도 모르고 마라토너처럼 긴 다리로 얄밉게 훌쩍 뛰어갔다.

바닥을 짚고 일어나려 했지만, 무릎이 너무 아팠다. 일어나려다 다시 주저앉기를 반복할 때, 내 앞에 카메라 한 대가 나타났다. 인서트 장면을 포획한 유튜버였다.

그는 다리에 난 상처에 카메라를 갖다 댔다가, 이어서 내 표정을 클로즈업했다.

"뭐 하는 짓이에요?"

볼멘소리로 물었지만 그는 무시하고서 계속 나를 찍었다. 홧김에 카메라를 뺏어 던지자, 그제야 그가 반응했다.

"미쳤어? 고장 나면 네가 책임질 거야?"
"병신…."
"방금 뭐라고 했냐."
"병신 관종 새끼."

유튜버는 내 무릎에 난 상처를 흘끔 보더니, 뾰족한 가죽 구두를 신은 발로 정확히 그 부위를 가격했다. 꼴에 힘은 더럽게 셌다. 내가 몸을 움츠리고 홧홧한 통증을 느끼는 사이, 그는 바닥에 떨어진 카메라를 주워 들고는 잽싸게 도망쳤다. 유튜버가 작은 점으로 보일 때쯤, 하길동이 다가왔다.

"아니, 세라 씨. 언제 다쳤어요?"
"그쪽이 나 버리고 가고 나서요…."
"잘 따라오는 줄 알았죠! 아… 짧은 다리를 간과했네요."
"뭐라고요? 아무튼 난 못 뛸 것 같아요."
"그게 무슨 말이에요."

"아무래도 다리가….'

하길동은 고개 숙여 내 무릎의 상처를 찬찬히 바라보았다.

"세라 씨, 혹시 〈부산행〉 봤어요?"

"〈부산행〉이요? 네, 뭐 봤죠….'

"1시간 38분 18초. 기억나요?"

"네?"

"나 열차 쫓아가는 장면에서 좀비로 나왔어요."

대체 무슨 말을 하고 싶은 걸까. 죽기 전에 가장 자랑스러웠던 순간이라도 공유하자는 것인가.

"그래서요?"

"나 따라 해 봐요. 키아아악… 캬아아악….'

그는 대뜸 좀비 흉내를 냈다. 상체를 구부정하게 웅크리더니, 눈을 게슴츠레하게 뜨고, 얼굴 근육을 역동적으로 활용했다. 태생적으로 핏기 없이 창백한 얼굴은 덤이었다. 그는 가래 끓는 소리를 내며 굳세게 앞을 향해 걸어갔다.

키아아악… 캬아…아아악… 쿠우우아악….

믿을 수 없지만, 좀비들은 그를 그냥 지나쳤다. 하길동은 좀비들을 뚫고 제 갈 길을 갔다. 대신 좀비들은 모두 나에게 다가왔다.

망할. 그가 내게 죽음을 토스한 걸까. 나는 조금씩 입을 벌렸다. 산에서 곰을 만나도 죽은 척만 잘하면 살아남을 수 있다고 하지 않았나.

캬… 캬아… 키아아… 악….

그러나 좀비를 연기하는 중이라고 호소하는 나의 연기력에, 그들은 내가 인간 고기임을 확신했다. 죽음을 목전에 두고 비참해서 식은땀이 흘렀다. 하길동은 뒤도 돌아보지 않고, 자꾸 앞으로만 나아갔다. 의리 없는 배신자 같으니라고. 혼자만 살겠다 이거지!

잽을 날려 볼까도 생각했지만, 손에서는 흥건한 땀만 흘러내렸다. 좀비 넷은 걸쭉한 침을 흘렸다. 마른 흙바닥이 그들의 침으로 젖어 들었다.

"이, 이봐요…."

하길동을 불러 봤지만, 겁에 질려 목소리가 안 나왔다.

"기, 기, 길동 씨…."

여전히 그는 멀어지는 중이었다. 정말 이대로 물려 죽는 것일까. 제발 뒤 좀 돌아봐요. 하길동 씨… 하길동! 야!

"야! 이 씨부럴 염병할 놈아!"

그 순간, 수십 명의 좀비가 나를 쳐다봤다. 포효하는 육성에 놀란 건 나도 마찬가지였다. 좀비 떼는 한꺼번에 나를 향해 몰려오기 시작했다. 수십 개의 광기 어린 눈빛을 마주하자 등에서 미지근한 식은땀이 흘러내렸다.

"으…아…까따비… 으…아… 우우… 이…엘렐레 엘렐레…."

외계어 같기도, 원주민어 같기도 한 말이었다. 떨리는 목소리가 어느 부족의 간절한 기도문 같기도 했다. 좀비들은 일제히 소리가 난 곳을 쳐다봤다.

하길동이 되돌아오고 있었다. 그는 알 수 없는 말을 계속해 댔는데, 신기하게도 좀비들은 그의 말에 천천히 고개를 끄덕였다. 뭔가를 알아듣는 눈빛이었다. 인간의 언어만 존재한다고 생각한 나는, 우물 안 개구리였다. 세상엔 구글 번역기도 소화하지 못할 '좀비어'가 있었다.

좀비들은 하길동의 말에 점차 반응했다. 그들은 둥글게 모여 오랑우탄처럼 몸을 들썩였고, 늑대처럼 하울링을 하다가, 서로의 머리를 긁어 주었다. 마침 어릴 때 봤던 뮤지컬 〈캣츠〉가 떠올랐다. 그들은 야외무대에서 좀비 연기를 펼치는 배우들 같았다. 그렇게 한참을 하길동과 소통하던 좀비 무리는 다른 먹잇감을 찾아 떠났다.

"아니, 어떻게 한 거예요? 좀비랑 말이 통해요?"

나는 흥분한 채로 하길동에게 물었다.

"어… 그게, 나중에 설명할게요. 일단 올라타요."
"네?"

그는 목말을 타라고 권유했다. 이곳에서 최장신인 그의 어깨에 올라타면, 눈부심에 취약한 좀비들이 나를 쳐다도 보지 못할뿐더러, 함께 뛸 수도 있다고 했다.

시간이 없었다. 끊임없이 증식하는 좀비들은 사방에서 다가왔고, 무릎이 아파서 더 걷는 건 무리였다. 어쩔 수 없이 나는 그의 어깨 위에 올라탔다.

"안 무거워요?"
"깃털처럼 가벼운데요?"

그러나 그는 무게를 견디지 못하고 휘청였다. 그를 올라타고 내려다본 세상은 그야말로 가관이었다. 신록으로 빛나던 푸른 절은 피로 물든 폐허가 되어 있었다.

눈앞에서 사람들이 시시하고, 처참하게 죽어 갔다. 이토록 값싼 목숨이라니, 무자비한 죽음 앞에서 식은땀이 흘렀다. 실낱같은 희망조차 없는 걸까….

"여기요! 여기!"

스님의 목소리였다. 스님이 저 멀리 사무실에서 살아 있는 사람들을 향해 애타게 손을 흔들었다. 거대한 철문을 입구로 두고, 유일하게 콘크리트로 지어진 사무실은, 단연코 이 절에서 가장 안전해 보였다.

앞서 뛰어가고 있는 중년 남자와 유튜버도 보였다. 나는 하길동의 머리카락을 움켜쥐고, 방향을 지시했다. 하길동은 널브러진 시체를 밟으며 껑충 달려 나갔다.

사무실에 가까워질수록, 하길동은 거친 숨을 내쉬었다. 그의 이마에서는 땀이 홍수처럼 흘러나왔다. 하지만 조금도 방심할 수 없었다. 바로 뒤에서 대규모의 좀비 떼가 우릴 쫓아오고 있었다. 그사이, 중년 남자와 유튜버가 무사히 사무실에 안착했다. 이제 남은 건 우리뿐이었다.

활짝 열려 있던 무거운 철문이 양쪽에서 서서히 닫히며 공간이 줄어들고 있었다. 게다가 하필 내 무릎을 가격했던 유튜버가 문을 닫으며 나를 응시했다. 초조한 마음을 읽은 것일까. 나를 바라보는 그의 눈이 환희로 빛나며 입꼬리가 비릿하게 올라갔다. 나는 점차 좁아지는 문틈을 애타게 바라봤다. 비열한 관종 새끼… 감히 사람 목숨 가지고 장난을 쳐? 나는 하길동을 향해 외쳤다.

"날 던져요!"
"뭐라고요?"

"문틈 사이로 날 던지라고요!"

방법은 하나뿐이었다. 저 좁은 틈 사이로 어떻게든 들어가야만 했다.

"던져요. 어서!"

"이렇게 무거운데 어떻게 던져요!"

"뭐요? 언제는 깃털처럼 가볍다면서요?"

"그 말은 취소하죠!"

"닥치고 던지라면 던져요!"

"네… 넵!"

하길동은 있는 힘껏 나를 던졌고, 나는 바람을 가르며 날아올랐다.

4.

눈을 뜨니, 유튜버의 몸통 위였다.

나는 그를 깔고 엎어져 있었다. 그의 코에 단단히 박힌 블랙헤드가 보일 만큼 우리는 가까웠다.

"병신…."

누가 먼저랄 것도 없이 우린 서로를 향해 병신이라 읊조렸고, 빛의 속도로 떨어져 나왔다. 하길동은 방금 사우나를 하고 나왔다고 해도 믿을 만큼 온몸이 땀으로 흥건했다. 나의 무게를 참고 견뎌 준 그에게 내심 미안했다.

살아남은 이는 열 명 남짓이었다. 좀비들은 콘서트에서 떼창을 하듯, 문을 두드리며 고래고래 소리쳤다. 창문마다 좀비의 입김이 서렸다.

"우리라도 끝까지 살아서 나갑시다."

스님이 비장하게 말을 꺼냈다. 중년 남자는 스님의 말에 또 눈물을 훔쳤다.

"죄송합니다. 제가 갱년기라… 이해 좀 해 주세요."

나는 티슈 몇 장을 뽑아 중년 남자에게 건넸다.

"고마워요. 학생…."

그는 있는 힘껏 코를 풀더니, 촉촉하게 젖은 눈으로 내 다리를 뚫어져라 바라봤다. 찢어진 바지 사이로 허연 다리가 적나라하게 드러나 있었다. 그의 눈빛은 어딘가 찜찜했다.

"왜 그렇게 쳐다보세요?"

그는 말이 없었다.

"저기요, 아저씨. 왜 쳐다보시냐고요."
"너 물렸어?"

그가 뒷걸음질쳤다.

"아뇨… 물리긴…."
"맞아요. 쟤 아까 좀비한테 물렸어요."

유튜버였다. 그는 모든 사람들이 다 들으란 듯이 다시 한번 크게 소리쳤다.

"제가 봤다니까요. 좀비한테 물리는 거!"
"거짓말이에요. 이거 엎어져서 난 상처라고요!"

중년 남자는 흥분한 채로 내 양어깨를 세게 잡았다.

"눈빛이 흔들리는데? 내가 하도 사기를 당해서 거짓

러브러브 좀비템플

말만큼은 기가 막히게 알아보거든."

어이가 없었다. 그가 왜 여태껏 사기를 당했는지 알 만했다.

"넘어진 거 맞아요. 제가 봤어요."

하길동도 증언했다. 그러자 중년 남자는 까치발을 들고 하길동의 멱살을 잡았다.

"네놈 말을 어떻게 믿어! 증거 있어?"

그는 악에 받친 사람처럼 고함을 질렀다.

"어허… 지금 우리끼리 싸울 때가 아니잖아요."

스님이 중재하려 나섰으나, 중년 남자의 두 눈이 섬 뜩하게 빛났다. 그의 눈은 지나간 세월을 투명하게 보여 주는 듯했다. 넘쳐나는 확신으로 스스로의 인생을 송두리째 망가뜨려 버렸지만, 그 누구도 탓할 수 없어 병들어 버린 마음이 그의 눈빛에서 모두 드러났다.

"당장 나가."

그가 막무가내로 나를 끌어냈다. 스님과 하길동이 막아 보려 했지만, 갱년기에 접어들었던 남성의 힘은 무지막지했다. 유튜버는 음흉하게 웃으며 카메라를 만졌다.

쫓겨나면서 창문에 비친 시커먼 좀비 떼를 바라봤다. 인간을 향한 그들의 아우성이 몸서리치게 징그러웠다. 그러나 나를 바라보는 중년 남자에게서 똑같은 시선을 느꼈다. 그는 다리가 수십 개 달린 물컹한 벌레를 바라보듯 나를 경멸했다.

나는 숨을 한번 깊이 들이쉬고서 말했다.

"아저씨나 나가요."

"뭐라고?"

"난 좀비한테 물린 적 없으니까 아저씨나…."

순간, 두꺼운 손바닥이 내 얼굴을 스쳤다. 얼굴 반쪽이 마비된 것처럼 볼이 얼얼했다. 살면서 뺨을 맞아 본건 처음이었다.

"여기 있는 사람들 다 죽일 셈이야?"

그제야 사람들의 표정이 보였다. 그들은 침묵했지만, 침묵하지 않았다. 지독한 전염병에라도 걸린 사람처럼 나를 바라보는 눈빛은 내가 이곳의 불청객이라는 것을 명증했다.

"좋아. 그럼 거수로 정하지. 얘가 나갔으면 좋겠다는 사람 손 들어요."

정적이 흘렀다. 서로 눈치만 보다가 누군가 당당하게 손을 들자, 다른 이들도 하나둘 손을 들었다. 하길동과 스님을 제외하곤 한 명도 빠짐없이 모두.

"봤지? 나가. 당장."

중년 남자는 제멋대로 상황을 진두지휘했다. 그는 실의에 빠진 이들의 심리를 이용하는 악랄한 파시스트였다. 불안의 시대에는 카리스마 있는 독재자가 인기를 끄는 법이라지만, 내 눈을 피하면서도 꼿꼿이 손을 들고 있는 사람들을 보자니, 조금은 서글펐다. 하길동은 사람들을 향해 제발 한 번만 믿어 달라고 호소했지만, 아무도 손을 내리지 않았다.

스님은 다급히 내 손을 잡아끌었다. 그녀는 좀비들이 모르는 뒷문 통로로 나를 안내하더니 자그마한 목소리로 속삭였다.

"절 구석에 폐쇄된 푸세식 화장실이 있어요. 거기에 몸을 숨겨요."

"화장실요?"

"내가 지름길을 알려 줄게요."

스님은 그곳이 사무실 다음으로 안전할 뿐만 아니라, 지독한 냄새 때문에 좀비들이 얼씬도 못 할 거라고 장담했다. 그녀는 설명하는 내내 목이 잠겨 있었다. 스님과 눈이라도 마주치면 울컥할 것 같아 나는 바닥만 한없이 쳐다보았다.

"꼭 살아서 봅시다."

설명을 마치고서 그녀가 나를 안았다. 그러나 차갑게 얼어 버린 마음은 다정한 포옹에도 쉽게 녹지 않았다.

맑게 갰던 하늘에선 다시 비가 내렸다. 하늘은 세상이 종말할 것처럼 시커먼 먹구름으로 뒤덮여 있었다. 손을 뻗어 손바닥 위에 따갑게 떨어지는 빗방울을 느꼈다. 두 주먹을 꽉 쥐고 금방이라도 떨어질 것 같은 눈물을 참아 보려 했다. 그런데 하필 그때, 하길동이 내 곁으로 와서 말을 걸었다.

"괜찮아요?"

"왜 나왔어요? 얼른 들어가요."

"아, 그러니까…."

그는 무슨 말을 하려는지 머뭇거렸다. 그러나 나를

안쓰럽게 바라보는 것만큼은 확실했다.

"그쪽이 짠해서요."

짠하다니. 정말이지 이 사람은 눈치도 없나….

"값싼 동정 따위 필요 없으니까 어서 들어가요."

그러나 하길동은 내 주변을 어슬렁거렸다.

"얼른 들어가라니까요."

"어릴 때 퍼그를 키웠는데 늘 울상이었거든요."

갑자기 웬 퍼그. 이 사람은 또 무슨 헛소리를 하려는 걸까.

"그래서요?"

"억울한 표정이 세라 씨랑 똑 닮았어요."

"지금 나 놀려요?"

"아니, 그게 아니라…."

"그게 아니면 뭐요? 제발 부탁인데… 쓸데없는 얘기 할 거면 얼른 들어가요."

"어떻게 다친 사람을 혼자 두고 갑니까? 네? 난 못 가요. 아니, 안 가요. 절대로!"

하길동은 갑자기 흥분하며 소리쳤고 자세히 보니 눈가에 눈물이 조금 고여 있었다.

"아니, 그쪽이 왜 울어요… 울고 싶은 사람은 따로 있는데…."

"몰라요. 슬퍼요."

"정말 왜 그래요. 나 진짜 꾹 참고 있었는데…."

참았던 눈물이 거칠게 볼을 타고 흘렀다.

"내가 지켜 줄게요."

"네?"

"내가 세라 씨 지켜 준다고요!"

하길동의 갑작스러운 고백에 눈물이 쏙 들어갔다. 나를 지켜 준다고? 허우대만 멀쩡한 사람이 이런 생지옥에서 무슨 수로? 그러나 고개를 빳빳이 들고 입을 앙다문 하길동의 표정은 꽤나 단호했다. 나는 계속해서 그에게 돌아가라고 했지만, 그는 대차게 고개를 내저었다. 명랑하고 산만한 모습은 어디로 가고, 듬직한 전우의 모습으로 어느새 내 앞에 서 있었다. 그가 커다란 손으로 내 등을 쓰다듬자 목울대로 뜨거운 것이 치밀었다.

"울지 말고요… 우리 꼭 살아남아요."

그의 비장한 얼굴을 보며 나는 천천히 고개를 끄덕였다. 혼자가 아니라 함께라면 끝까지 살아남을 수 있을까. 그토록 살기 싫었던 악몽 같은 날들은 어쩌면 살기 위한 발버둥이었을지도 몰랐다. 머릿속엔 온통 살아남고 싶다는 생각뿐이었으니까.

그렇게 나는, 하길동의 온기에 의지해 한 발짝씩 내디뎠다.

5.

스님이 말해 준 지름길은 시간이 멈춘 듯 고요했다. 스산한 길을 걷자니, 지구가 멸망하고 남은 마지막 인류가 된 기분이었다.

정신을 차리고 보니 모든 게 꿈같았다. 산사에 좀비

가 나타난 것도, 정체 모를 남자와 함께 숲속을 걷고 있는 것도 모두 예상 밖의 전개였다. 무엇보다 사람이 좀비와 말이 통한다는 것은 도무지 믿을 수 없었다. 겉보기에 하길동은 평범했다. 비범한 재주를 가졌다고 보기엔 영험함이 전혀 없었다. 그런데 어떻게….

"근데 어떻게 된 거예요? 좀비랑 말이 통해요?"
"그게 말이죠…."

호기심을 못 이기고 내가 계속 채근하자, 하길동은 머뭇거리다가 대뜸 어린 시절 얘기를 꺼냈다.

그는 영국의 한 사립학교에서 라틴어와 불어를 배웠고, 독일, 이탈리아, 덴마크 친구들과 사귀며 자연스레 다른 나라의 언어를 배웠다고 했다. 어쩌다 보니 일곱 개나 되는 언어를 구사할 수 있었기에, 더 이상 새로운 언어에 관심을 두지 않았다. 그러나 여덟 번째 언어가 그에게 찾아오고야 말았다.

중학교 졸업 기념으로 친구들과 떠난 뉴질랜드 여행에서 사랑에 빠지고 만 것이다.

상대는 열 살 많은 마오리족 여자였다. 사랑에 심취한 하길동은 홀로 1년을 더 머물며 마오리족의 언어를 습득했다. 매일 아로하(사랑해)라고 속삭이며 사랑과 관련된 모든 문장을 말할 수 있게 되었다. 그리고 총 여덟 개의 언어를 구사하게 된 하길동에게 점차 신비한 일이 생겨났다.

동물의 언어가 들리기 시작한 것이다!

동물원에 갔을 때, 그는 각종 소음에 귀가 아팠다. 마오리족 여자에게 고통을 호소하자, 그녀가 말했다.

"무슨 소리야? 여기엔 우리뿐이야."

하길동은 주변을 살폈다. 그녀의 말대로 이른 아침부터 동물원에 온 손님은 없었다. 그러나 소리는 계속해서 들렸다. 여기서 꺼내 줘. 죽을 것 같아. 제발….

소리가 난 곳을 보니, 각종 동물들이 발길질을 하며 하길동을 빤히 바라보고 있었다. 순간 하길동은 어린 시절에 처음으로 낯선 영국 땅을 밟았을 때의 기분을 떠올렸다. 그러자 자신이 누구인지도 모른 채로 정착하고 견뎌야만 했던 때의 느낌이 뉴질랜드의 외딴 동물원에서 생생히 되살아나기 시작했다.

그는 안전 요원이 졸고 있는 틈을 타, 철장 문을 열었다. 덕분에 기린과 얼룩말, 코끼리와 사슴 떼가 동물원에서 탈출했다. 경찰서에 잡혀 들어간 하길동에게 저 멀리 숲속에서 희미한 목소리가 들려왔다.

"존나 고맙다. 멋진 새끼…."

하길동은 추억에 빠진 채 피식 웃었다. 문득 그가 심각한 허언증을 앓고 있는 게 아닌가 하는 생각이 들었다. 그러나 그가 좀비와 대화를 나눈 건 부정할 수 없는 사실이었다. 말도 안 되는 소설 같은 삶을 사는 사람이었다.

동화 같은 얘기를 듣다 보니, 어느덧 폐쇄된 화장실 앞이었다.

스님의 말이 맞았다. 좀비들은 화장실 근처엔 코빼기도 비치지 않았다. 대신 살찐 파리들만 둔하게 날아다녔다. 녹슨 나무 사이로 풍기는 케케묵은 용변 냄새는 구역질이 날 만큼 끔찍했다. 그러나 하길동은 평온했다.

"괜찮아요? 난 토할 것 같은데…."

"뭐가요?"

"길동 씨는 냄새 안 나요?"

"아, 난 만성 비염이에요."

이런 축복받은 유전자 같으니라고. 하필 이 순간 비염 찬스를 쓰다니….

문을 열자, 예상보다 더 기상천외한 악취가 났다. 부패한 음식을 한데 모아 화장실 벽에 발라 놓은 것 같았다.

"생각보다 아늑하고 좋은데요. 안 그래요, 세라 씨?"

하길동이 함박웃음을 지었다.

"글쎄요…."

"역시 개구멍에도 볕 들 날이 있다니까요. 하하하."

"쥐구멍이요."

"하하하. 그런가요."

그는 옆에 앉으라며 내게 손짓했다. 곰팡이가 핀 나무 바닥이라 주저했지만, 막상 앉고 나니 몸에 힘이 턱 풀렸다. 시간이 흐르자 코가 마비되어 냄새도 나지 않았다. 그의 말대로 아늑한 보금자리였다. 밖에선 좀비 떼가 사람들을 집어삼켰지만, 나는 통나무로 지어진 카페에 하길동과 놀러 와 있었다. 긴장이 풀리니 졸음이 쏟아졌다. 한숨 자고 일어났을 때, 모든 게 꿈이었으면….

"세라 씨는 살아남으면 하고 싶은 거 있어요?"

나른함에 당장이라도 눈이 감길 것 같을 때, 하길동이 물었다.

"음… 글쎄요. 길동 씨는요?"

"난 내일 중요한 오디션이 있어요."

"무슨 역할인데요?"

"자식을 버리는 부모 역할이요."

"어려운 역할이네요."

"공고 뜨고서 잠자는 시간 빼고는 연습만 했어요."

하길동의 표정이 이전과 달리 사뭇 진지했다. 어쩐지 좀 울적해 보이기도 했다.

"사실 나도 내일 중요한 경기가 있어요."

"무슨 경기요?"

"아마추어 복싱 대회요."

"복싱이요?"

하길동이 놀란 표정으로 물었다.

"네, 근데 아마 안 나갈 거예요."

"왜요?"

"지기 싫어서요."

"지면 지는 거죠. 뭐가 그렇게 심각해요."

"난 지는 게 무서워요. 평생 이겨 본 적이 없거든요."

"당장 죽을지도 모르는데 무서울 거 있나요."

"그런가요…."

"세라 씨, 난 입양됐어요."

갑작스러운 고백이었다.

"세라 씨도 살아서 이기든 지든 꼭 대회에 나가요. 나도 그 역할 꼭 따낼 거니까."

그의 목소리에 진솔함이 묻어났다. 그의 눈빛이 평소보다 진지했으므로 나는 달리 아무 말도 할 수 없었다.

"사실, 난 손을 망가뜨리려고 권투를 시작했어요."

정적 속에서 내가 무심코 내뱉었다. 어쩌면 화장실은 은밀한 얘기를 털어놓기에 최적의 장소일지도 몰랐다. 이때부터 우린 번갈아 가며 서로의 비밀을 하나씩 털어놓았으니까.

누군가와 내밀한 얘기를 하는 건 처음이었다. 의사 선생님에게도 하지 못한 얘기들이 불쑥불쑥 튀어나왔다.

하길동은 친부모를 찾기 위해 한국에 왔다가 연기를 시작했다고 했다. 만나면 물어볼 게 많았는데, 수소문해서 찾은 친부모의 존재는 이미 세상에서 사라진 지 오래였다. 슬픔에 사무친 하길동은 발길이 닿는 대로 걸었는데, 걷다 보니 도착한 곳이 망하기 직전의 오래된 독립 영화관이었다. 그는 당장의 괴로움을 잊기 위해 제목도 모르는 영화 세 편을 연달아 예매하고 스크린에 몰입했다. 그런데 하필 세 편의 영화가 모두 지나치게 애달프거나 어이없을 정도로 웃기거나 감당할 수 없을 만큼 난해해서, 캄캄한 밤이 되어 영화관을 나왔을 때는 자신이 왜 한국에 왔는지조차 까먹게 되었다. 낙엽이 떨어지는 길거리를 걷는데 매 장면 열연을 펼친 배우들의 표정이 떠올랐다고 했다.

"그들처럼 매번 새로운 존재로 거듭나고 싶었어요. 그럼 고민할 필요 없잖아요. 내가 누군지, 어디에서 왔는지…."

하길동이 말했다.

어느새 나는 그의 곁에 꼭 붙어 등을 토닥이고 있었다.

"나, 길동 씨가 연기하는 거 언젠가 꼭 보고 싶어요."

"기회가 된다면 다음에 꼭 보여 줄게요."

때마침 화장실 창문으로 가느다란 빛이 들어왔다. 어두컴컴한 화장실에서 그의 얼굴이 빛났다. 고요한 침묵이 흘렀고, 하길동이 크고 맑은 눈으로 나를 바라봤다.

마른침을 삼켰다. 설마 이 100년 묵은 화장실에서 입맞춤을 하려는 건 아니겠지… 이건 내 생애 첫 키스였다! 마음의 준비도 안 된 상태에서 하길동의 얼굴은 점차 가까워졌다. 까짓것 뭐, 어딘지가 대수인가. 전쟁 통에도 사랑은 꽃핀다고 하지 않나. 게다가 이젠 아무런 악취도 나지 않았다.

나는 서서히 눈을 감았다. 그러나 하길동은 더 이상 다가오지 않았다. 내 입술은 허공을 휘저었다.

"크아아악… 크아아악…"

들리는 건 하길동의 신음뿐이었다. 뭐지. 뽀뽀 한번 하는 게 이렇게 흥분할 일인가.

슬며시 눈을 뜨니, 좀비가 썩은 이빨을 한가득 드러내며 입을 벌리고 있었다!

하길동은 이미 좀비에게 물려 저 멀리 구석에서 나뒹굴고 있었다. 모든 게 혼란스러웠지만, 일단 도망쳐야 했다. 나는 잽싸게 화장실 문을 열고 뛰쳐나갔다. 한 무리의 좀비 떼와 하길동이 나를 쫓아왔다.

젖 먹던 힘을 다해 달려 봤지만 그들의 손아귀 안이었다. 참고 있던 소변이 허벅지를 타고 흘렀다. 좀비로 변한 하길동은 나를 향해 입을 벌렸다. 크고 뾰족한 송곳니가 번쩍 빛났다. 나를 다정하게 쳐다보던 눈빛은 사라지고 없었다. 그의 눈은 오직 나를 뜯고 씹어 버리겠다는 탐욕뿐이었다. 가슴이 시리다 못해 쓰라렸다. 이 끔찍한 상황에서 유일하게 의지했던 사람이 영원히 떠나간 것이다.

"세라 씨… 세라 씨?"

눈을 뜨니 하길동이 멀쩡한 모습으로 나를 쳐다보고 있었다.

"잘 잤어요?"
"아… 꿈이었구나…."
"많이 피곤했나 봐요. 막 소리도 지르던데…."
"미안해요. 많이 놀랐죠?"
"아뇨. 놀라긴요."

나른한지 자꾸 하품이 나왔다. 하길동도 입을 크게 벌렸다. 그러더니 목뒤를 벅벅 긁었다. 가만 보니 붉은 상처가 있었다.

"웬 상처예요?"
"아… 이거. 아까 오다가 나뭇가지에 살짝 긁혔어요."

선명한 붉은 상처가 눈에 거슬렸다. 설마 좀비에게 물린 건가? 에이, 아니겠지. 아닐 거야. 나를 유일하게 믿어 준 사람을 잠시 의심하는 것만으로도 나는 죄책감이 들었다. 그러나 목에 난 상처가 계속 눈에 띄었다.

"세라 씨, 난 내일 중요한 오디션이 있어요."
"무슨 역할인데요?
"자식을 버리는 부모 역할이요."
"어려운 역할이네요."
"공고 뜨고서 잠자는 시간 빼고는 연습만 했어요."

분명 꿈에서 들었던 말이었다. 그러니까 이건… 데자 뷰였다.

"길동 씨."

"네?"

"나랑 키스할래요?"

갑작스러운 제안에 하길동은 잠시 주춤했다.

"왜요. 당장 죽을지도 모르잖아요. 좀비가 언제 들이닥칠지도 모르고…요!"

그는 쿨럭, 기침을 하더니 붉어진 얼굴로 점차 내게 다가왔다. 나는 살포시 눈을 감고 카스텔라보다 달콤할 그의 입술을 기다렸다. 은은하게 배어 나오는 달콤한 그의 살냄새에 정신이 아찔했다. 그의 콧김에선 작설차의 고소한 향이 났다. 푸세식 화장실이 이렇게 로맨틱한 장소였나.

그러나 내 입술은 다시 허공을 휘저었다. 묘한 기시감에 눈을 뜨니, 하길동이 나를 내려다보고 있었다. 눈알이 뒤집어지고 입이 비뚤어진 모습으로.

키아아악… 캬아아아악….

그가 내지르는 좀비 소리에 나는 어안이 벙벙했다. 이건 꿈속의 꿈인가? 볼을 세게 꼬집고 비틀었다. 조금 전까지 몽롱하게 취해 있던 환상이 다 날아갈 만큼 얼얼하게 아팠다. 꿈이 아니었다.

나는 하길동을 밀쳐 내고 다친 다리를 절뚝거리며 화장실을 뛰쳐나갔다. 나를 집어삼키는 공포에 눌려 무릎 통증은 전혀 느껴지지 않았다.

6.

커다란 상수리나무 뒤에 몸을 숨기고 나서야 터질 듯한 심장 박동을 느꼈다. 온몸이 심장 소리로 쿵쾅거렸다. 하길동이 저 멀리서 저벅저벅 나를 향해 걸어왔다. 그는 고장 난 로봇처럼 절뚝거렸다. 입은 비뚤어지고, 눈엔 초점이 없었다. 당장이라도 도망가고 싶었지만, 발길이 떨어지지 않았다. 그가 좀비라는 사실을 믿고 싶지 않았다. 내가 처음으로 사귄 친구였다. 하늘에선 까마귀 떼가 쉬지 않고 불쾌하게 울어 댔다. 비극적인 인생의 결말을 암시하듯이.

하길동이 가까이 다가왔지만, 나는 움직일 수 없었다. 그를 잃고 싶지 않았다. 이대로 도망치면 그와는 영영 안녕이었다.

내 코앞까지 온 하길동은 입을 한껏 벌리더니, 나를 물었다. 목에 그의 미지근한 숨결이 느껴졌다. 곧이어 단단한 이빨의 감촉이 모든 신경을 자극했다.

좀비가 되다니. 평범함의 끝을 내달리던 인생에 마침표를 찍는 순간이었다. 눈물이 나올 줄 알았는데, 어이가 없어서 웃음이 터졌다. 나는 모든 걸 내려놓고 하염없이 깔깔거렸다. 좀비가 된 걸 환영이라도 할 셈인지 하늘에는 먹구름이 드리웠다. 한번 터진 웃음은 멈추지 않았다.

"세라 씨…."

뭐지? 좀비가 말도 하나. 하길동은 분명 또박또박한 발음으로 나를 불렀다.

"미안해요, 세라 씨⋯."

나는 두려움에 그를 쳐다만 봤다. 그러나 그는 나와 눈이 마주치는 것을 피하며 말을 이었다.

"오해 말아요. 장난이었어요."

당혹스러움에 아무 말도 할 수가 없었다. 그는 풀이 죽은 목소리로 중얼거렸다.

"조만간⋯ 오디션이 있어요. 그리고 아까 연기하는 거 보고 싶다길래⋯."

"그래서요?"

"여, 연습 삼아서⋯ 조, 좀비⋯."

그는 급격히 말을 더듬기 시작했다.

"그러니까 나를 상대로 좀비 연기를 했다는 거예요?"

"네⋯ 그런 셈이죠."

기가 막혀서 말이 안 나왔다. 불치병이 오진으로 판명 나면 이런 기분일까. 제길. 기분이 더럽고도 좋았다. 혹시 몰라 나는 황급히 몸을 훑었다. 피부가 창백해지면서 핏줄이 도드라지거나 송곳니가 뾰족해지지도 않았다. 인육이 당긴다거나 누군가의 피를 빨아 먹고 싶다는 생각은 더더욱 없었다.

까마귀 떼가 물러가고, 작은 참새 떼가 기분 좋게 짹짹거렸다.

안도와 기쁨이 뒤섞여 나는 다시 배를 잡고 깔깔댔다. 앞으로 펼쳐질 장면을 미리 엿보기라도 한 것일까. 내가 웃으면 웃을수록 하길동의 안색은 창백해졌다. 이제 그는 커다란 샌드백에 지나지 않았다. 이 더럽게 좋은 기분을 풀어 줄 최장신 샌드백.

"속이니까 좋냐? 이 망할 놈아!"

나는 문드러진 속이 풀릴 때까지 그를 때리고 또 때렸고, 주먹이 벌겋게 부어오르고서야 흥분이 가라앉았다.

그때, 어디선가 비명이 들렸다. 소리가 난 곳에서 중년 남자와 유튜버가 다급한 얼굴로 뛰어오고 있었다. 곧이어 스님이 흙빛이 된 얼굴로 그들의 뒤를 쫓았다. 또다시 좀비 떼가 쫓아오는 것일까. 가슴이 두근거렸다. 나와 하길동도 다시 도망칠 준비를 했다. 그러나 그 순간, 스님이 외쳤다.

"저 새끼들 잡아!"

나와 하길동은 벙쪘다. 우리의 스님께서 속세의 언어를 저렇게 찰지게 쓸 줄이야…. 스님은 달리다가 돌부리에 걸려 엎어졌고, 흙이 잔뜩 묻은 얼굴로 아이처럼 목 놓아 울었다.

"그놈들이 시줏돈을 몽땅 털어 갔어요…."

그녀의 말대로, 그들이 떨구고 간 지폐 서너 장이 길가에 나뒹굴었다. 용서할 수 없었다. 사람을 벼랑 끝까지 내몬 것도 모자라 시줏돈을 갖고 튀다니. 그 와중에 저 멀리서 좀비들이 다가오는 소리까지 들려왔다. 시간이 없었다.

"타요."

때마침 하길동이 말했다.

그는 고개를 숙이고 자기 어깨를 가리켰다. 나는 주저 없이 그의 어깨 위에 올라타 뒤통수를 꽉 잡았다.

"걱정 마세요. 돈은 저희가 찾아 드릴게요."

나는 하길동의 머리카락을 쥐고선 소리쳤다.

"달려요. 이랴! 이랴!"

하길동은 긴 다리로 다시금 펄쩍펄쩍 달려 나갔다. 지금 속도라면 따라잡는 건 시간문제였다. 예상대로 작은 점으로 보였던 두 사람이 점차 또렷해졌다.

"조금만… 조금만 더…."

마지막 잎새처럼 몇 가닥 안 남은 중년 남자의 머리가 눈앞에 보였다. 바짝 다가가 헤드록으로 넘어뜨리자, 수백 장의 지폐가 공중으로 떠올랐고, 중년 남자가 쓰러진 틈을 타, 하길동은 잽싸게 돈을 주웠다. 나는 달려가 유튜버의 머리끄덩이를 잡았다. 그러나 그는 잡히지 않았다. 내 손에 쥐어진 건 그의 가발이었고, 햇볕에 비친 유튜버의 대머리가 독보적으로 반짝였다. 그는 내 손에서 가발을 홱 낚아채 머리에 급하게 얹더니 붉게 상기된 얼굴로 내게 주먹을 날렸다. 그러나 그의 주먹은 그처럼 둔하고 무식했다. 내가 가볍게 주먹을 피하자, 유튜버는 바닥에 노란 가래침을 뱉었다.

"후… 여자라고 안 봐준다."
"나도 대머리라고 안 봐준다."

대머리란 말에, 쓰러져 있던 중년 남자도 합세해 내게 달려들었다.

"세라 씨… 살살 해요."

하길동이 바닥에 떨어진 돈을 주우며 내게 속삭였다. 그들은 눈에 독기를 품고 양쪽에서 내게 주먹을 날렸다. 하지만 무작정 뻗어 대는 주먹은 내 얼굴 주변을 허우적거릴 뿐이었다. 그래도 표정만큼은 100점이었다. 희번덕거리는 흰자위는 상대를 위협하기에 충분했다. 나는 그들의 몸을 부위별로 가격하며 내일 열리는 아마추어 복싱 대회를 상상했다. 왜 그토록 경기에 나가기를 망설였는지, 이제는 이해되지 않았다.

바람이 불자, 유튜버의 가발이 포물선을 그리며 날아올랐다. 유튜버의 낯빛이 창백하게 변했다. 그는 재빨리 달려가 가발을 주워 머리에 고쳐 쓰더니 다시 내게 달려왔다. 빈 수레가 요란하다는 것을 증명이라도 하듯 그는 괴성을 꽥꽥 질러 댔다. 나는 하나도 두렵지 않았다. 내 주먹을 믿어 보기로 했다. 그러나 사고는 방심했을 때 일어났다.

7.

바닥엔 피 묻은 짱돌이 나뒹굴었다.

하길동의 머리에선 붉은 피가 철철 흐르고 있었다. 정신없는 틈을 타, 중년 남자가 뒤에서 짱돌로 나를 찍어 누르려 했고, 하길동이 두 팔을 벌려 나를 감쌌던 것이다.

그가 없었더라면 나는 이미 죽은 목숨이었다.

"괜찮아요?"

나는 하길동의 머리를 받치고 흘러나오는 피를 손으로 닦았다. 정신을 차리고 보니, 중년 남자와 유튜버는 이미 멀어진 지 오래였다.

"왜 그랬어요… 내가 뭐라고…."

혹시라도 그가 잘못될까 봐 불안했다. 도대체 왜 그런 무모한 짓을 한 걸까.

하길동은 이 와중에도 엷은 미소를 지었다.

"세라 씨, 걱정 마요. 난 살면서 운이 더럽게 좋았어요."

"운이 좋긴요! 나 때문에 다쳤잖아요!"

"세라 씨가 안 다쳤으니까 됐어요."

목소리에 힘이 없었다. 좀비든 뭐든, 얼른 그를 병원에 데려가야 했다.

"업혀요."

그에게 말했다. 이젠 내 차례였다.

"어떻게 세라 씨가 나를 업어요."

"나 힘세요. 업히라면 업혀요."

나는 낑낑대며 그를 업었다.

"미안해요. 많이 무겁죠?"

"아뇨. 깃털처럼 가벼워요!"

정말로 그랬다. 오직 그를 살려야겠다는 생각에만 집중하니, 커다란 덩치 따위는 아무것도 아니었다. 나는 앞만 보고 달렸다. 땀인지 눈물인지 구분도 안 되는 체액이 얼굴에 잔뜩 흘러내렸지만, 하나도 힘들지 않았다. 그를 살릴 수만 있다면, 개똥밭에서 구를 수도 있었다.

나는 달리고 또 달렸다. 5분쯤 지났을까.

"세라 씨."

"네?"

"뭔가 들려요."

"뭐가요?"

"동물 목소리…."

그는 내 등에 업혀 헛소리를 했다. 마음이 다급해졌다. 얼마나 머리를 심하게 다쳤길래….

"길동 씨… 마음 아프게 왜 그래요. 동물 소리가 어디서 들린다고…."

"분명히 들려요. 많이 굶주렸대요…."

그를 상대하기에는 힘에 부쳤다. 나는 일단 말없이 냅다 달렸다. 그런데 다급한 발소리와 함께 중년 남자와 유튜버의 희미한 형체가 보였다. 그들은 되돌아오고 있었다. 얼빠지고 넋이 나간 얼굴로.

"도망쳐!"

중년 남자가 우리를 향해 고함쳤다. 유튜버는 가발이 벗겨진 줄도 모르고 우리를 지나쳐 달려갔다.

"세라 씨… 우리도 도망가야 해요."

하길동도 나를 재촉했다.

"어서요."

"뭔데요… 무슨 일인데요…."

"일단 뛰어요."

그때였다. 사방에 흙먼지를 날리며 시커멓게 그을린 호랑이 다섯 마리와 멧돼지 떼가 달려왔다. 대규모 좀비 군단이었다. 하늘엔 좀비가 된 독수리 떼가 우리 위를 빙글빙글 돌았고, 팔뚝만 한 좀비 구렁이도 혀를 날름거리며 쫓아왔다. 황무지 속에 굶주린 짐승들… 이곳은 막연하게 상상해 오던 지옥, 그 자체였다.

하길동은 동물들의 소리를 듣고, 내게 방향을 지시했다. 어딜 가든 좀비들이 뒤따라오는 소리가 들렸다. 어쩌면 우리가 유일한 생존자일지도 몰랐다.

30분쯤 지났을까. 서늘한 공포가 온몸을 휘감았다. 나는 발길을 멈출 수밖에 없었다.

"어떡해요. 길동 씨⋯."

"세라 씨⋯ 진정해요⋯."

중년 남자와 유튜버가 돈다발 더미 위에 흉측한 몰골로 쓰러져 있었다. 조금 전까지 생명이 깃들어 있었다기엔 오래전에 썩어 문드러진 시체 같았다. 통렬한 감정이 내 몸 어딘가에서 치밀어 올랐다.

저게 저들의 최후라니⋯ 잠시나마 품었던 악의는 추모로 변했고, 나는 극심한 추위에 시달리듯 몸을 벌벌 떨었다. 바닥에 모든 것을 게워 내고서야 죽음 한가운데에 서 있음을 인지했다. 먹먹함에 쉽사리 발길이 떨어지지 않았다. 그러나 내겐 묵념할 시간조차 없었다. 가까이에서 좀비들의 소리가 들려왔다. 도망쳐야 했다. 어디로든, 이 피비린내가 진동하는 무덤 속을 빠져나가야 했다.

"불상이요. 세라 씨, 불상으로 가야 해요."

"그 커다란 불상이요?"

"네. 이제 그곳밖에 없어요."

나는 하길동을 둘러업고서 이를 악물고 불상을 향해 뛰었다.

불상 앞에 다다르자 숨이 턱 막혔다. 80미터 높이의 불상은 볼 때마다 적응이 안 됐다. 금방이라도 나를 집어삼킬 것만 같은 크기였다.

"여기가 유일한 피난처예요, 세라 씨."

"여길 올라가야 한다는 거죠?"

"네, 시간이 없어요."

좀비들이 몰려오는 소리가 들렸다.

"세라 씨, 어서요."

불상은 햇볕에 달궈져 열기를 가득 머금고 있었다. 손바닥이 타들어 가는 것 같았지만, 나와 하길동은 침착하게 불상을 올랐다.

"길동 씨, 괜찮아요?"

"난 괜찮아요!"

하길동은 머리에 피를 흘리며 불상을 올라갔다. 그는 민첩했다. 손에 접착제라도 바른 것 같았다. 나도 불상에 몸을 최대한 밀착해 한 발씩 침착하게 내디뎠다.

중간쯤 올랐을까. 아래를 내려다보니, 수백 명의 좀비 떼가 불상을 기어 올라오고 있었다. 죽음의 문턱에 다다랐다는 생각에 눈앞이 캄캄해졌다.

뜨거운 열기 때문에 살이 전부 뜯겨 나가는 것 같았지만, 나는 힘껏 불상을 끌어안았다. 고통에 몸부림치다 보니, 손과 다리에 힘이 풀렸다.

"세라 씨!"

하길동의 목소리가 다급했다.

"네?"

"얼른 아래 좀 봐요!"

아래를 보니, 좀비가 된 중년 남자와 유튜버가 나를 향해 거침없이 올라오고 있었다. 굉장한 속도였다. 그들의 끈기는 대단했다. 하지만 적어도 저들에게 먹혀 생을 마감하고 싶진 않았다. 올라갈 때마다 손끝 마디마디에 견고한 힘이 생겨났다. 돌이켜 보면 피아노를 칠 때도 악력 하나는 타고났다. 건반을 두드리고, 밤새워 타자를 치고, 잽을 날리며 강해진 손의 힘을 그동안 몰라봤던 것이다. 손을 망가뜨리기 위해 복싱을 시작했지만, 어쩌면 손의 쓸모는 따로 있었다.

버텨 내야 했다.

부처의 왼쪽 어깨까지 올라갔을 즈음, 아래를 내려다보니 중년 남자와 유튜버는 올라오다가 미끄러지기를 반복하고 있었다. 그러나 그들은 집요했고, 나는 안심할 수 없었다. 방심하는 순간, 이번 생은 끝이었다. 좀비들이 내 갈비뼈마저 야무지게 발라 먹을 것이었기에.

"세라 씨… 괜찮아요?"

하길동이 부처의 오른쪽 어깨 위에 서서 걱정스럽게 소리쳤다.

"난 괜찮아요!"
"내가 거기로 갈게요."
"아뇨, 위험해요. 거기에 있어요!"

오지 말라고 했는데도, 그는 굳이 머리에 피를 철철 흘리며 내 쪽으로 한 발짝씩 다가왔다. 거의 다 왔을 즈음, 그는 발을 헛디뎠다. 나는 눈을 질끈 감았다.

다행히 그는 두 손으로 부처의 옷깃을 붙잡았다.

"그러니까 오지 말라고 했잖아요! 왜 말을 안 들어요?"

나는 울먹였다. 그러나 이 위태로운 상황에서도 하길동은 여유롭게 웃었다.

"마지막일지도 모르잖아요!"

그는 결국 내 곁으로 다가와 나를 바라봤다.

"길동 씨…."

마지막이라고 생각하니 그의 얼굴을 만지고 싶었다. 만지면서 모두 말하고 싶었다. 태어나서 처음 느껴 본 애틋함에 대해.

"좋아해요."

그러나 선수를 친 건 하길동이었다.

"네?"

"제가 세라 씨를… 조, 좋아해요."

하길동이 특유의 반달눈으로 슬프고도 예쁘게 웃었다.

나도요. 길동 씨.

라고 말하고 싶었다. 그러나 그 순간, 어느새 우리를 향해 올라온 유튜버가 하길동의 다리를 잡았다.

"길동 씨, 조심해요!"

나는 반사적으로 유튜버의 반짝이는 머리통을 발로 뻥 찼다. 유튜버는 미끄러져 저 아래로 튕겨 나가더니 다시 중심을 잡고, 더 빠른 속도로 거머리처럼 올라오기 시작했다.

부처의 어깨 위에 서서 아래를 내려다보니 어느새 좀

비들이 사탕에 붙은 개미 떼처럼 빽빽하고 시커멓게 불상에 달라붙어 있었다. 목뒤로 소름이 오스스 돋았다. 유튜버와 중년 남자는 거리를 좁혀 왔다. 이제 남은 곳은 부처의 얼굴뿐이었다.

"세라 씨, 더 올라갈 수 있겠어요?"
"잘 모르겠어요… 온몸에 힘이 풀려요…."
"조금만… 조금만 더 버텨 봐요."

그렇게 하길동과 나는 마지막 힘을 짜내서 부처의 얼굴을 타고 올랐다. 부처의 입술을 움켜잡고, 코를 디디고, 눈을 밟아 부처의 머리 꼭대기까지 당도했다. 부처의 머리에 앉자, 아찔한 높이에 다리가 덜덜 떨렸다.

이제 더는 올라갈 곳도 없는데 좀비 떼는 포기를 모르고 우리를 쫓아왔다. 그들의 끈질김에 눈에 눈물이 고였다. 이젠 정말 마지막일 것 같아 나는 하길동의 얼굴을 마주 보고 말했다.

"길동 씨."
"네?"
"나도요. 길동 씨가 좋아요."

하길동은 내 얼굴을 어루만지더니 쓸쓸하게 웃었다. 어쩌면 사랑을 속삭이기보다 작별을 고해야 할 시간 같았다.

"만나서 좋았어요, 세라 씨."
"나도요, 길동 씨."

땅땅땅땅… 땅땅땅땅… 땅땅땅땅….

그때 마침 산사에 맑은 목탁 소리가 울려 퍼졌다.

아래를 내려다보니 스님이 목탁을 두드리며 불상을 향해 천천히 걸어오고 있었다. 기괴하게도 그녀의 얼굴은 반은 인간, 반은 좀비였다. 그녀마저 좀비에게 물리고 만 것이었다. 그녀는 초연해 보였다. 운명을 겸허히 받아들인 사람처럼.

수리수리 마하수리 수수리 사바하…
수리수리 마하수리 수수리 사바하…
나무사만다 못다남 옴 도로도로지미 사바하…
나무사만다 못다남 옴 도로도로지미 사바하…

스님의 목소리는 목탁 소리만큼이나 처연하고 맑았다. 이 세상과 작별하며 부처에게 올리는 마지막 염불이었다. 구슬픈 목소리가 너무나 아득해서 먼 세계의 일처럼 느껴졌다.

스님의 불경 외는 소리가 너무나 구슬펐던 탓일까. 좀비들 사이에서 갑작스레 울음이 터졌다. 귀가 아플 정도로 크고 원통한 울음이었다. 무엇이 그들의 감정을 건드린 건지는 알 수 없지만, 슬픔은 전염처럼 빠르게 번져 나갔고, 그들은 합창하듯 온 힘을 다해 목 놓아 울었다. 그리고 울다 지친 좀비들은 하나둘 불상에서 미끄러지기 시작했다. 아찔한 높이에서 우르르 떨어져 나가는 좀비들을 보자니 머리가 어지러웠다.

"세라 씨, 조심해요!"

그 순간, 한 좀비가 내 왼쪽 다리를 잡아끌었다. 나는 중심을 잃고 떨어지며 눈을 질끈 감았다.

"내 손 꽉 잡아요!"

하길동이 외쳤다. 그가 한 손으로 부처의 귀를 잡고서, 다른 한 손으로는 내 손을 잡았다. 그의 목 주변에 굵고 푸른 혈관들이 터질 듯 곤두섰다.

"길동 씨, 손 놔요! 이러다 둘 다 죽어요!"
"싫어요! 절대 안 놔요!"

그는 내 손을 더 꽉 쥐었다.

나는 좀비를 떼어 내기 위해 허공에서 다리를 휘저었지만, 좀비는 좀처럼 떨어지지 않았다. 정작 부처의 귀를 잡고 있던 하길동의 손이 점점 미끄러지고 있었다.

"제발 놔요! 길동 씨 제발요…."

하길동의 얼굴이 새파랗게 질렸다. 아무리 포기하라고 외쳐도 그는 손을 더 꽉 잡을 뿐이었다. 심장이 두근거렸다. 죽음을 눈앞에 둬서가 아니었다. 무언가 낯익은 느낌이 온몸을 훑고 지나갔다. 심장은 더 빠르게 두근거렸다. 백지상태에서 커서가 깜박이듯이.

죽기 직전에 주마등처럼 인생이 스쳐 지나간다는 말은 사실이었다. 짧지만 강렬했던 그와의 기억이 한 편의 영화처럼 지나갔다. 그와의 불쾌했던 첫 만남부터 서로를 구해 준 순간과 부처의 머리 꼭대기에서 마음을 확인한 순간까지… 버릴 장면이 하나도 없었다. 그와 겪은 모든 이야기가 내가 써 온 소설과 비슷했다. 포기하지 않는 주인공이 나오는 이야기. 온갖 괴물을 맞닥뜨리지만, 꿋꿋이 나아가는 페르소나… 머릿속에 뿌연

안개가 낀 듯 어지럽고 속이 매스꺼웠다.

불현듯 피아노와 소설과 복싱이 한꺼번에 떠올랐다. 왜 나는 좋아하는 것을 늘 포기하고야 말았을까. 제대로 완성하지 못한 나의 소설처럼, 나의 과거처럼, 지금 이 이야기도 허무하게 끝이 나려나.

하지만 이제는 달라지고 싶었다. 하필 죽음을 앞둔 이 순간에 그와의 이야기를 제대로 마무리 짓고 싶었다. 포기한다는 것은 놓아준다는 것인데 나는 하길동을 영영 놓고 싶지 않았다.

그러려면 다시 바로잡아야 했다. 버티고 버텨 끝까지 살아남아, 비극적인 결말 대신 행복한 결말을 맞이하고 싶었다. 그러나 그와 맞잡은 손은 점점 미끄러져 갔다. 부처의 귀를 잡고 있던 하길동의 손도 마찬가지였다.

"세라 씨, 미안해요. 나 못 버틸 것 같아요…."

하길동이 울먹이며 소리쳤다.

"괜찮아요, 길동 씨. 괜찮아요…."

심장이 커서처럼 깜박였다. 이번에도 포기해야만 하는 걸까. 내게 해피 엔딩은 영원히 없는 걸까.

우리는 추락했다. 끝없는 공의 세계를 향하여.

찰나의 순간, 허공에 몸을 맡긴 하길동이 보였다. 창백한 하늘 아래, 그는 새하얀 깃털처럼 떨어졌다. 나는 손을 뻗었다. 그의 부드러운 손을 마지막으로 잡고 싶었다. 우리는 다시 만날 수 있을까. 윤회를 거쳐 같은 세상에 태어날 수 있을까.

8.

너무 푹신해서 잠에서 깨고 싶지 않았다. 여긴 대체 어디일까….

미지근한 바람이 내 얼굴을 감쌌고, 따스한 햇볕이 몸 곳곳을 파고들었다. 말로만 듣던 천국에 온 것일까. 그러나 어렴풋이 처연한 염불 소리가 들려왔다.

"세라 씨."

"세라 씨, 내 목소리 들려요?"

귓가에 소리가 희미하게 들렸다.

"세라 씨, 일어나 봐요."

천천히 눈을 뜨자, 하길동이 나를 와락 끌어안았다.

"죽은 줄 알았어요."

"길동 씨, 어떻게 된 거예요?"

푹신한 건 침대가 아니었다. 나는 시체 더미 위에 누워 있었다.

"저길 봐요."

하길동이 가리킨 곳을 보니, 수백 명의 좀비 떼가 여전히 목탁을 두드리는 스님을 둘러싸고 흙바닥에 머리를 조아리고 있었다. 스님의 쓸쓸한 목소리가 산사에 울려 퍼졌다.

> 살생중죄 금일참회 투도중죄 금일참회…
> 사음중죄 금일참회 망어중죄 금일참회…
> 기어중죄 금일참회 양설중죄 금일참회…
> 악구중죄 금일참회 탐애중죄 금일참회…

"십악참회예요."

하길동이 말했다.

"그게 뭐예요?"

"열 가지 죄를 뉘우치는 거예요. 탐욕과 분노와 무지를…."

좀비들 사이로 중년 남자와 유튜버도 보였다. 그들 역시 머리를 조아리고, 알 수 없는 말을 중얼거렸다. 그들에게서 왠지 모를 짙은 회한이 느껴졌다. 염불은 그들을 참회하도록 하는 마법의 주문이었을까. 나는 멍하니 그들이 뉘우치는 모습을 바라봤다. 곧이어 목탁 소리가 사그라들었고, 염불을 마친 스님이 자리에서 쓰러졌다. 스님은 안쓰러울 정도로 창백하게 질려 있었다. 그녀는 빳빳한 종잇장처럼 굳은 채 움직이지 않았다.

차가운 적막이 산사를 둘러쌌다.

주변의 나무들이 뽑힐 만큼 강력한 회오리바람이 불었고, 오색찬란한 소원들이 짤랑거리며 바람에 나부꼈다. 휘몰아치는 흙먼지에 눈을 뜰 수조차 없었다. 곧이어 괴로움에 몸부림치는 비명이 들렸다. 소름 끼치는 처절한 신음이었다. 가까스로 눈을 뜨니 그들의 이마에 불씨가 피어오르고 있었다. 난잡하게 흩날리던 연꽃무늬의 소원지들이 바람을 타고 날아가 좀비의 이마에 붙어 불을 지핀 것이었다. 불씨는 삽시간에 불길로 번졌고, 어느새 좀비들의 몸을 뒤덮고 활활 타올랐다.

나는 멍하니 서서 그들이 증발하는 모습을 바라봤다.

타오르는 불길은 끔찍하고도 아름다웠다. 그들을 집어 삼킨 욕망처럼.

그들은 한 줌의 검은 재가 되어 바람에 흩날렸다. 시커먼 먼지 속에서 중년 남자와 유튜버가 남기고 간 카메라와 가발, 지폐 더미가 보였다. 애타게 가지려 했던 것이지만 차마 가져갈 수 없었다. 그것은 저승의 규칙이었다.

바람이 잦아들자 스님이 깨어났다.

그녀는 일어나, 부처를 향해 엄숙히 절을 올렸다. 나와 하길동도 고개를 숙였다. 기도를 마치고 고개를 드니 부처가 나를 보며 웃었다. 그 누구보다 인자한 얼굴로.

"길동 씨, 봤어요?"
"뭘요?"
"부처가 웃고 있잖아요."
"세라 씨, 그게 무슨 소리예요."

다시 보니 부처의 미소는 사라지고 없었다. 입을 꾹 닫은 근엄한 모습일 뿐이었다. 잠시 착각한 것일까. 분명 웃고 있었는데….

부처 대신 하길동이 웃었다. 나도 웃음이 났다. 얼굴은 피로 물들고, 몸은 시퍼런 멍으로 가득했지만, 하길동의 얼굴을 바라보고 있으니 자꾸 웃음이 새어 나왔다. 그러다가 나는 엉엉 울어 버리고 말았다. 위태로운 불안 속에서 참고 참아 온 긴장이 풀려 버린 것이다.

그렇게 얼마나 울었을까. 하길동은 좀비 흉내를 내며 내 주위를 빙글빙글 돌았다. 계속 울면 잡아먹을 거라고 엄포를 놓으며. 좀비처럼 보이려는 그의 엉성한 몸

짓에 피식 웃음이 터졌다.

"어라! 세라 씨, 방금 웃었어요? 울다가 웃으면 어떻게 되는지 몰라요?"

"몰라요, 몰라!"

"허허… 이거 위급 상황인데…."

하길동은 이 와중에도 시답지 않은 농담을 했다. 유치하고 엉뚱하면서도 또 한편으론 귀엽고 조금은 이상한 사람. 하길동을 한마디로 정의할 수 없었기에 나는 그가 사랑스러웠다. 나는 앞으로도 그를 쉽게 정의할 수 없을 것이다. 알수록 모르겠고, 그래서 더 알고 싶은 기묘한 기운 속으로 빨려 들어가고 있었으니까.

어느새 하늘이 자줏빛 석양으로 물들었다. 나는 노을빛에 비친 하길동을 빤히 바라봤다. 우수에 찬 그의 두 눈동자에 내 모습이 보였다. 나는 흠칫 놀라고야 말았는데, 내가 그를 너무나 애틋하게 바라보고 있었기 때문이다.

나는 서서히 그에게 다가갔고, 그도 내게 천천히 다가왔다. 우리의 얼굴은 점차 하나로 포개어졌다. 그의 입술은 내가 상상했던 것처럼 카스텔라보다 더 부드러웠다. 달큼한 그의 숨결을 느끼며 나는 두 팔로 그를 힘껏 안았다.

바람이 불자, 어디선가 선명한 종소리가 울렸다. 이토록 또렷한 소리라면 이 모든 게 꿈일 리 없었다. 눈을 뜨니 부처가 해사하게 웃고 있었다.

행운을 빌어 줘

오조

"너는 심각해서 코미디언이 될 수 없어"라는
말을 듣고 여섯 살 때부터 글을 썼다.
주로 환상이 가미된 모든 장르의 얘기를 쓴다.
사람은 웃음으로 산다고 여기며, 심오하고
비장한 정신으로 개그를 꿈꾼다. 주위에서 못
살겠다고 하면 잘 살게 하고 싶다. 흰 것을 검게
검은 것을 희게 빨래하는 성질이 있다.

정소나기 노래를 하나도 모르는 여자랑 사귀고 싶어. 여기, 자신의 말이 불러온 말의 나비효과로 인해 곤경에 처한 PD가 있다. 그녀의 이름은 김난주.

난주는 합장한 손으로 입을 가리고 모니터의 출연자 목록만 응시했다. 2센티미터도 안 되는 거리에서 눈도 몇 번 안 깜박였다. 차라리 이러다 시력을 잃었으면 싶었다. 부디 2000년대의 전자파가 인간을 단숨에 죽일 만큼 해로워졌길. 회의실의 윤 작가는 난주 속도 모르고 '점심 또 설렁탕;'이 적힌 디지털 패드를 유리창 시트지 위로 들어 올렸다. 아래로 꺾은 엄지를 마구 흔들며 반항했다. 난주는 지금 자신의 복귀작인 〈터치 마이 하트〉의 작가에게 저렇게 나대고 싶었다.

3분기 신규 편성될 연애 프로그램 〈터치 마이 하트〉.

〈터치 마이 하트〉는 매일 호감이 가는 상대에게 하트를 보내고 마지막 회에 하트 수가 가장 많은 출연자가 상금을 가져가는 구조였다. 누구에게 하트를 줬는지 들키면 자신의 히트 수기 치감된다. 실제 호감과 상관없이 하트를 보낼 수도, 일부러 헷갈리게 하기 위해 마음이 없는 상대에게 관심 있는 척할 수도 있다. 중간중간 지금까지 모은 하트를 소비하여 데이트권을 얻는 등의 베리에이션도 진행된다.

출연자 목록 맨 위에 적힌 '고영현'은 28살이었다. 간호학과에서 영어교육과로 편입해, 현재는 강남 어학원에서 강사 일을 하며 임용을 준비하고 있다. 영현은 설렁탕에 후추 뿌리는 걸 싫어했다. 정소나기 노래는 한 곡도 몰랐다. 더위와 추위를 동시에 타서 여름을 힘들어했다. 난주의 엑스로, 헤어진 지는 1년이 좀 넘었다.

♪

요즘은 인공적인 만남을 장려하는 추세다. '운명'은 언제 적 운명! 결혼정보회사나 데이팅 앱이 매끈매끈한 쇼트케이크 시트에 아이싱까지 더해 현실적인 방안을 제시한다면, 각종 연애 리얼리티는 그 위에 축포를 쏘아 올린다. 환상이 듬뿍 섞인 색색의 버터크림과 스프링클이 케이크 위로 비처럼 쏟아진다.

누구도 이게 만들어진 사랑임을 눈치 못 채게. 크림을 핥으면 고무 패킹 맛이 나는 건 아무도 모르게. 이제 한 걸음 내딛기만 하면 사랑스러운 케이크를 품에 안고 웨딩 로드든 하트 모양 촛불 길이든 걸을 수 있을 것 같다. 원하는 장식품을 쇼트케이크 위에 얹으려고 대신 곡예를 해 줄 전문가들은 차고 넘친다. 얼마나 사랑이 쉬운 시대인가.

메이크업을 마치고 프로필 세트장 안으로 들어온 젊은이들은 하나같이 눈부셨다. 난주는 그늘 속에서 그들을 바라봤다.

난주에겐 그들이 싱그러워 보이지 않았다. 신기해하는 눈빛과 떨림 사이에서 밀리미터 단위까지 계산된 치밀함이 엿보였다. 인공물이 가득한 촬영 돔 안에서 기꺼이 주변 환경에 자신을 맞추는 노련한 사랑꾼들.

그리고 누가 봐도 이곳에 너무 안 어울리는 한 사람.

들판에서 뿌리째로 던져진 듯한 고영현. 막내 작가의 손 글씨로 적힌 '머리 조심!'이라는 팻말은 볼 생각도 안 한다. 당당히 팻말에 머리를 박고, 헤어 스타일리스트를 분주하게 하면서 멋쩍은 기색이다.

공들여 가꾼 얼굴의 잠재력을 130퍼센트로 끌어올려 주는 반사판과 조명. 한껏 속도를 늦춘 어쿠스틱 편곡의 메인 OST가 손톱만 한 감정도 부풀게 하는 장소. 이런 걸 마다할 현대인은 없을 텐데 영현은 그저 부대끼는 모양이었다.

"지가 와 놓고 왜 저래."

난주는 잘 들어가지도 않는 청바지 주머니에 손을 꽂아 넣고 고개를 푹 숙였다.

현장에는 박수와 환호가 넘쳐났다. 과거에 어떤 사랑을 했는지는 잊어버려요. 중요한 건 이 순간의 떨림. 심장을 두드리는 러브 노크. 〈터치 마이 하트〉의 캐치프레이즈가 자막을 밀고 들어오면 비로소 두 사람의 공간은 완전히 분리된다. 프로그램의 인기 출연자로 자리매김할 고영현과 단지 PD일 뿐 현재의 그녀와 아무 상관이 없는 그냥….

그냥 김난주.

그들의 연애사는 3년 반을 거슬러 올라간다. 난주가 어떻게 꿈에 그리던 여자를 만났는지, 그리고 그 여자가 어떻게 악몽이 되어 아직도 난주를 잠 못 이루게 하는지, 모든 것은 운만 떼면 전 국민이 따라 부르는 CM송이 인상적인 대형 마트로부터 시작됐다.

당시 난주는 집 근처 대형 마트의 타임 세일만 노리는 가난한 자취생이었다. 입봉작이 망하고 퇴사로 도피한 것까진 좋았다. 양심상 퇴사 여행은 일본이나 대만말고 속초로 갔다. 2주간 머물다가 일본 여행 예산보다 더 많은 돈을 쓰고 왔지만 후회는 없었다. 속초에 있는 동안 난주는 거의 매일 이름 모를 동네를 걸었다. 다리가 아프면 아무 카페나 펍에 들어갔다. 처음 보는 메뉴를 거침없이 시켜 마시고 맛없으면 한 입 먹고 버렸다. 그런 게 난주에게는 꼭 영혼을 채워 주는 환상 속의 히피 생활 같았다.

그러나 몇 달이고 공고가 뜨지 않자 난주는 다시 불행해졌다. 일상에서 벗어나려고 해서 예상에게 버림받았어. 손바닥만 한 침대에서 두드려 보낸 문자에 친구의 비난이 쏟아졌다. 뭔 소리냐. 알아듣게 말해라. 한국말을 그렇게 못하면서 취직은 어떻게 했대?

난주는 속상했지만 실은 속이 시원했다. 누군가에게 그렇게 야단이라도 맞고 싶었다. 영화에서처럼 대책 없이 자유롭고 황홀했던 기억으로 자신도 평생을 살 수 있을 줄 알았고 그러기를 바랐다. 영화는 그냥 다 영화구나. 엘리베이터 앞에서 장풍 쏘는 시늉을 했을 때 문이 열리면 혹시 내게도 초능력이 있을까 하고 설레는, 여섯 살 같은 마음으로 인생을 잘도 책임지겠다.

때마침 상암 일대가 자막 쓰기 싫어 도망갔다는 J사의 막내 작가 일화로 뜨거웠다. 횡단보도 옆 골목의 담배 피우던 작가들 입에서 그 이름이 나오자 난주는 온몸에 소름이 돋았다. 가장 끔찍한 건 지나가다 스친 그들마저도 난주와 안면이 있다는 점이었다. 그래서 난주는 남들보다 입봉은 일찍 해 놓고 주변 사람들이 다 잔소리할 때까지 복귀를 미뤘다. 방송업계 종사를 꿈꿨으나 시작이 꼬였으니 모든 게 도미노처럼 무너지는 건 당연해 보였다. 난주는 스스로 이마에 갱생 불가 딱지를 붙이고 방 안에서 거북이 다큐멘터리만 봤다. 자신에게 주는 벌이었다.

난주의 주식은 할인 쿠폰 먹인 24개입 곤약 도시락에서 냉동 닭가슴살로 변했다. 만사가 귀찮아지자 특히 식사에 공들이기가 싫었다. 서울시 소재 예대를 대학원까지 나온 선배는 아직도 학원에서 강사로 뛰었다. 기회만 있으면 늦깎이인 셈 치고 재입학하고 싶다고 했다.

참 적지 않은 나이에 학구열도 높다. 세상이 비뚤어져 보이는 난주가 냉소적으로 답했다. 커리큘럼은 매년 더 어려워지고 당연하게도 새로운 젊은 피가 차. 걔네는 내가 해 본 적도 없는 온갖 기상천외한 생각을 하는

데 얼마나 반짝이는지. 뺏을 수 있으면 다 뺏고 싶어서 욕심이 생기는 거야. 난주에겐 그거야말로 문제였다. 해마다 쟁쟁한 어린애들이 잡초만큼 무성하게 어디서 자꾸 자랐다. 그들은 큰맘 먹고 전시회장 근처의 고즈넉한 비스트로에서 트러플파스타도 먹고 그러는데. 냉동 닭가슴살만 먹인 난주의 머리는 하염없이 굳어 갔다.

얼마간 녹인 닭만 씹고 있자니 이건 도저히 사람이 먹을 게 아닌 것 같았다. 결국 난주는 외출을 감행했다. 며칠 동안 안 감은 머리에 모자를 눌러쓰고 마트에 들어가 타임 세일만을 기다리며 어슬렁거렸다. 무슨 품목이든 좋으니 닭만 아니면 된다. 닭만 아니면… 그래도 닭봉이나 날개까진 내가 봐준다.

잠시 후 4시 30분부터 정육 코너 앞쪽에서 닭가슴살 타임 세일이 시작됩니다. 요즘 여름맞이 다이어트 준비 하시는 분들 많으시죠. 비강을 한껏 조인 남자가 세일 문구를 외쳤다. 난주가 인상을 확 찡그렸다. 원래 뭐 빼고 다 괜찮다고 하면 그게 나오는 법이다. 밖에 안 나온 지 아무리 오래됐어도 이런 실수를…. 열의 없이 세일 매대 근처나 기웃거리던 난주는 상표를 보고 눈이 휘둥 그레졌다. 닭이 질리긴 했지만, 저건 난주가 유일하게 좋아하는 브랜드였다. 소스가 맛 좋다는 닭가슴살. 저 걸 담아 놓고 끝내 제일 싼 냉동 제품을 골랐던 과거가 난주의 마음속에 사무쳤다.

하지만 이미 늦었다. 망설이는 사이 매대를 습격하기 좋은 위치를 다 빼앗겼다. 그나마 다행인 건 조금 전 판매 직원이 여분의 상품이 실린 밀차를 끌고 창고에서 나왔다는 점이다. 난주가 고개를 끄덕였다. 좋아. 저 정도면 끝물에는 가능성 있다. 비장하게 가다듬은 눈빛이 무색하게 난주는 세일 시작과 동시에 완전히 털려 버렸다.

정신을 차려 보니 옆쪽 매대까지 밀려나 있었다. 몇 주간 햇살 한 줄기 없이 지낸 난주는 다인 가구의 건장한 밥상머리 책임자들을 당해 낼 재간이 없었다. 그때였다. 쓸쓸하게 물러나려던 난주와 판매 직원의 시선이 똑바로 마주쳤다. 위생 모자에 투명 마스크를 쓴 직원은 오해할 여지도 없이 곧장 난주만 보고 있었다. 여느 직원들이 그렇듯 퀭하고 묘하게 퉁명스러웠지만 난주는 이상하게 목소리가 들리는 것 같았다.

'좀 전부터 얼쩡거리던 거 다 봤으니 뭐 필요한지나 말해라.'

그러고는 제품 중 하나를 손으로 쿡 찔렀다. 난주가 짧게 고개를 젓고 턱으로 옆을 가리켰다.

'그거 말고. 그 옆에 거.'

직원은 쉴 새 없이 고객들에게 제품을 꺼내 주는 척하면서 뒤쪽 카트에 카르보나라 맛 닭가슴살 세트 팩을 던져 넣었다. 그 모습은 마치 불량 제품을 발견해 가려내는 것처럼 자연스러웠다. 난주의 심장이 거세게 뛰었다. 손으로 잡고 진정시키고 싶을 정도로 묵직하게 떨어졌다가 튀어 오르기를 반복했다. 왜였을까. 너무 오래도록 여자를 못 봐서 돌아 버린 건가. 아님 이 박진감 넘치는 세일 매대의 풍경이 언젠가 한 번쯤은 빨려 들어가고 싶은 한국 코믹 영화를 연상시켜서? 소스가 맛좋은 닭가슴살이 그렇게나 먹고 싶었던 걸까? 난주는 지구가 멸망해도 이날의 심정만은 이해하지 못할 거라고 믿어 버렸다. 사실은 이해하고 싶지 않았다. 그저 영현도 눈 맞은 순간 뭔가를 느꼈던 거였으면 싶었다. 비록 우리의 첫 만남이 떡 진 머리에 시식 코너 유니폼 차림새였어도 남들이 모르는 우리 얘기는 로맨틱하길.

영현과 관련된 모든 것들은 그랬다. '정소나기 노래를 하나도 모르는 여자와 사귀고 싶다.' 연초의 말실수는 연애 초, 불꽃이 팡팡 터지는 축복이 되었다가… 금세 저주가 되었다. 난주는 누가 자신만을 위해 빚어 준 듯한 영현을 만났다. 사랑했다. 그리고 조금도 영현을 이해하지 못했다.

영현은 남자를 주로 만나 오긴 했지만, 여자를 좋아한 게 처음은 아니라고 했다. 편입을 고민하는 동안 일본으로 교환학생을 갔고 거기서 배정된 멘토와 사귈 뻔했다. 그런데 내가 경험이 없어서 그런지 재미없어하는 것 같더라. 다시 한국에 올 때쯤 자연스레 흐지부지됐다. 듣고 있던 난주가 곰곰이 생각해 보다가 물었다.

"그럼 그냥 아무 사이도 아니었던 거 아니야?"
"근데 내가 한 학기 내내 그 사람 집에 살긴 했어."

물론 대답을 듣고 깔끔히 입을 닫았다. 꼭 이럴 때 영현은 듣고 싶은 말을 해 주지 않았다. '그 정도면 아무 사이도 아니었던 거 맞지'라든가. 머리로는 줄곧 남자만 만나 왔던 영현이 저만큼 인식했다면 연애가 맞겠다 싶었지만, 좀 더 세련되게 거짓말이라도 해 줄 순 없는 건가, 내심 이런 마음이 드는 건 어쩔 수 없었다.

그래도 난주의 서운함은 금방 가셨다. 난주는 자신이 일본 유학에서 만난 영현의 첫 여자가 아니라서 좋았다. 대학 강의실에서 막 수업을 시작하려는데 뒷문을 열고 들어온 영현에게 한 줄기 햇살이 쏟아진 미디어 판타지 속 상황이 아니라, 썩어 빠진 할인 마트의 타임 세일 코너에서 기가 센 시식원으로 만나서 좋았다. 달리기도 느리고 비쩍 마른 난주가 손가락으로 옹졸하게 만든 V자를 보고 닭가슴살 두 팩을 터프하게 던져 줘서 영현에게 빠졌다.

폭풍 같던 세일 러시가 끝나고 영현이 숨겨 둔 닭가슴살을 주우러 갔을 때였다. 고맙다고 인사는 했지만 난주는 말을 좀 길게 걸어 보고 싶었다. 괜히 드레싱을 사는 척 간이 매대 곁에서 쭈뼛대고 있는 난주에게 감격스럽게도 영현이 먼저 말을 걸어 줬다. 왼쪽 게 맛은 똑같은데 더 크고 싸요. 이천 원.

훗날 영현은 왜 다 사 놓고 계속 어슬렁대지, 싶었다고 했다. 뭐, 난주는 그런 건 아무래도 좋았다. 이런 시트콤 같은 만남이 얼마나 귀한가. 영현은 얌전한 인상과 다르게 팔자걸음이 아저씨 수준이었다. 귀를 뚫은 줄 알았는데 양쪽 귓불에 똑같이 점이 있었다. 정소나기의 노래 중에선 가장 대중적인 〈유칼립투스 열매를 누가 먹었나〉만 알았다. 하이라이트 부분만 허밍으로 따라 부르는 정도였다. 정소나기는 우울하고 알 수 없는 심리를 노래하는 인디 밴드였다. 난주는 사람에게 호감을 느끼다가도 정소나기의 노래를 듣는다고 하면 '감성 참 알 만하다'며 흥미가 식곤 했다. 그 노래가 동명의 드라마 OST인 줄 알았다는 영현의 말에 난주는 입이 찢어지도록 웃었다.

난주는 영현이 교환학생으로 일본에 머물던 시기에

자신도 일본에 갈 뻔했는데 안 갔었다면서, 하루에도 몇 번씩 이런 게 운명이라고 아무 사주집에나 들어가서 시비를 걸고 싶었다. 그런데 사귀는 내내 하루에도 몇 번이나 헤어질 위기에 처했다.

벚꽃이 만개한 5월이었다. 석촌호수에 가득 찬 인파를 뉴스로 구경하던 난주가 영현의 팔에 손으로 꽃을 그렸다. 우리도 꽃 보러 갈까? 영현은 뻥튀기를 뜯어 먹으며 답했다. 근데 우리 일정이면 밤 벚꽃밖에 못 봐. 너 수면 패턴 망했잖아. 난주의 입가에 은은하던 미소가 싹 가셨다. 아, 희한하다. 좀 전까지 분위기 좋았던 것 같은데.

"너도 진짜 대단하다."

난주가 비꼬자 영현이 텔레비전의 불빛을 등지고 난주를 돌아봤다. 방은 깜깜했고 얼굴의 테두리를 따라 뉴스 데스크의 파란빛이 일렁였다. 영현은 영문을 모르겠다는 표정을 지었다가 금세 눈가를 구기며 물었다.

"아, 왜. 왜 또."
"어떻게 사람이 이렇게 무드라는 것이 없어?"

영현은 김샌다는 듯 다시 돌아앉았다. 앵커의 또랑또랑한 발음보다 뻥튀기 씹는 소리가 더 커서 야속했다.

"나한테 그런 걸 기대하지 마. 그건 내 주특기가 아냐."

영현은 비뚜름하게 누워서 태연했다. 난주는 자신의 여자 친구에게 목 디스크나 걸리라고 저주하고 있는 현실이 믿기지 않았다. 그것도 남들 다 둘씩 붙어서 좋아 죽는 벚꽃 시즌에. 진행 중인 프로젝트 탓에 난주의 밤

낮이 바뀐 건 사실이었다. 하지만 그런 거야말로 내가 맞추면 그만인데. 연인이라면 그렇게 조금씩 맞추는 게 당연한 거 아닌가?

난주 생각에 영현에 대한 멘토 언니의 평가는 하나도 맞는 게 없었다. 영현은 지나치게 재미있다. 재미있어서 괴로웠다. 절대 난주의 입에서 쉽게 헤어지잔 소리가 나오지 못하게 하면서, 난주가 지금까지 살아오며 정립한 모든 규칙을 매일같이 깨부쉈다. 사실 벚꽃 같은 건 안 보러 가도 그만이었다. 그럴까, 한 마디만 해줬어도 됐다. 난주는 그 생각에 사로잡혀 한 달 넘게 밤낮을 바꾼 데이트에 말없이 응해 주고 있는 영현은 안중에도 없었다.

그저 눈을 크게 뜨면 올 것 같았다. 입을 열면 '이쁘면 다냐?' 같은 쌍팔년도 대사가 흘러나올 것 같았다. 그래서 영현과 함께 뻥튀기나 먹었다.

2년 남짓한 시간 동안 난주와 영현은 세 번을 헤어지고 다시 만났다. 그리움을 못 이겨 영현에게 먼저 연락했을 때 영현은 한참 뜸을 들이다 말했다.

"너는 맨날 '운명' 같은 소릴 하지만 우리가 잘 맞진 않아."

난주는 영현이 일하는 어학원에 갔던 날을 떠올렸다. 마지막 이별 전에는 두 사람 중 누구도 대화의 아귀를 맞추려 들지 않았다. 꿈속에서 네가 나한테 너무 못되게 해서 오늘 하루 종일 기분이 안 좋아. 빈 강의실에서 영현이 채점을 끝내길 기다리며 난주가 중얼거렸다. 영현은 고개를 들어 난주를 보지도 않았다. 그건 걔가 한 말이지 내가 그러진 않았잖아. 억지로 내놓은 답은 당연히 난주를 만족시킬 수 없었다. 근데 너 지금도 나한테 못되게 말하고 있어! 난주의 목소리가 높아지자 영현이 거칠게 색연필을 내려놓았다. 뭘 어떻게 하라는 건데. 무슨 말이 하고 싶은 건데? 내가 수능 영어는 다 맞혀도 넌 못 맞혀. 지금 이 문제보다 네가 뭔 소리 하는지 더 모르겠어!

더 이상 자신이 없었다. 사랑은 했는데. 좋아서 미운데. 난주는 영현을 좋아할수록 자신이 싫었다. 영현과 난주의 무게는 너무도 달라서 저울에 둘을 나란히 올리면 서로 멀어지기만 했다. 영현이 저울에 대한 비유를 이해하지 못하듯, 난주도 연인을 저울에 올리는 짓을 그만두지 못했다.

마지막으로 헤어지자고 말한 건 난주였다. 늘 그랬듯이 영현이 말을 걸어와 주길 바랐지만 연락은 다시 오지 않았다. 화해하자. 내가 미안. 근데 너도 잘못했어, 솔직히. 하나도 미안하지 않은 듯한 퉁명스러운 목소리가 지겨웠다. 그런데 그게 제일 듣고 싶었는지 한동안 난주의 꿈에는 난주가 잘못해도 먼저 사과하러 와 주던 영현만 내내 나왔다.

♪

영현과 완전히 헤어진 후 난주는 주섬주섬 폐인이 될 준비를 했다. 그런 난주를 생각보다 일찍 주워다가 사람 구실을 하게 만든 게 서 작가였다.

그녀는 이제 막 메인 작가 반열에 오른 난주의 고등

학교 선배—비록 같이 학교에 다니지는 않았지만—로, 어릴 적부터 동네에서 독기가 대단한 청소년으로 유명했다. 서 작가는 그 시절 대한민국 소녀들의 우상이었던 얼짱과 동명이인이면서 누구에게도 괴롭힘 받지 않고 학교의 생태를 휘어잡았다. 난주가 서 작가의 팀에 객원으로 함께했던 기간은 딱 한 달이었지만, 사무실에서 작가만 없으면 얘기가 다 나왔다. 13 대 1이라거나 사자머리를 하고 빵 좀 주문해 봤을 것 같다거나…. 그 중 몇 가지가 사실이란 걸 아는 난주만 토마토에 물이나 주면서 딴청을 피웠다. 알 만하지. 서 작가 밑에서 일하던 막내 중에 서브 작가까지 살아남은 건 배에 탯줄 대신 간덩이를 달고 태어난 윤 작가뿐이었다.

다만 그런 서 작가가 난주는 유별나게 예뻐했다.

"명분상 메가폰만 한 PD가 잡고 줄기는 내가 탈 거야. 난주 네가 보조해 주면 우리 이제 어벤져스 된다?"

이럴 때 난주는 대체 자신의 무엇이 그녀의 마음에 들었는지 파악하려 들지 않았다. 대신 그녀가 헤어진 지 얼마 되지도 않은 자신에게 연애 프로를 같이하자고 하는데도 소리를 지르기는커녕 그저 방긋 웃었다.

"언니, 여자만 만나 온 저에게 연프가 가당키나 할까요?"

완곡한 거절이었는데 서 작가에겐 씨알도 안 먹혔다.

"그게 뭔 상관이야. 내가 아는 애들 중에 네가 연애 제일 웃기게 하는데."

결국 난주는 타 프로의 협력 일정을 핑계로 가장 늦게 합류하기로 했다. 이제 정말 남은 건 복귀뿐이야. 이런 거라도 경력으로 봐 주는 거에 감사해야 해. 난주는 필사적으로 긍정 회로를 불태웠다.

본격 촬영 전의 마지막 티 미팅이었다. 에어컨을 빵 빵하게 튼 카페 안에서도 난주는 식은땀이 났다. 수박 시즌에 문전성시를 이룬 건너편 테이크아웃 전문 카페 에서는 유키스의 〈만만하니〉가 흘러나왔다. 짜증 나게 하지 말고 떠나가 버려…. 문을 열고 장사해서인지 고 성방가급이었다. 기본 질의응답만 겨우 끝내고 자리를 뜨려던 난주에게 영현이 요구했다.

"어쨌든… 오백만 원 줘."
"뭐?"
"먼저 연락하면 오백만 원 준다며."

분명 헤어질 때 그러긴 했었다. 이미 두 번이나 이별 했다 붙은 사이에 격정적인 결말은 고사하고 영현은 여 상하게 물었다. '너 내 번호 지울 거?' 버스 정류장으로 향하는 길이었다. 난주는 질세라 차갑게 답했다. '당연 한 거 아냐?' 웬일로 영현이 '근데 이렇게 말해 놓고 나 중에 연락하면 어쩔 건데. 너 맨날 그러잖아' 하고 말꼬 리를 잡기에 마지막까지 분통이 터졌다. 홧김에 난주가 그랬다. '너한테 다시 연락하면 오백만 원 줄게. 빨리 가, 그냥.'

출연자 목록을 확인한 후 난주는 서 작가에게 매일같 이 탈주를 호소했지만 반려당했다. 정확한 사정도 말 안 해. 제작 미팅도 다 끝났어. 계약금도 받은 시점에 너 양아치니. 난주가 울며 겨자 먹기로 나온 출연자 티 미팅의 첫 타자는 당연히 영현이었다. 얼굴에 철판 깔고 메신저로 모르는 척, 대화할 땐 사무적으로 '몇 시 괜찮습니다. 알겠습니다' 해 놓고 이제 와서 아는 척한 다고? 난주는 정신 줄을 놓기 일보 직전이었다.

"지금이라도 출연 거절해. 나 너 나오는 프로 못 해."

"내가 왜? 네가 나보다 나중에 합류했잖아."

"너는 나랑 700일을 만나 놓고 아직도 방송 일을 몰 라? 나도 맘 같아선 때려치우고 나가고 싶어!"

"이제 와서 내 알 바냐?"

유리컵 속의 얼음을 휘젓던 영현이 어깨를 으쓱했다.

"갑자기 이런 걸 왜 하는데. 너 연프 관심도 없잖아. '럽스'(《러브 스트레인저》, J사 연애 프로그램) 같이 보 자고 사정사정할 땐 거들떠도 안 보던 게 이러기야?"

"제의가 왔으니까 하지. 들어 보니까 하트인가, 그거 많이 받으면 상금도 준다고 하고. 나는 너 말고 아는 방송인이 하나도 없는 줄 아냐? 너랑 700일을 만났 는데?"

두 사람의 언쟁이 화려해지자 주변 테이블에 앉은 사 람들이 이쪽을 힐끔거렸다. 평소 같으면 그런 반응에 움츠러들었을 난주였지만 지금은 도무지 진정이 안 됐 다. 사실 영현을 하차시킬 목적으로 먼저 운을 떼려고 했다. 그런데 1년 만에 나타난 영현은 상상 이상으로 아 무렇지 않아 보였다.

"너, 나에 대해서 그렇게 잘 알아?"

영현이 툭 던진 말은 아직도 난주에게 화살처럼 박혔 다. 질문 프린트를 앞에 두었지만 난주가 채워야 할 빈 칸은 전부 비어 있었다. 뚜껑도 열지 않고 짓누른 볼펜

자국만 난잡했다. 난주는 그제야 고개를 들어 영현을
제대로 바라봤다.

가슴 밑까지 내려오는 붙임머리와 단정한 여름 셔츠.
콘택트렌즈 없이도 또렷한 눈빛. 입을 살짝 벌렸을 때
반짝이는 교정기. 삼복더위에 머리털은 사치라며 득달
같이 길가의 아무 미용실에나 들어가 머리를 자르던 영
현은 엄연한 과거의 인물이었다. 내내 돌려 입던 초등
학생 같은 캐릭터 티셔츠도, 덧니도 이제 없었다. '인공
눈물 좀 넣어 줘' 하고 보채는 목소리는 더더욱 들을 일
이 없어졌다. 어쩌면 가까운 시일 내에 난주 대신 어떤
근사한 남자가 그 말을 듣게 될지도 몰랐다.

"네가 여기 나와서 얻을 게 없을걸."

난주는 속으로 벌벌 떨면서 단정 지었다. 목소리도
약간 떨리는 것 같았다. 더위 탓인지 속이 끓었다. 여태
봐 온 영현의 논리를 닮자면 난주는 당장 건너편 2층
미용실에 가서 머리를 다 밀어 버려야 했다.

"왜. 하트 못 받아도 좋은 남자 있음 만나서 결혼하겠
지."
"야!"

난주의 고함에 롱스푼으로 에이드를 섞던 카페 직원
이 흠칫했다. 영현은 직원을 한번 쳐다봤다가 다시 난
주에게로 고개를 돌렸다.

"그러니까 네가 도와주면 되지."
"뭘. 뭘 도와줘, 내가."
"내가 하트 많이 받게 밀어줘. 최대 상금이 천만 원이
라며. 그거면 세금 떼고도 오백 되네."

"진심으로 하는 말이야?"

영현은 아랫입술을 내밀고 선선히 끄덕였다. 에어컨 온도는 갈수록 낮아졌다. 영현은 어깨를 만지작거리더니 가방에서 카디건을 꺼내 걸쳤다. 난주가 어금니를 앙다물고 으르렁댔다.

"안 해. 죽어도 안 해."
"그럼 오백만 원 줘."

안 한다고! 난주가 다시 소리를 지르자 영현이 눈가를 찡그리며 몸을 뒤로 뺐다. 마침내 직원이 둘의 테이블로 근엄하게 걸어왔다. "저, 손님. 죄송하지만…."

♪

[고영현(터치 마이 하트): 오백만 원 주면 하차한다니까]

[고영현(터치 마이 하트): 너 오백만 원 있냐?]

오백만 원. 오백만 원. 그놈의 오백만 원. 눈에서 피눈물이 흐를 지경이었다. 난주는 오백만 원이 없었다. 적금 깰 생각도 했다가 진짜 미래가 풍비박산 날 것 같아서 접었다. 당장 가진 돈을 다 끌어모아도 오백이 안 됐다. 오백이 어디 있니, 오백이. 김밥도 참치김밥 못 사먹고 일반 김밥 사 먹는 형편에 가질 수 있는 오백이라곤 비타오백뿐인데. 오백이 어디서 나겠니. 신장도 요즘에는 한 짝에 이백밖에 안 한다더라. 영현이 생떼 쓰며 우기는 것처럼 난주도 우겨 보려고 머리를 굴렸다. 오백 되는 거 말하기. 준비 시작. 오늘 점심 불백. 오지영 선배님 패션 센스가 백 점이십니다. 오 마이 갓 아이백(beg) 유어 파든… 몰라. 몰라 미친.

"하면 될 거 아니야, 하면."

상금이냐 사랑이냐. 〈터치 마이 하트〉의 포맷은 단순했다. 세간의 관심을 받고 있는 이유는 출연자 라인업에 있었다. 강의력보다는 입담이 좋고 얼굴이 예뻐 작년 한 해 CR에듀 매출 1위였다는 스타 강사 소이. 계단에서 추리닝 입고 부른 노래 영상으로 떴다가 최근 파일럿으로 취직해 화제를 몰고 있는 푸름. 15만 유튜버이자 유명 아이돌의 친오빠인 청담 헤어 디자이너 제일까지.

그리고 몇 명의 '진짜' 일반인들마저 스펙이 준수했다. 막내 작가들이 영혼이라도 팔아 데려온 걸까. 사무실의 모든 팀원들이 감탄하는 동안 난주는 거듭 생각했다. 이들 사이에 초특급 일반인 고영현이 낀다니. 도대체 어떻게? 셀럽들의 기 싸움에 피 말라서 네가 먼저 뛰쳐나오는 건 아무리 봐도 시간문제야. 내 제안을 거절한 걸 죽도록 후회하든지!

1회 가편집본을 돌려 보던 난주가 맥주를 네 캔째 비웠다. 빈 캔을 찌그러뜨리고 다섯 번째 캔을 까는데 속이 밑 빠진 독처럼 공허했다.

같은 색 인터뷰 룸을 선택한 사람들끼리 서로에 대한 단서를 들을 수 있었다. 화면 속의 영현은 남들이 다 노란색, 핑크색 방에 들어갈 때 혼자 민트색 방에 들어갔다. 그러면서도 별로 개의치 않아 했다. 어떤 분들이 나올 것 같아요? 평소 만나고 싶어 했던 이상형은? 불이 많이 켜지지 않았는데도 민트 방을 선택한 이유? 영현에게만 일방적으로 질문이 쏟아졌다.

"제가 어떤 분이 나왔으면 싶다고 해서 그런 분이 나오는 것도 아니니깐… 민트초코 잘 드시는 분? 근데 제가 초코를 별로 좋아하지 않아서, 민트초코 아이스크림을 시켰을 때 초코만 드셔 주시는 분이 있으면 좋겠네요."

좋은데요? 반할 것 같은데요. 제 뒤에 한 분쯤은 들어오실 줄 알았죠. 그러다가 영현은 두 손으로 머리를 감싸 쥐었다. 아니, 근데 생각해 보니까 제 뒤에 계신 분이 여자분이네요? 와, 저 이렇게까지 아무 생각도 없이. '영현은 이제야 룰을 이해했다' 따위의 기본 서체 자막이 떠다닐 때 단체 사담 방 알림이 울렸다.

[서 작가: 영현 씨 정신 하나도 없고 좋다. 어디서 저런 애를 데려왔어?]

[서 작가: 자를 거 없는데? 보석이여~~]

당연하지. 반쯤 취한 난주가 코웃음을 쳤다. 영현의 가장 큰 매력은 자연스러움이었다. 아무리 각 잡힌 환경이라도 누군가에게 잘 보이려고 용쓰지 않았다. 의도 없는 무의식의 돌발 행동으로 사람들을 웃게 했다. 이 거 완전 바보 아니야. 그런 말을 들으면 대놓고 더 뿌듯해했다. 난주는 이 모습을 하나하나 알아 갈 시청자들을 저주했다.

'혼자 민트 방을 찾은 특별 보상으로 첫인상이 좋은 상대와의 실시간 채팅권이 주어집니다.' 영현의 머리 위로 시계 모양 무드 등이 켜졌다. 영현이 눈을 동그랗게 떴다.

"이게 뭐예요?"

'아까 첫인상 하트를 보낸 '제일'과 실시간 채팅이 가능합니다.' 난주는 다시 맥주를 들이켰다. 5분. 요새 누가 메신저를 5분씩이나 하나. 그러니까 서 작가 당신이 올드하단 소리를 듣는 거야. 난주는 두 손을 등 뒤로 봉했다. 출연자 영현이나 입에서 나오는 소리 그대로 해도 괜찮지, PD인 난주가 그러면 방송계에서 매장이었다.

[서 작가: 제일이랑 영현이 잘될 확률 몇 퍼?ㅋㅋ]

난주는 바퀴 의자에 앉은 채로 책상을 발로 밀어 모니터에서 떨어졌다. 방구석에 팽개쳐져 있던 고함 항아리를 집어 들어 광인처럼 소리를 질렀다. 분명 자신은 목이 찢어져라 외치고 있는데 나오는 건 모깃소리만도 못했다. 끈적거리는 실리콘 항아리 위로 눈물이 흘렀다. 출연자 영현에게 닿는 김 PD의 목소리가 딱 이 정도였다.

난주는 원래 현장에서 많은 시간을 보내지 않아도 됐다. 서 작가의 총애 덕이었다. 하지만 1회가 방영되고 나서 마치 자원봉사자처럼 현장행을 택했다. 간다고 해서 특별히 달라지는 것도 없었지만, 시간이 지날수록 모든 상황이 종결되고 손쓸 수도 없는 필름을 받아 보는 게 끔찍하게 느껴졌다. 시청자 반응 때문이었다.

dusvmrP99 그래도 여출들은 하트 골고루 보냈는데 남출들은 영현 소이 몰빵이네?

ㅅㅏㄹ둅ㅏㄴ(ㄷ)ㅏ면... 헐;; 난 소이 푸름 투탑일 줄ㄸ
└ **태정태세비윤세** 님 특문 어케 넣으셨나여??!

코알라룸푸르 남출들 이상형 답변 못 봤음?ㅋㅋ 남자들 은근 푸름 같은 애들 안 좋아함~
└ **vsvs1666** 꺼져라니들이박푸름을가질재목이안되는거겠지그러니까머리털이도망가는거다
└ **국화꽃향기** 인생. 살다 보니. 젊은이들. 입담은.. 당해 낼. 재간이^^~ 그러나. 아무리. 세월이 흘러도... 젊은이들의.. 사랑 얘기엔. 마음이.. 흔들리는 법^^ 살랑살랑~

연애 프로그램을 난생처음 보는 사람의 눈에도 영현은 에이스였다. 워낙 출연자들의 대사를 자르고 오리고 붙여 별명이 '삼성동 가위손'인 서 작가로부터 만족스러운 컨펌을 들었을 때 이미 끝난 게임이었다. 난주도 알고 있었다. 그냥 간절히 바라기라도 해 봤다. 내가 화면 너머로 이렇게 비는데 왜 하나도 안 먹히냐고. 사귈 때 안 들어 줬으면 안 사귈 땐 들어 줘야 되는 거 아니

야? 아이돌 서바이벌도 간절히 빌면 데뷔도 해 주더만… 영현의 하트 수는 날로 높아져만 갔다.

쉬는 시간이었다. 난주는 미친 척하고 아직 카메라 앞에 있는 영현에게 메시지를 남겼다.

[오백만 원 갖고 뭐 하실 건데요?]

보낼 때는 분명 포멀한 말투라고 생각했다. 엑스 고영현에게 질척대는 김난주 말고, PD와 출연자가 무난하게 형성하는, 편집 소스가 될 수 있는 라포르 형성의 차원으로 말이다.

[고영현(터치 마이 하트): 내가 이유를 말하는 게 1등 하는 데 도움이 돼?]

윤 작가는 난주의 등을 퍽퍽 쳐 가며 빙수 가게에서 주문한 슈크림붕어빵 좀 먹어 보라고 했다. 난주는 그 자리에 얼어붙어 있었다. 발이 콘크리트에 박혀 상체만 오뚝이 인형처럼 흔들렸다.

영현은 보란 듯 합숙소 거실 소파에 앉아 카메라 렌즈 너머로 난주를 응시했다. 할 말 있으면 해 봐. 난주가 볼을 씰룩였다. 영현의 경우에는 시비조가 아니라 정말로 도움이 되면 말해 주겠다는 뜻이다. 난주도 안다. 아는데….

'너는 내 입장에서 하나도 해석 안 해 주는데 왜 나는 네 말에 하나하나 주석 달아 줘야 해?' 짧고 불친절하고 직설적이고 최악이야. 그런 생각이 드는 순간 두 사람의 메신저는 불통으로 점철되었다.

[1등이 그렇게 하고 싶으세요?]

[고영현(터치 마이 하트): 그거 아니면 뭔 말을 해. 남자 만나고 싶다고 해?]

[아니요, 됐어요.^^
제가 어떻게든 1등 시켜 드릴게요~]

[고영현(터치 마이 하트): 갑자기 하늘에서 오백 떨어진다 하면 너도 안 가질 거 아니잖아]

난주가 고개를 쳐들고 렌즈 너머를 노려봤다. 쏟아지는 앞머리를 몇 번이고 헤집어 넘겨도 진정이 잘 안 됐다. 과대 해석을 멈출 수 없었다.

그러니까 저 말은 '너라는 사람의 마음을 가져도 그만, 안 가져도 그만'이라는 거잖아. 그냥 어쩌다가, 운이 좋게 하늘에서 네 손으로 뚝 떨어진 오백처럼. 나는 PD로서 그걸 네 손바닥 위로 조준하는 데 최선을 다해야하는 사람일 뿐인 거야. [알겠다고 오백이든 칠백이든

행운을 빌어 줘

일의 자리 하나 안 떼먹고 다 줄 테니까 마지막 선물인 셈 치고 제발 그만 보….] 난주가 악에 받친 타이핑을 하는데 이상하리만큼 빤한 시선이 느껴졌다. 소파 속에 파묻히다시피 누운 영현이었다.

여지도 없이 매정한 말뿐이면서 왜 계속 쳐다보는지, 난주는 정말 모를 일이었다. 당장이라도 가상의 편집 컷 위를 넘어와 말을 걸고 싶은 듯한 얼굴로 난주의 마음은 한 줄도 안 읽어 주고, 그렇다고 먼저 선을 넘어오는 것도 아니고. 출연진들 사이에서는 룰 브레이커 수준으로 편하게 풀어져 있으면서.

난주는 자신만 예외인 꼴이 초라했다. 오로지 난주만, 영현이 베푸는 넉살과 친절의 대상이 되지 못했다. 이처럼 가혹하게 느껴지는 관계는 끊어 내는 게 맞았다. 돈으로 해결되는 문제가 세상에서 가장 쉬운 문제라고. 난주는 영현의 시선을 외면한 채 최대한 매몰찬 문자를 남겼다.

[똑바로 앉으세요, 보기 안 좋아요… 몸에도 안 좋고.]

합숙 이튿날 아침이었다. 영현과 제일의 출근 시간이 딱 맞아떨어졌다. 부엌에서 제일이 프렌치토스트를 굽자 영현이 급하게 방문을 열고 나왔다. 나오다가 문지방에 발가락도 한번 박았다. 영현이 쭈그려 앉아 아파하는 동안 제일은 영현을 계속 몰래 훔쳐봤다. 귀엽다는 듯 웃는 입꼬리가 줌을 당긴 화면에 그대로 잡혔다.

"저 부르시지."

영현은 꼭 다 차려진 식탁 앞에 와서 그랬다. '나 부르지.' 실은 마음에도 없는 소리였다. 영현은 한번 잠들면 깊이 잤지만 깨면 다시는 못 잤다. 말로만 그러는 게 웬수 같다가도 잘 자고 일어나 똥강아지처럼 반질거리는 얼굴을 보면 없던 화도 다 풀렸다.

"어, 이거 저 혼자 먹으려고 한 건데요? 드시란 소리 안 했는데."

제일이 앞 접시를 슬쩍 뺏자 영현은 제일의 자리에 놓였던 토스트 그릇을 통째로 가져왔다. 제일이 황당해하자 영현이 검지를 까딱이며 장난스러운 표정을 지었다.

"근데 손은 좀 느리시네요. 전 손이 눈보다 좀 빠른 타입."

영현은 한껏 기세등등해져서 토스트를 썰었다. 어린애들이나 할 법한 장난. 영현이 딱 좋아하는 상황이었다. 영현은 상대가 분해하면 신나서 한 번 할 것을 두 번 세 번 했다. 더 많이 웃고 낯가리지 않으며 시답잖은 얘기도 잘만 했다. 난주는 손마디를 꺾었다. 손마디에서 더 이상 소리가 나지 않는데도 계속 짓눌렀다.

출근을 앞두고 영현이 긴 머리카락을 집게로 집으려는데 잘 안됐다. 난주가 아는 영현은 늘 단발이었기에 숱 많고 긴 머리를 감당하지 못하는 모양이었다. 제일은 때를 놓치지 않고 방에서 무선 고데기를 챙겨 나왔다.

'저 자식이. 어디서 여우짓이지? 죽으려고?'

그러나 그 순간 난주의 입김은 네티즌만도 못했다. 제일은 스타일링에 큰 욕심 없어 보이는 영현을 앉혀

가 웨이브를 해 주겠다며 그윽하게 바라봤다. 아침 촬영본이었고 지금은 밤이었지만 난주는 자고 있을 제일의 방에 지네라도 풀고 싶었다.

"원래 머리하는 거 어려워해요?"

"네, 근데 저 이제 가긴 해야 하는데."

영현이 스마트워치를 확인하자 제일이 힐끗 보더니 물었다.

"시간 맞춰 줄게요. 언제까지 하면 돼요?"

"8분 안에 돼요?"

"그럼요."

굵게 들어가는 컬을 거울로 보던 영현이 감탄했다.

"오, 머리를 되게 잘하시네요?"

제일은 다시 황당한 표정이 되었다. 그럴수록 난주의 마음은 착잡하기 그지없었다.

"저 미용사예요!"

"그러니까요. 잘한다고요. 누가 뭐래요?"

단도직입적으로.

난주는 제일이 싫었다. 영현하고 안 어울렸다. 이 상황에 영현에게 어울리는 사람을 찾아 주네 마네 할 것도 아니었지만 어쨌든 제일하고는 안 된다. 당연히 영현이 천생연분을 만나서 백년해로를 하는 건 절대 안 됨. 하지만 여자 주인공의 머리카락에 껌 붙이며 놀려 대는 게 '설렘'으로 받아들여졌던, '인소 열풍' 세대에나 수요가 있을 번지르르 양아치 스타일이랑 엮여 커뮤니티를 떠도는 건 더 안 돼! 더 싫어! 진짜 내 마음은 뭘까!

난주는 스태프들이 전부 철수하고 거치 캠만 남은 복도를 걸었다. 후드 아래로 긴 머리를 풀어 헤치고 비척대는 모습은 원한이 썩 깊어 보였다. 군데군데 설치된 센서 등은 꼭 한 박자씩 늦게 난주가 지나간 자리를 비췄다.

복도 끝에는 '더 데이 하트 뉴스' 가판대가 꾸며져 있었다. 출연자들은 매일 아침 이 가판대에 놓인 신문으로 자신의 미션이나 데이트 상대, 오늘의 하트 수 등을 확인했다.

거치 캠의 사각지대를 통해 가판대까지 오는 길은 수고로웠다. 그 앞에 쪼그려 앉아 손을 넣는 통으로 연결되는 입구의 자물쇠를 푸는 일도 마찬가지였다. 그러나 난주는 종일 영현의 상대로 제일을 점지할 수 없다는 마음에 매몰되어 다른 모든 감각을 잃은 지 오래였다. 귀찮다거나. 이 일이 정말 PD로서 해도 괜찮은 일인지.

이게 정말 영현을 위한 게 맞는 건지까지도. 제일은 가끔 안 좋은 말버릇을 참으려고 혀로 볼 안쪽을 쓸었고 다리를 많이 떨었다. 약간 창피할 만큼 부족한 교양은 의도적으로 만드는 말의 여백과 눈웃음으로 커버했다. 영현은 난주가 고심해서 꺼낸 문장들에 대해 한없이 칼같거나 죽을 때까지 딴죽을 걸면서, 제일의 건들거리는 태도는 늘 유쾌하게 웃어넘겼다.

내일은 여성 출연자 위주로 신문을 확인하는 날이었다. 난주는 영현과 소이의 신문을 꺼내 덱 타일 바닥 위로 펼쳤다.

'어차피 편집점을 잡아서 1등이 되게 해 주는 건 나잖아. 그러니까 고영현이 누굴 만나고 데이트하는지 정하는 것도 때로는 나여야 돼.'

데이트 상대가 적힌 메인 보드에는 신문지 글자를 오려 붙인 콜라주 폰트로 제일과 민석의 이름이 부착되어 있었다. 익명이기는 해도 영현이 꾸준히 제일에게 하트를 보냈으니 당연한 결과였다.

'어쩔 수 없는 거야. 평판 떨어져서 나중에 고영현만 버리는 카드 되면 어쩔 건데. 걘 절대 오백 못 받아.'

난주는 가판대 구석에 틀어박혀 귤 모양 택배 칼로 글자를 하나하나 긁어 떼 냈다. 영현과 소이의 데이트 상대를 바꿔 붙이는데 불시에 굵은 눈물이 한 방울 떨어졌다. 난주는 두 팔을 앞으로 뻗은 채 황급히 고개를 돌렸다. 하지만 이미 영현의 '현' 자가 젖어 들고 있었다. 난주는 찌질하게 울면서 제발 우글쭈글해지지 말라고 열심히 입바람을 불다가 또 울고 그랬다.

그렇게까지 제일이 싫은 건 아니었다. 영현이 제일과 짧은 감탄사 정도만 주고받으면서도 뭐가 웃긴지 계속 제일의 어깨를 두드려 대는 게 싫었다. 그 정도만 표현하고 나눠도 충분히 즐거워 보이는 그들의 관계가 세상 사람들 모두에게 공개되면, 그래서 고척돔에서 결혼을 해야 할 정도로 사랑받으면, 그럼 나는 어떡하라고. 난주는 소이의 메인 보드에 붙은 제일의 이름을 손톱으로 꾹 눌렀다. 머리 위로 달빛이 드리워지자 두 손을 맞잡고 냅다 기도했다. 제가 고영현을 숨 막히게 좋아해도 저는 개랑 결혼도 못 하고 연애 프로에 나가서 데이트도 못 해요. 딱 이만큼만 봐주세요. 숨통 진짜 조금만 트이게 해 주심 제가 얼른 접을게요.

♪

[오늘 자 고영현 인터뷰]
Q. 오늘 데이트 어땠어요?
A. …처음에 어색하기는 했죠. (한 박자 쉬고) 관심사가 좀 많이 다르기도 하고. 근데 저녁에 돌아올 때는 재밌었어요. 제가 집라인을 처음 타 봤거든요?

서 작가가 있는 단체 채팅방도, 커뮤니티도 여러 의미로 불타오르고 있었다. 스타 강사를 오래 했던 소이는 이 정도 조작쯤은 자연스레 웃어넘길 줄 아는 프로 방송인이었다. 문제는 신문을 펼치자마자 표정 관리가 안 되기 시작한 영현이었다. 이거 제가 선택한 거 맞나요? 말없이도 고주파 스테레오로 퍼져 울리는 영현의 의문. 난주는 근처에 있는 것만으로도 죄책감에 두들겨 맞는 기분이었다.

데이트 역시 제대로 흘러갈 리 없었다. 하필 난주가 제일 대신 붙여 놓은 민석은 영현과 가장 서먹한 사이였고….

카페에 마주 앉아 서로가 쓴 데이트 10문 10답을 볼 때부터 각이 안 나왔다. 민석이 고른 데이트 장소는 헌책방이었고 영현이 고른 장소는 수상 레저였다. 어색한 웃음 이후 자체적으로 '이구동성' 같은 콘텐츠를 진행해 봤지만 역부족이었다. 역시 입이 두 개면 말도 두 개 나오는 거죠. 영현은 넋이 나간 눈으로 아무 말이나 했다.

행운을 빌어 줘

민석은 영현을 챙긴답시고 핸드백을 들어 주려 했지만 그가 카페에서 들고나온 건 옆자리 테이블 여자의 가방이었다. 소매치기범이 될 뻔한 민석을 위로하던 영현은 차에 타고 나서야 자기가 한 시간째 그의 이름을 '민서'로 잘못 부르고 있었음을 인지했다.

—〈터치 마이 하트〉 패트와 매트.
—데이트하러 가서 사과 백팔배하고 돌아오는 조합.jpg

일부 커뮤니티에서는 영현이 상대를 이미 골라 놓고 다른 남출들은 소홀하게 대한다며 신명 나는 입방아가 한창이었다. 제일과 함께 있을 때의 표정과 민석을 대하는 표정을 확대해 붙여 놓고 입꼬리 차이를 좀 보라는 둥.

"아니라고. 그냥 낯가리는 거라고. 안 그래도 정신없는데 더 정신없게 하니까 고장 난 거라고."

난주는 자진해서 새벽 내내 편집의 노예가 되었다. 어떻게든 수습해야 한다는 생각뿐이었다. 작은 화면 속 영현이 어려워하고 난감해하는 찰나들이 몇 번이나 강조되어 난주의 눈 속에 박혔다. 그러고도 한두 컷이 지나면 최선을 다해 잘 풀어 나가는 모습들. 난주는 조촐한 편집실 안에서 버석한 입술을 달싹였다.

난 이런 모습 때문에 너랑 헤어졌을까?

나의 이런 모습들 말이야. 네가 스스로 자정하지 못하게 하고 너의 자연스러운 흐름을 훼방 놓는 버릇, 네 옆에 두기에 너무 비굴한 모습들. 정소나기 노래를 너라는 영화에 단 1초도 삽입할 수 없는 것처럼, 난 본능적으로 너에게서 나를 용납할 수 없었던 걸지도 몰라.

난주는 한낮이 넘어서야 밖으로 나왔다. 에너지 드링크를 사서 돌아오는 길이었다. 수영장 하나를 사이에 두고 영현과 마주쳤다. 흐렸던 하늘이 잠시 개어 수영장 절반에는 그늘이 드리우고, 절반은 반짝거렸다.

바람이 불 때마다 파란 타일 바닥과 벽면에 그려진 에델바이스가 수면 위로 일렁였다. 캡 모자를 쓰고 있던 영현은 턱을 살짝 들어 저편에 있는 사람이 난주인지 확인했다. 난주는 스쳐 지나가려 했지만 영현은 잘 만났다는 듯이 운을 뗐다.

"야. 너."

난주의 어깨가 흠칫 떨렸다. "네가 그랬냐?" 영현이 이렇게 묻는다면, 그 말에 대답하느니 지금 당장 이 물속에 뛰어드는 것이 나았다. 난주의 손이 에너지 드링크 캔에 젖어 축축해졌다.

"어제도 안 잤냐?"

영현은 햇빛에 눈을 잔뜩 찡그린 채 멀리서 고함지르듯이 물었다. 명절에 동태전 집어 먹는 외삼촌 같은 말투였다. 하지만 그 순간 난주에게는 어떤 위로보다도 효과가 있었다.

고영현은 의심하지 않았다. 악의를 가지지도 않았다. 오백을 가지는 건 중요하지 않고 난주에게 말 붙일 거리가 필요했다. 영현의 마음들이 곧바로 널찍한 수영장을 건너지 못하고 물에 동동 떠서 난주에게로 갔다. 단순하고 투명한 것들이 난주가 서 있는 타일 벽에 가 닿을 때면 순간 포말처럼 하얗게 또렷해졌다. 난주도 용기 내서 손으로 차양을 만들고 한마디 했다.

"맨날 그렇지 뭐."

"그래. 어제 내가 얼 좀 탔지. 그것 때문에 더 못 자는 거 아니야?"

입맛을 다신 영현이 슬리퍼 끝으로 돌 차는 시늉을 했다. 허공에 대고 페이크 슛. 헛발질과 함께 몸이 반 바퀴 돌았다.

"아니, 나 만만한 게 이제일밖에 없어."

난주는 잠시 두서없는 영현의 말을 알아듣지 못했다. 그늘로 들어가면 되는데 두 사람 다 굳이 햇빛 쨍쨍한 데서 영화 〈러브레터〉처럼 얘기했다.

"그럼 친구를 좀 사귀어!"

난주의 외침에 영현이 어이없는 표정으로 웃었다.

"수고하셨습니다." 제일과 영현이 야식을 먹으며 시시콜콜 떠드는 장면의 편집을 마치고 나자 난주는 완전히 기절 직전이었다. 여러모로 맥이 다 빠졌다.

물론 PPL인 다리 마사지기가 제대로 나오는 클립을 딴 건 귀중한 일이었다. 낮에는 책을 읽으며 점잔을 떨고 저녁에는 집라인을 타느라 녹초가 된 영현이 그 대상이었기에 여러모로 근거도 출중했다. 그것을 대령한 자가 제일이라는 게 문제였다.

영현은 샤워를 하고 노곤해진 몸으로 거실에 있던 빈백에 엎어졌다. 아무도 말을 걸지 마시오. 얼굴을 박고 있어서 볼 순 없었지만 분명 얼굴에 그렇게 쓰여 있었다.

"다리 마사지 하실?"

"가라. 누나 피곤하다."

"하지만… 다중 공기압으로 뼈와 혈관에 무리 없이 스무스한 압박 효과를 자랑하는 데다 버전 3.5 리뉴얼로 디자인까지 세련되어진 마사지기가 기다리고 있는데."

그러자 영현이 피식피식 웃으며 몸을 뒤집었다. "그건 또 못 참지. 해 줘야지." 만담을 주고받으면서 제일이 통째로 들고 온 마사지기에 영현의 다리를 집어넣었다. "오, 이거 완전 그건데. 그거? 그거 있잖아. (손으로 휘저으며) 이렇게 하는 거." "아 그거." 결국 '그게' 뭔지는 시청자도 김 PD도 알지 못했다.

말은 언제 놨대. 둘이 말을 놓는 장면의 편집자는 난주가 아니었다. 영현에게 물어볼 수도 없고. 난주는 꼼짝없이 방영일까지 기다려야 하는 신세가 됐다. 영현은 제일이 만만하다고 했지만 난주에게는 저들끼리만 통하는 뜻이 있는 천상의 소울메이트처럼 보였다. 영현의 썸도 연인도 소울메이트도 아니고 그저 '남'인 난주는 유독 싱숭생숭했다.

정류장의 처마에서는 덜 마른 빗물이 떨어졌다. 의자에 앉아 40분 후의 심야 버스를 기다리는 소감은 '재밌냐?'였다. 그런데 그 대답도 스스로 할 수 있었다. 재밌겠지. 당연히. 고영현 같은 애가 옆에 앉아서 사사건건 시비 걸면서 좋알대고 열받게 하고. 신경질 날 때쯤엔 또 슬슬 기어 와서 '화났냐? 삐졌냐? 뭘 그런 거 갖고 그러냐' 하고 식을 틈 없게 건드려 주고.

불행인지 다행인지. 영현과 난주가 촬영 중 제대로 마주칠 장소는 개인 인터뷰가 진행되는 스튜디오가 전부였다. 자막용 엑셀 파일에 영현의 답변들이 빠르게 적혀 나갔다. 난주는 캡 모자를 눌러쓰고 엑셀 파일을 곁눈질했다.

Q. 설렘이라는 게 뭐라고 생각하세요?
A. 설렘이요? 그냥… 보고 싶은 거? 생각나면 설레는 거 아닐까요? 뭐 하다가 이상하게, 딱히 상관도 없는데. 맛있는 거 먹으면 '이거 같이 먹으면 좋겠다' (그런 거).

Q. 오늘 당신을 그렇게 만든 사람이 있었나요?
A. 네, 근데 저는 계속 있었던 것 같긴 해요.

소란스럽던 오백만 원 공방도 끝났다. 난주와 영현의 메신저 대화방은 다시 적막을 되찾았다. 하지만 둘은 매일 만났다. 난주는 하루에 세상 누구보다도 영현을 오래 들여다봤다. 새로운 사람들과 인연을 쌓아 가는 영현. 말과는 다르게 많은 사람들과 한 공간에서 잘 지내는 영현. 라탄 바구니 가득 담긴 오렌지나 테라스에 커다랗게 자라난 알로카시아 같은 게 잘 어울리는 영현. 설령 그 공간에 난주가 함께 있어도 별 신경 안 쓰는 영현.

처음 헤어지고 다시 만났을 땐 영현이 무작정 시뻘게진 얼굴로 난주가 다니던 사무실 앞까지 뛰어왔다. 자기가 아쉬워 찾아온 주제에 막 옥박질렀다. '이런 식으로 헤어지는 거 구려. 인정 못 해. 니가 맘대로 헤어지자 한 거지 나는 동의한 적 없거든? 사귈 땐 '사귀자' 하고 '응' 해야 사귀면서 헤어질 땐 이러는 거 말 안 되거든?' 헤어지자고 서로 갈라선 지 겨우 6분 만이었다. 난주와 영현은 그때도 싸웠다. 9시에서 11시 사이 자율 출퇴근 기간이라 사람이 아무도 없는 사무실 앞에서. 새벽 6시에.

9시까지 결판이 안 나면 깔끔하게 헤어지는 걸로 하잔 말에 영현이 싫다고 했다. '그럼 지금 가, 창피하게 뭐 하는 거야.' '싫어.' '여기서 번호 지워.' '싫어.' 난주는 영현이 그날만큼 뭘 싫다고 하는 걸 본 적이 없었다. '싫어'라는 말을 대여섯 번 들었을 뿐인데 코끝이 찡해지면서 마음이 돌아서 버렸다. 난주는 늘 영현이 어렵고 마음대로 안 됐는데, 영현은 난주의 마음을 너무 쉽게만 얻었다.

뭐 이런 가성비 같은 연애가 다 있어. 네가 뭔데. 넌 인생이 그렇게 쉬워? 잔뜩 화풀이해 놓고 그날 저녁에는 실내 롤러장에 스케이트를 타러 갔다. 옛날 떡볶이가 먹고 싶대서 오천 원에 음료와 해시브라운, 와플, 설탕 묻힌 식빵이 무한 리필인 추억의 소개팅 카페에도 갔다. 체크무늬 소파에 퍼질러 누워 힘 빠진 채로 난주는 생각했다. 하필 세대 공감도만 어긋나지 않는 게 비극이다. 두 살만 어렸어도 저건 내 손바닥 안인데. 하지만 두 살 어렸다면 끌리지도 않았겠지. 난주는 어쩌면 이후에 또 헤어지고 붙더라도, 영현이 이렇게 유치하게 굴어 줄 날은 다시 오지 않을 거라고 짐작했다. 아마 그렇게 구는 건 나겠지. 그러니까 아무리 거지 같아도 헤어지지 말아야지. 행여 헤어지면 다신 잡지 말아야지.

"왜 이렇게 안 와. 진짜."

줄어들지 않는 64번 버스의 대기 시간에 난주가 서럽게 중얼거렸다. 그때 정류장 뒤편에서 누군가 좁은 틈을 비집고 들어왔다. 영현이었다.

"…뭐야?"

카메라가 돌아가지 않으니 수수하고 편한 차림이었다. 영현은 통이 넓은 바지에 뒤축이 구겨진 스니커즈를 끌고 와 난주의 옆에 앉았다.

"PD님한테 말씀드리고 나왔어. 잠깐 집에 갔다 오려고. 할머니 아프대."

"할머니 아프시대? 어디가?"

"그냥. 잠깐 삐끗했대. 복대 좀 차고 다니래도 말을 안 들어. 내려갈 때 계단으로 가지 말고 엘리베이터 타라 했는데. 우리 할머니 성질 진짜 급하잖아."

"말도 못 하시지… 어떡해. 전에도 디스크 도져서 응급실 가셨다며."

"그니까. 뭔 고집이지? 다른 집 할머니들은 나이 들고 유해진다는데 우리 할머닌 날이 갈수록 소고집이야."

"가을에는 진짜 은행 못 주우러 가시게 해."

"가을만 문제냐. 겨울에 무슨 빙어 잡으러 간다고 설칠 거 생각하면 벌써 머리 아프다."

"할머니가 참 생선을 좋아하셔. 가리비도 좋아하시고."

"부산 사람이라 그래. 평생 바다 짠 내 맡고 뛰어다니면서 그렇게 살았어야 되는데. 너무 일찍 서울깍쟁이한테 시집와서 그렇대."

"하긴. 이젠 내려가시는 것도 무리가 되니까. 근데 그보다는 너랑 가까이 살고 싶어 하시는 걸 거야."

맞은편 정류장만 보고 얘기하던 영현이 난주를 돌아봤다.

"나랑? 나 맨날 할머니한테 뭐라 하기만 하는데?"

난주가 잠시 말없이 영현을 봤다. 영현은 머리를 바짝 올려 묶고, 더웠는지 마징가 제트가 그려진 티셔츠의 멱을 잡고 펄럭였다. 초록불이 켜진 근처 횡단보도의 음성 안내를 따라 영현의 다리가 가볍게 흔들렸다.

"그게 좋으신 거야. 계속 시끄럽게 옆에서 뭐라고 하는 게 좋으신 거라고."

영현은 인중에 난 땀을 손등으로 찍더니 영 모르겠다는 얼굴로 시선을 휙 돌려 버렸다. 서울 외곽의 밤바람은 후덥지근했지만 난주는 영현 옆에서 그다지 덥지 않다고 느꼈다. 난주가 느낄 더위도, 추위도 모두 영현이 더 강하게 느껴 줘서 그랬다.

♪

온갖 장소에서 별별 이유로 쥐 잡듯이 싸워 보기 부문 커플 서바이벌이 있다면 난주와 영현은 당당히 1위를 거머쥘 것이다. 비록 지금은 커플이 아닐지라도.

"연프 나온다는 애가 생각 없이 교정하고 잘하는 짓이다. 아. 넌 옛날부터 센스도 미감도 눈치도 없었지, 참."

"넌 뭐 대단히 있냐?"

여성 출연자 3명, 남성 출연자 3명으로 시작된 〈터치 마이 하트〉에 슬슬 중간 투입 출연자가 들어올 타이밍이었다. 내일이면 리조트로 떠나기에 짐을 챙기기 바쁜 타 출연자들과 달리 영현은 데이트가 끝나자마자 본가에 들렀다 오느라 정신이 없었다. 영현의 집안 사정을 잘 알고 있는 난주가 타임 테이블을 맞춰 주었고, 덕분에 영현은 연속 이틀을 외출하면서도 위화감 없이 섞일 수 있었다. 야, 고맙다. 너 아니었으면 난 이틀 만에 완전 나가리다. 그래, 고마워해라. 내가 오백이 없어서 넌 다행인 줄 알아. 새벽에 돌아와 짐 정리를 하고 잠시 바람을 쐬러 나왔다가 담소 나눌 때까진 분위기 훈훈했다. 그런데 영현이 중간 투입자들에 대해 물어본 게 화근이었다.

아, 내일 새로 누가 와? 어떤 사람인데? 영현이 묻자마자 난주는 울컥했다. 마음 다 비운 셈 치고 돈도 없고 뭣도 없어서 보살처럼 네 연애 사업 도와주고 있다고 치자. 근데 아무리 그래도 어떻게 나한테 그걸 물어봐? 영현이 한사코 별생각 없이 그냥 물어본 거였다고 해도 난주는 믿을 수 없었다. 영현은 되레 답답해했다.

"그냥 물어볼 수도 있는 거지 뭘 그것 가지고 이렇게까지 화를 내. 내가 너한테 그거 듣는다고 해서 뭘 하겠냐? 어차피 직접 안 보면 별로 관심 없어 하는 거 너도 알잖아!"

난주는 차마 자신이 왜 이렇게 열을 내는지 설명할 수 없었다. 영현에게 조금도 마음이 없었다면 잘만 설명했을 것이다. 영현을 좋아해서 도무지 입 밖으로 꺼낼 수 없었다. 영현은 어릴 적부터 쭉 영화배우 공승빈의 광팬이었다. 예전부터 사적인 자리에서 이상형이 뭐냐고 물으면 공승빈이라고 딱 잘라 답했다.

그런데 이번에 오는 남자가 공승빈이랑 똑같이 생겼다고 어떻게 말해. 직접 보면 빼도 박도 못하게 관심이 생길 것 같은데 어떻게 말하겠니. 난주는 1초라도 영현이 그 남자와 잘될 가능성, 또는 그 남자에게 반할 운명을 억누르고 싶었다. 이런 사실을 영현이 알 리가 없었다. 난주는 자신의 억지스러운 마음들이 속을 짓누르는 게 거북해서 토할 것 같았다. 어떤 것도 말할 수 없었다. 공승빈이랑 똑 닮다 못해 10년은 젊고 수려한 얼굴의 그 남자에 대해서도, 아직 영현이 좋아 누구에게도 뺏기고 싶지 않은 마음 같은 것도. 전부.

"네가 헤어질 때 앞으로는 차분하고 다정한 사람만 찾아 만날 거랬잖아."
"또 뭔 소리야. 내가 언제."
"헤어질 때 그랬다고."
"그게 몇 번짼데."
"두 번째."
"넌 그런 걸 어떻게 다 기억하냐?"
"넌 그걸 왜 기억을 못 해."

영현이 숨을 크게 쉬었다가 입을 다물었다. 딱 봐도 '그런 게 뭐가 중요한데'가 목청까지 나왔다 들어간 표정이었다. 그러더니 영현은 별안간 뒷마당에 있던 간이 펌프로 걸어가 난주가 말릴 새도 없이 레버를 돌리고 얼굴을 박았다. 지금은 사용하지 않는 돌 분수대에 감겨 있던 펌프에서 세찬 물줄기가 위로 솟아올랐다. 야,

너 뭐 해! 난주가 영현의 어깨를 붙잡았지만 영현은 도로 손을 뻗어 난주를 밀어냈다. 수압에 묶었던 머리카락이 풀려 떨어지고 얼굴이 푹 젖을 정도가 돼서야 영현이 몸을 일으켰다. 잠시 동안이었지만 태풍이라도 맞은 것처럼 물을 떨구던 영현이 얼굴을 벅벅 쓸더니 말했다.

"됐다, 그냥. 야. 내가 알아서 할게. 오백이고 뭐고 이제 신경 꺼."

테라스로 연결된 돌길에 물 자국을 내면서 영현은 그대로 가 버렸다. 잠그다 만 펌프에서 물이 계속 흘러나왔다. 난주는 짙은 색으로 변한 분수대와 그새 마르기 시작하는 영현의 발자국을 멍하니 봤다. 이렇게 뭐든 빨리 마르는 계절에 난주 혼자만 그대로인 것 같았다.

이마 난쥬?(今 何時(지금 몇 시)?를 이용한 애칭)♥고영
—××월 ××일 남해에서

꼴값 떤다…. 난주는 오래간만에 드라이브를 켜 영현과의 사진을 보다가, 처음부터 끝까지 긁어서 쓰레기통에 넣었다. 도대체가 얼마나 사랑했는지 콩깍지를 끼워도 고양이 상으로는 못 봐 주는 애를 '고양♥'으로 저장해 놓은 과거가 감탄스러웠다. 새삼 왜 사람들은 자기 연인을 고양이에 못 빗대어서 안달인지 궁금해졌다. 평생 데리고 살고 싶은데 명이 짧아 두려운 심정이 투영된 걸까. 연애라는 행위가 좀 그러니까.

영현은 끝내 오늘 그 남자를 만났다. 공승빈을 닮고, 차분하고 다정한 남자. 직업이 셰프라 간단히 브런치나

끼적거리는 제일 정도는 가볍게 제치고 먹는 걸 좋아하는 영현에게 매일 12첩 반상을 차려 줄지도 모르는 남자. 그도 첫인상 하트를 영현에게 줬다. 어찌나 티가 났는지 다음 날 받을 하트까지 뺏겼다. 두 사람은 오늘 함께 서핑을 하고 갈매기에게 새우깡을 줬다. 저녁에는 맞은편 자리에 앉아 식사했다. 그 남자는 연보라색 블라우스를 입은 영현에 맞춰 몰래 식탁의 꽃을 라벤더로 바꿔 놨다. 비록 영현은 바로 알아채지 못했지만 화면에 잡히는 색 조합의 낭만은 끝내줬다.

연애 프로그램의 진리란 무조건 뽀샤시한 화면에서 왔다. 하지만 실제 연애란 특정 색채만 지극히 강조된 모노 스크린이나 다를 바 없었다. 사랑할 땐 무슨 색. 싸울 땐 무슨 색. 또 헤어질 땐 무슨 색. 자기 일일 땐 늘 이런 식이다. 그래서 사람들은 다채로운 남의 연애를 보고 싶어 하는 것 같았다. 당연히 그게 보기 좋으니까. 그렇게 또 환상을 품고 빨갛고 파랗고 노랗기만 한 연애를 하며 지친다. 둘 사이의 괴리는 영원히 좁혀지지 않는다. 그래서 난주는 연애 중인 사람들이 보면 안 될 TV 프로그램 1위는 연애 프로라고 장담했다. 이 사실을 어쩌면 영현은 한참 전에 알았을지도 몰랐다.

한때는 드라마에서 역할을 다한 경쟁자들의 태도가 온화해지는 것에 대해 의문을 품었다. 그런 마음이 들면 이미 사랑이 뜬 거 아닌가? 끝까지 나 좀 봐 달라고 시위하지는 못할망정. 난주는 이제야 알게 되었다. 반드시 이루어질 만한 너무 괜찮은 상대, 공승빈 앞에서 난주가 할 수 있는 최선은 영현에게 미움받지 않는 거였다. 신경 쓰이지 않을 만큼 천천히, 어렴풋한 좋은 기억으로 남아 사라지는 건 지금 그녀가 할 수 있는 마지막 사랑의 행위였다.

노트북 화면을 덮기 직전이었다. 하단 바에서 메신저 화면이 연달아 올라왔다.

> [고영현(터치 마이 하트): 잠깐 보자 할 말 있어]

> [고영현(터치 마이 하트): 사거리 자판기 마트]

난주는 차도 다니지 않는 횡단보도를 건너면서 단체 사담 방 메시지를 확인했다. '영현 씨 왜 이렇게 자꾸 나도는 거야? 애인 있는 거 아냐? SNS 좀 다시 확인해 봐.' 난주는 무미건조한 눈으로 적당히 텀을 두고 답장했다. '영현 씨 애인 없어요. SNS는 옛날에 페이스북밖에 안 했고요. 생필품 사러 나간 것 같은데 제가 한번 따라가 볼게요.' 습관처럼 영현을 감싸고 있는데도 거짓말 하나 없는 게 웃겼다.

정말 영현이 있는 곳에 따라가고 있는 것까지. 24시 무인 자판기 마트의 노란 조명을 받으며 영현이 서 있었다. 유리문과 외벽에는 각다귀들이 진을 치고 있었다. 난주가 자동문 버튼을 누르자 그것들이 후두두 떨어져 나갔다. 주머니에 손을 꽂고 자판기를 구경하던 영현이 난주를 바라봤다.

영현은 말없이 주머니에서 동전 여러 개를 꺼내 음료 자판기에 넣었다. 두 사람 모두 숨조차 엷게 쉬고 있었기에 가게 안에는 동전 쩔렁이는 소리가 제일 컸다. 영현은 보기 드물게 손짓이 느렸다. 동전 구멍에 동전을 넣으면서도 눈은 그보다 아래를 보는 것 같았다. 그러다 마지막으로 넣으려던 오백 원짜리 동전이 손에서 떨어졌다. 아. 영현이 급히 몸을 숙여 주우려 했지만 이미 자판기 아래로 들어가 버렸다.

"…뭐라도 마시게 하려고 했는데 마음 같지 않네."

영현은 한숨을 쉬며 머쓱하게 귀 뒤를 긁적였다. 난주 역시 주머니에 손을 넣고 꿈지럭대고 있었다. 사실은, 어쩐지 영현에게는 '그런 순간'이 많은 것 같았다. 잠이 덜 깬 채로 나오다가 문지방을 걷어차거나, 붙임머리가 어색해서 스타일링이라곤 조금도 못 하거나. 백 원짜리 동전들은 몇 개도 잘만 넣어 놓고 하필 오백 원짜리가 안 들어가는 것 같은. 허술하고 바보 같은 순간들.

"고영현. 이거 받아."

그래서 자꾸 남의 기회가 되는 순간들. 네가 부추긴 거야. 난 진짜 그만하려고 했는데 마지막으로 주머니에 남아 있던 이거 하나 고영현 네가 꺼낸 거야. 내가 너랑 다시 못 사귀게 되면 네 잘못이야. 난주가 뚱한 얼굴로 무언가를 내밀자 영현은 그게 뭔지도 모르고 받았다. 움켜쥔 주먹을 펴자 영현의 표정이 잠시 더욱 어리둥절해졌다.

"오백만 원 달라며."

오백 원 동전 하나. 만 원짜리 지폐 하나. 그러니까 합쳐서 오백만 원.

"나 그거밖에 없어. 그거 받고 나 봐주든지, 아니면…
싫으면 꺼져. 지금 당장."

난주가 세상에서 제일 싫어하고, 영현은 신나서 껌뻑
죽는 화법이었다. 책상에 금 그어서 넘어온 건 다 내 거
라는 기적의 논리. 그런데 지금은 난주의 입에서 그런
게 아무렇지도 않게 나왔다. 맨날 영현이 하는 말대로
그냥. 그냥이었다. 유치해 빠진 막장 짓이 부대껴 몸서
리를 치고 있자니 영현의 입에서 뜻밖의 말이 나왔다.

"나 이거 그만두겠다고 말하러 온 건데."
"뭐?"
"하차하려고 했지."

난주는 기가 찼다. 거북했던 공기가 일순간 허무할
정도로 탁 트였다.

"알아서 한다는 게 겨우 그거야?"
"그럼 뭘 해야 되는데?"
"하트도 제일 많으면서…."

한동안은 꽤 심각한 이슈였지만, 난주가 벌인 데이트
상대 바꿔치기 덕에 도리어 영현의 하트 수가 폭등했던
것이다. 제일은 영현이 자신에게 하트를 줬을 거라고
철석같이 믿고 '풀 매수'를 했는데 결과는 완전히….

"끝까지 갈 거란 보장도 없지. 하루에도 몇 번씩 바뀌
는 게 사람 마음이야."
"하트 말고도 그, 저… 누구냐? 그 남자 만나서 잘 먹
고 잘 사는 게 목표일 수 있잖아. 오늘 분위기 좋기만
하더만 갑자기 하차를 왜 해."

난주는 혼자서도 멘트를 정리하지 못하고 횡설수설

했다. 말하면서도 눈앞의 영현은 그럴 사람이 아니라는 게 피부로 느껴졌다. 직접 편집하는 프로그램에 속아 무슨 오해를 얼마나 해 왔던 걸까? 영현은 대놓고 어이없다는 듯 코웃음을 쳤다.

"뭘 상관이야. 네가 여기 나오는 것도 아닌데. 너 진짜 웃기는 애다."

이번에는 난주의 말문이 막혀 버렸다. 난주가 숨도 제대로 못 쉬고 있는 동안 영현은 가지런히 접힌 '오백만 원'을 들어 보이며 웃었다.

"잘됐네. 오백만 원도 받았으니까 약속대로 하차할게."

혼탁한 정신머리 속 난주가 간신히 이성을 붙들고 정말 미련 없이 떠나 버리려는 영현의 손목을 붙잡았다.

"야, 잠깐만. 근데 그건 또 다른 문제야. 나 작가님한테 죽도록 깨지면 네가 책임질 거야?"
"그건 또 그렇네."

영현은 일리가 있다는 듯 고개를 끄덕이다가 명료하게 바로 대책을 내놨다.

"그럼 내가 하트 모아서 천만 원 따 올게. 그걸로 여행이나 가자."
"이게 무슨 말도 안 되는…."

하지만 마음에 아주 조금의 여유가 찼다고, 난주는 운을 떼 놓고 꽤 그럴듯하다는 생각이 들었다. 현재 영현의 하트 수는 그야말로 압도적이었다. 후반부에 가면 사랑 때문에 하트를 거하게 포기하는 일이 생길 수도 있지만, 그런 영현의 애인이 사실 나라면? 난주가 빠르게 머리를 굴리는 사이 영현은 또 너스레나 떨었다.

"대신 걔네랑 노닥거린다고 뭐라 하지 마라?"
"그건 솔직히 장담 못 하겠어."

영현이 아쉽게 입맛을 다셨다. 생각하느라 대충 넘어갈 줄 알았는데. 에잇. 영현은 잠깐 가보로 간직할까 싶었던 오백만 원의 오백을 떼어 자판기에 넣었다. 음료 두 개가 텅, 텅 소리를 내며 떨어졌다.

"아, 진짜 어쩌라는 거야."
"말 좀 예쁘게 해 줘."
"진짜 어쩌면 좋을까나요. 진짜 어쩌면 좋으렵니까."

난주는 진저리를 내며 음료를 받아 들었다. 손에 힘을 주고 페트병 뚜껑을 따려는데 이미 열려 있었다. 영현은 여름에 곧잘 그랬다. 겨울에는 장판 속에 넣어 뒀던 이어폰을 건네곤 했다.

근데 왜 하필 오백이야? 사실 삼 억이라고 할 뻔했는데 그 순간 뇌에 전기 충격 줘서 참았어. 다시 만나면 어떡해. 삼 억은 진짜 없어. 횡단보도의 흰 부분만 밟으며 뛰어다니던 영현이 입술을 안으로 말고 고개를 돌렸다.

야, 근데 이거 주작 방송인 거 알아? 언론인의 의무인가 뭔가 지켜야 한다며. 옆에서 따발총처럼 면박을 주는 영현을 깔끔히 무시하고 난주는 시원한 이온음료나 들이켰다. 서 작가에겐 미안하게 됐지만, 앞으로 열심히 자막 빚으면 되지. 김 PD는 발랄한 걸음으로 벌써 사흘째 나돌고 있는 출연자 고영현을 숙소로 연행했다. 앞으로의 방송이 진심으로 기대되는 여름밤이었다.

팝콘을 들으세요

김이숨

글자만큼의 공백이 있는 이야기를
좋아한다. 안전가옥을 통해 세상에
처음으로 소설을 공개하게 되었다.

목소리가 나오지 않았다. 어제부터였는지, 지난주부터였는지, 그것도 아니면 한 달도 더 전부터였는지. 마지막으로 사람과 말을 한 게 언제였는지 서우는 기억나지 않았다. 퇴근길 횡단보도에서 길을 물은 외국인 관광객의 눈빛은 간절함에서 불쾌함으로 순식간에 바뀌었다. 해명할 수도, 변명할 수도 없었다.

서우는 의사에게 자신이 겪은 상황을 6컷 만화로 그려서 보여 주었다. 상황을 설명하기에 글보다는 그림이 더 직관적이라고 생각했다. 의사의 눈에는 서우가 아픈 사람이 아니라 억울한 사람으로 보였다. 의사가 무덤덤하게 말했다.

"물리적인 이유가 아니라 심리적인 이유일 수도 있어요. 그래도 가습기 치료는 꼭 받고 가세요."

의사는 책상 위의 종을 가볍게 쳤다. 진찰이 끝났다는 신호였다.

팝콘을 들으세요

주름진 불투명한 튜브 호스에서 탁한 백색의 연기가 뿜어져 나왔다. 간호사는 코를 막고 입을 최대한 크게 벌려 아— 소리를 내라고 직접 시범을 보여 주었다. 목젖이 살려 달라고 비명을 지르는 것 같았다. 서우는 눈치껏 간호사를 따라 입을 벌렸다. 아— 소리는 나오지 않았다. 자신의 목젖은 살려 달라고 하고 있을지, 이미 가망이 없다고 절망에 빠져 축 늘어져 있을지 서우는 알 수 없었다.

"그대로 10분만 있으세요."

간호사가 나가자 서우는 눈을 감았다. 눈을 감으면 왜인지 입을 더 크게 벌릴 수 있을 것 같았다.

서우는 일찍이 미술관에서 일하기를 꿈꿨다. 어린 시절에는 화가를 꿈꾸기도 했지만, 서우의 재능은 손이 아닌 눈에 있었다. 헷갈리는 중세 미술 사조를 틀리지 않고 바로 알아봤으며, 현대미술을 보고 어린아이의 감상이라고 믿기 어려운 분석을 하기도 했다. 서우는 자신의 타고남에 자부심을 느꼈다. 큐레이터를 꿈꿨으며, 확신이 있었다. 그 누구도 의심하지 않았다. 문제가 있다면 바로 그것이었다. 서우가 너무 뛰어났다는 것. 서우를 의심하는 사람이 없었다는 것.

누구보다 서우를 믿었던 사람은 정우였다. 서우와 정우는 초등학교 방과 후 미술반에서 처음 만났다. 서우의 기억 속 정우는 항상 옷소매가 물감으로 얼룩진 아이였다. 중학생이 되고, 고등학생이 되어 키가 훌쩍 커 버렸는데도 정우의 옷소매는 변하지 않았다. 서우는 정우를 만날 때면 늘 옷소매를 확인했다. 정우가 새로 산 옷을 입고 왔을 때는 내심 아쉽기도 했다.

서우는 한 번에 명문 대학 미학과에 붙었지만 정우는 번번이 입시 문턱에서 떨어졌다. 삼수 끝에 붙은 대학에서도 항상 주눅 들어 있었다. 그 무렵 서우는 대학생 비평가로 활동하며 바쁜 날들을 보냈다. 연락은 자연스럽게 멀어졌다.

정우에게 오랜만에 전화가 온 건 서우가 대학원 졸업논문 심사를 앞둔 어느 날이었다. 정우는 졸업 작품에 대한 피드백을 부탁했다. 서우는 적당한 핑계를 찾지 못했기에 정우를 만나러 갔다. 주변 시선을 의식하면서 논문을 수정하는 것에 지쳐 있던 서우에게 정우의 그림은 해방감을 주었다. 오랜만에 느끼는 자유로움이었다.

"너의 그림은 기술적으로는 좋은데, 전체적으로 거짓말 같아."

서우는 여과 없이 자기 생각을 말했다. 서우의 말을 듣는 정우의 표정에 깊은 어둠이 드리우는지도 모르고. 지금 이대로는 안 될 것 같다는 서우의 결론에 정우는 고맙다고 답했다. 그날 서우는 처음이자 마지막으로 정우의 상처받은 표정을 봤다.

졸업 전시가 열리기 하루 전, 정우는 세상을 떠났다. 교통사고였다. 거짓말 같은 일이었다. 서우는 미안하다는 말을 혼자 하고 혼자 들었다. 죽음의 책임이 자신에게 있는 것 같았다. 떠난 정우는 말이 없었다.

서우는 말을 하고 싶지 않았다. 말을 하지 않기 위해 사람과의 관계를 포기했다. 어떤 대화도 없는 침묵의 날들이 길어졌다. 방황 끝에 구한 지금의 알바 자리는 도피처가 아닌 안식처였다. 하루 종일 미술관에 앉아서 관람객들을 보는 것. 그들이 그림을 훼손하지 못하게 하는 것. 최악의 경우엔 그림을 들고 도망치는 도둑을 잡는 것. 그것이 서우의 일이었다.

관람객의 돌발 행동에 관한 42가지 대처 매뉴얼이 있었다. 서우가 일을 시작한 지 2년이 지났지만 42가지 중 단 하나도 일어나지 않았다. 아무도 말을 걸지 않았고, 누구에게도 말을 할 일이 없었다. 그렇게 서우는 책임을 다했다. 똑같은 매일의 일상이 안전하게 느껴졌다.

병원을 나오자 모든 것이 시끄러웠다. 여전히 목소리는 나오지 않았다. 도로 위를 달리는 차 소리, 고층 빌딩을 짓는 공사장의 소리 그리고 사람들의 목소리가 들렸다. 그들 각자의 목소리는 바로 옆에 상대가 없는데도 자연스러운 대화를 나누고 있었다. 도시의 소음보다 대화 소리가 더 크게 들리는 대낮의 도심 풍경이 생경하게 느껴졌다. 서우는 그들을 유심히 바라봤다. 하나같이 귀에 흰색 전자 기기를 걸고 있었다. 바로 레트로 데이팅 기기 '팝콘'이었다.

레트로 열풍은 물성을 향한 욕망을 자극했다. 디지털 세계 속 허구의 모습들에 질린 사람들은 연애 감정을 눈에 보이는 물건으로 소유하고 싶어 했다.

사람들의 목소리에는 저마다 다른 고유한 파동이 있었다. 파동의 패턴을 분석하여 서로에게 어울리는 짝을 찾는 연구는 유의미한 실험 결과를 낳았다. 목소리의 호감이 외적인 호감보다 더 사랑의 지속력을 보장한다고 했다. 때마침 목소리와 연애의 상관관계를 분석한 연구가 유명 텔레비전 예능에 소개되었다.

팝콘은 해당 연구를 바탕으로 사용자의 목소리를 분석하여 어울리는 상대를 찾아 주었다. 1만 원이라는 비교적 저렴한 가격에 출시되었고, 운명을 판매한다는 공격적인 마케팅은 효과적이었다.

팝콘은 시대의 레트로 열풍과 만나 말 그대로 초대박을 쳤다. 누군가의 목소리를 팝콘이라는 기기에 담는 기획은 성공적이었다.

서우는 팝콘을 이해할 수 없었다. 익명성에 숨어 서로를 헐뜯는 말을 할 뿐이라고 생각했다. 그러다 문득 누군가에게 욕이라도 먹으면 말이 나올 것 같은 기분이 들었다. 그렇게 팝콘을 충동적으로 구매해서 집으로 돌아왔다. 막상 사용하려고 하니 이상한 두려움이 앞섰다. 정말 욕을 먹을까 봐 두려운 것은 아니었다. 이왕 사 온 거 어떻게 생긴 물건인지 구경이나 해 보기로 했다.

흰색의 작은 정육면체 상자를 열자 폭신한 솜 같은 재질의 소형 기기가 나왔다. 그 형태는 이어폰보다는 귀마개에 더 가까워 보였다. 서우는 왜 팝콘이라고 이름을 붙였는지 단번에 알 것 같았다. 귀에 넣어도 별다른 무게감이 느껴지지 않았다. 팝콘을 꺼낸 뒤 상자를 뒤집어 털자 여러 겹으로 접힌 사용 설명서가 나왔다. 접힌 종이를 펼쳤다.

팝콘을 착용하고 다음 문구를 소리 내어 읽으세요.
한번 매칭된 팝콘의 상대는 바꿀 수 없습니다.
상대가 마음에 들지 않는다는 이유로
교환 및 환불은 불가합니다.

설명서가 아니라 주의 사항에 가까웠다. 종이에 적힌 문장을 읽으려는 순간 서우는 아차 싶었다. 입에서 바람 빠지는 소리가 났다. 간신히 목을 쥐어짜서 몇몇 단어를 떠듬떠듬 기어가는 소리로 발음했다. 돈을 날렸다는 직감이 들었다. 팝콘을 다시 귀에서 빼려는 순간 기기의 안내 음성이 들렸다.

'사용자의 목소리를 분석하여 어울리는 상대를 찾는 중입니다. 잠시만 기다려 주세요.'

안내 음성이 끝나고 몇 초가 지난 뒤 기타 선율이 들렸다. 단번에 서우를 매료시키는 멜로디였다. 팝콘의 폭신한 촉감과 어우러져서 서우의 복합적인 감각을 자극했다. 팝콘은 소리의 아주 미세한 부분까지 그대로 들려주었다. 바로 옆에서 직접 연주를 하는 것처럼 느껴졌다. 곧이어 음악이 멈추고 낯선 남자의 목소리가 팝콘에서 나왔다.

"어때요?"

한껏 들뜬 목소리에 서우는 당황했다. 얼떨떨한 기분 탓인지 말이 갑작스레 튀어나왔다.

"네?"

목소리가 나오기 시작했다. 서우가 숨 쉴 틈도 없이

남자의 목소리가 이어졌다.

"방금 들은 음악 어떠셨어요? 제가 쓴 곡인데 괜찮아요?"

"직접⋯ 연주⋯하신 거였어요⋯? 통화 연결음⋯ 생각했어⋯요⋯."

아직 완벽하게 회복되지 않은 성대 근육이 끈적하게 움직였다. 서우의 말을 듣고 남자는 호탕한 웃음소리를 냈다. 서우는 웃음의 이유가 자신의 어눌한 발음 때문이라고 생각했다. 무례한 기분이 들었지만, 곧이어 서우는 그게 오해였다는 걸 알았다. 남자는 어눌한 목소리에 대해 어떠한 질문도 하지 않았다. 그저 서우의 말이 온전히 끝날 때까지 묵묵히 기다려 주었다. 말하지 않기 때문에 느껴지는 배려가 있었다.

"그러고 보니 제가 이름을 안 알려 드렸네요. 제 이름은 시훈입니다. 한시훈. 이름이 어떻게 되세요? 아니다 제가 맞춰 볼게요."

시훈의 오답이 쉰 개가 넘어갈 때쯤 서우는 자신의 이름을 알려 줬다. 시훈은 서로의 이름이 닮았다고 했다. 서우는 동의할 수 없었다. 계속해서 시답지 않은 농담들이 이어졌다. 끊어질 듯 끊기지 않는 농담이 일정한 간격과 속도로 계속 이어졌다. 다정함이 깃든 시훈의 농담 덕인지 서우는 목 근육이 점점 편안해짐을 느꼈다.

"정말 웃기지 않나요?"
"웃기네요. 정말."
"그죠. 제가 웃긴다는 얘기 자주 듣거든요."

"아니요. 시훈 씨 말고요. 지금 이 상황이요."

서우는 어느덧 자연스럽게 대화에 빠져들었다. 한 번에 긴 문장을 말하기는 여전히 부담이었지만 농담을 주고받기에는 충분할 정도로 목소리가 돌아왔다. 시훈이 내는 목소리의 음정을 따라 서우의 목소리도 점점 밝아졌다.

"아, 서우 씨, 그러고 보니 제가 아까 그 대답을 못 들었네요."
"무슨 대답이요?"
"아까 들은 제 노래요. 어땠어요?"

시훈의 질문에 서우는 순간 숨이 막혔다. 팝콘 너머에 정우가 있는 듯한 기분이 들었다. 정우의 상처받은 표정이 아른거렸다. 생각이 쉽게 멈추지 않았다. 서우가 한참이나 말이 없자 시훈은 다시 물었다. 시훈의 목소리에는 처음과 달리 긴장감이 담겼다.

"많이 별로였나요?"

서우는 눈을 질끈 감고 큰 죄를 지은 사람처럼 말했다. 서우는 목소리만으로도 시훈이 나쁜 사람이 아니라는 것을 알았다. 그래서 시훈에게 상처를 주고 싶지 않았다.

"죄송해요."
"네? 갑자기요?"
"그냥 만 원 날렸다고 생각하세요."

서우는 시훈의 대답이 돌아오기 전에 재빨리 팝콘을 귀에서 빼서 쓰레기통으로 던졌다. 곧바로 불을 끄고 침대로 몸을 던졌다. 베개의 감촉이 목덜미에 닿았다. 천장과 침대 사이를 빼곡하게 채운 어둠을 노려봤다. 고요함은 없었다. 방의 침묵을 깨는 소리가 몸을 불편하게 했다. 소리의 정체는 서우의 심장이었다. 몸을 꽉 붙잡아도 소리가 멈추지 않았다.

상설 전시가 열리는 오래된 시립 미술관 중앙 홀에는 세 개의 타원형 기둥이 있었다. 그중 소화기가 놓인 기둥 앞 검은 등받이 의자가 서우의 자리였다. 서우는 결국 한숨도 자지 못하고 출근했다. 혹시라도 근무 중에 졸음이 쏟아질까 봐 걱정했지만 기우에 불과했다. 오히려 모든 감각이 선명하게 깨어 있었다.

평소 서우는 작품을 관람하는 사람들의 표정을 보며 지루함을 달랬다. 오늘은 달랐다. 종일 시훈의 목소리가 머리에서 떠나지 않았다. 서우는 시훈의 목소리를 곰곰이 생각해 봤다. 매력적인 중저음도 아니었고, 듣기 싫은 고음도 아니었다. 그렇다고 평범하다고 말하기에는 어딘가 모를 특별함이 있었다.

서우는 미술관에 온 사람들의 목소리에 귀를 기울였다. 다양한 옷차림처럼 다양한 목소리가 있었다. 그때 유독 날이 선 목소리와 불쾌한 웃음소리가 들렸다. 관람객 둘이 전시 작품 앞에 서서 키득거리며 대화를 하고 있었다. 조롱에 가까운 단어들이 가득했다. 서우는 그 말을 들으며 정우의 기분을 가늠해 보았다. 참을 수 없는 슬픔과 분노가 몰려왔다.

서우는 자리에서 일어나 그들에게 다가갔다. 그러나 목소리가 나오지 않았다. 그들은 불쾌하게 서우를 아래위로 훑어보고 자리를 떠났다. 서우는 얼굴이 붉어

팝콘을 들으세요

진 채 그 자리에 서 있을 수밖에 없었다.

서우는 집에 돌아오자마자 쓰레기통을 뒤집어엎었다. 생활 쓰레기 악취가 코를 찔렀다. 서우는 곧바로 팝콘을 주워서 귀에 넣었다. 눈을 감고 집중하니 낮고 희미한 멜로디가 들렸다. 서우는 시훈을 소리 내서 부를 수 없었다. 닥치는 대로 주방 도구를 두드리며 소리를 냈다.

시끄러운 마찰음이 서우의 고막을 때렸다. 차라리 이대로 목소리가 사라지는 것이 더 괜찮을 것만 같았다. 손에 힘이 풀렸다. 프라이팬이 바닥에서 튕기며 요란한 소리를 냈다. 서우의 마지막 외침이었다. 침묵이 절망으로 바뀌려는 순간, 시훈의 목소리가 들렸다.

"서우 씨예요? 거기 있어요? 기다렸어요."

반가움과 다정함이 담긴 밝은 목소리였다. 어제와 다르지 않은 목소리였지만 서우는 순간 울컥했다. 눈물이 나올까 봐 두려워 화를 냈다. 화를 내면 안 된다는 것을 알고 있는데도 그랬다.

"시훈 씨가 뭘 기다려요! 제가 기다렸죠…."

시훈의 목소리를 듣자 마법처럼 목소리가 나왔다. 스스로도 놀라 잠시 목을 쓸어내리듯 만졌다.

"걱정했어요."

시훈의 목소리를 듣자 서우는 금방 마음의 평온을 되찾았다.

"걱정했다고요? 저를요? 왜요?"

"어제 떠날 때 목소리에서 슬픔이 느껴졌어요. 지금
도 그렇고요."

"아니에요. 전 안 슬펐는데요. 어제도, 지금도."

"서우 씨 그거 알아요? 목소리가 감정의 지문이에
요. 저는 사람들의 목소리를 들으면 그냥 알 수 있어
요. 못 믿으시겠죠?"

서우는 애써 목을 가다듬고 침착하게 말을 이어 갔다.

"그러면 맞혀 보세요. 지금 제 감정이요."

"외로움이요."

"틀렸어요."

서우는 틀렸다고 말하면서도 동시에 자신이 틀리고
시훈이 맞을지도 모른다고 생각했다.

"정말이요? 서우 씨는 왜 팝콘을 샀어요? 유행 때문
은 아닐 거 같은데."

"그러는 시훈 씨는 왜 팝콘을 샀는데요? 시훈 씨가
외로운 건 아니에요?"

"맞아요."

예상 밖의 덤덤하고 솔직한 시훈의 대답에 서우는
시훈과 한 발자국 가까워진 기분이 들었다. 시훈은 스
스로의 감정을 인정하는 사람이라고 서우는 생각했다.

"물론 그 이유가 전부는 아니고요. 누군가에게 제 음
악을 들려주고 싶었어요. 팝콘 뒤에 몰래 숨어서 가
능한 것이지만요."

시훈은 장난스러움 속에서도 진심과 농담을 구분하
는 사람이었다. 서우도 시훈처럼 어떤 진심을 꺼내고
싶었다. 천천히 입을 열었다.

"어제 들려준 음악 좋았어요. 저는 음악을 잘 모르는데도 눈에 그려졌어요. 마치 형태가 있는 재료를 쓴 것처럼요. 부드럽게 표면이 가공된 공예 작품이 생각나기도 했고요…."

서우는 허황되게 꾸민 말로 들릴까 봐 걱정했다. 좋은 점을 더 말해 주고 싶은데 목소리가 점점 작아졌다. 진심으로 좋았지만 어떻게 말을 해야 할지 몰랐다. 시훈이 웃고 있을지 지루한 표정을 짓고 있을지 알 수 없다는 사실이 서우를 주눅 들게 했다. 그러나 시훈의 밝고 따뜻한 웃음소리가 서우의 걱정을 날려 주었다.

"그거 알아요? 서우 씨 목소리는 진심이 담길 때 더 좋게 들리는 거? 이렇게 멋지고 새로운 평은 처음 들어요. 힘이 되네요. 음악은 제가 애정하고 사랑하는 일이거든요."

서우는 순간 낯부끄러워져서 어딘가로 숨고 싶었다. 숨지 않아도 어차피 시훈은 자신을 볼 수 없다는 것을 알면서 그런 생각이 들었다. 민망함을 애써 티 내지 않기 위해 서우는 말을 돌렸다.

"방금 그 말 이상한데요? 애정이라는 말에 이미 사랑한다는 뜻이 들어가 있잖아요."
"사랑한다는 말은 한 문장에 세 번 네 번을 써도 괜찮아요. 서우 씨는 그런 거 없어요? 사랑하고 애정하고 또 사랑하는 일이요."

시훈의 목소리가 서우의 마음을 움직였다. 서우는 자신의 일상을 공유했다. 어떤 하루를 보내는지, 어떤 일을 하는지. 그리고 사랑하는 그림과 사랑하는 공간과 사랑하고 꿈꿨던 일들을 말해 줬다. 대화를 하는 시간이 편안했다. 익명성이 만든 벽 때문에 가능한 일이 아니었다. 사람을 편안하게 만드는 다정한 목소리의 색깔. 그게 시훈의 특별함이었다.

서우의 일상에 기다림이 생겼다. 길었던 하루가 짧아졌다. 이상하게 어떤 시간은 하염없이 길었다. 서우가 시훈을 기다리는 날도 있었고, 시훈이 서우를 기다리는 시간도 있었다. 팝콘에 연결되어 있지 않더라도 팝콘을 항상 주변에 두었다. 일을 할 때도 유니폼 셔츠 왼쪽 가슴 주머니에 팝콘을 넣어 두었다. 심장과 가장 가까운 곳이었다.

그날도 평소와 다름없이 의자에 앉아 미술관을 지키고 있었다. 퇴근 후 시훈과의 대화를 기다리면서. 그때 동미가 서우의 얼굴을 빤히 바라보더니 가까이 다가왔다.

동미는 미술관의 도슨트였다. 전시 해설을 하는 동미의 목소리를 서우는 매일 들었다. 그러나 동미와는 입사했을 때 인사를 나눈 것을 마지막으로 한 번도 대화를 한 적이 없었다. 출근길에 마주치면 가벼운 묵례를 하는 것이 전부였다. 동미가 놀란 표정으로 서우를 뚫어져라 응시했다.

"서우 씨, 표정이 왜 그래?"

서우는 긴장된 눈으로 동미를 바라봤다. 사과해야 하는 일인가. 문득 그런 생각이 스쳤다. 어떻게 반응해야 할지 망설이는데 동미가 스스럼없이 말을 건넸다.

"오늘 표정이 엄청 밝다. 요즘 들어 얼굴이 좋아지는 것 같아."

"제가요?"

서우가 놀라 되물었다.

"그러고 보니 서우 씨 목소리도 되게 좋네. 기분 좋은 얼굴을 보니 나도 기분이 좋다. 오늘도 고생해 줘요."

동미는 가벼운 미소를 보이고 자리를 떠났다. 홀로 남겨진 서우는 양 볼을 이리저리 당겨 봤다. 시훈이 생각났다. 오늘 하루에 대해 해 주고 싶은 말이 생겼다.

어느덧 퇴근 시간이 되었다. 교대 근무를 마친 서우는 미술관 계단을 내려가며 팝콘을 귀에 꽂았다. 잠시 계단에 서서 시훈의 목소리를 기다렸다. 전시를 보러 온 관람객들이 서우를 지나 미술관 입구로 들어가고 있었다. 서우는 그들의 얼굴을 하나하나 살펴보았다. 많은 사람이 귀에 팝콘을 끼고 있었다. 그들 모두 누군가를 위한 도슨트였다. 서우는 오늘 하루 스쳐 간 수많은 얼굴 중에 시훈이 있을지도 모른다는 생각이 들자 심장이 뛰었다.

"서우 씨, 지금 제가 어디 왔는지 알아요?" 시훈의 목소리가 팝콘에서 들렸다.

"어딘데요?"

"미술관이요. 서우 씨 말 듣고 궁금했거든요. 미술관에서는 어떤 생각이 드는지."

서우는 시훈의 말을 듣고 깜짝 놀라 발걸음을 다시 미술관으로 돌렸다. 심장이 더 빨리 뛰기 시작했다. 시훈에게 심장 소리를 들킬까 봐 발소리를 내며 걸음을 재촉했다. 미술관 안은 문화의 날 행사로 인해 평소보다 관람객이 붐볐다.

　　"미술관이요? 어느 미술관이요?"
　　"그건 맞혀 보세요."
　　"뭐가 보이는데요?"
　　"서우 씨는 뭐가 보이시는데요?"

　　서우는 침착하게 주위를 천천히 살폈다.

　　"팝콘을 낀 관람객들이 보여요." 서우가 말했다.

　　"저는 팝콘을 끼고 말하는 사람들의 대화 소리가 들려요."
　　"200호 사이즈 캔버스 그림들이 간격을 두고 벽에 걸려 있어요."
　　"사람들이 그림을 따라 걷는 발소리요."

　　서우는 시훈의 목소리를 찾아가며 미술관 곳곳으로 발걸음을 옮겼다. 서우는 보이는 것에 대해 말했고, 시훈은 들리는 것에 대해 말했다. 서로 다른 것을 말하면서도 둘의 대화는 어긋나지 않고 자연스럽게 이어졌다. 서우가 보는 풍경 위로 시훈이 듣는 배경 소리가 덧씌워졌다.

　　"조명이 밝게 빛나는 구역을 지나며 반짝이는 옷 끝단이요."
　　"웅웅 소리를 내며 돌아가는 에어컨 모터음이요."
　　"바닥에 반사된 빛이 물결처럼 일렁거려요. 마치 모

네의 그림 같아요."

"나무 문턱을 밟을 때면 삐그덕 나뭇가지 부러지는 소리가 나요."

서우는 미술관에 시훈과 단둘이 존재하는 것 같았다. 사람들의 말소리가 지워지고 시훈의 목소리만이 남았다. 시훈이 정말 이곳에 있는지는 중요하지 않았다. 목소리만으로도 시훈의 온기가 느껴졌다. 계속해서 둘의 대화가 이어졌다.

"창문 너머로 새어 들어온 빛줄기가 벽면을 타고 높게 뻗쳐 있어요. 힘이 다했는지 안타깝게도 천장까지 닿지는 못했네요."

"쩍쩍 참새 소리가 창문 밖에서 들려와요. 참새들도 이곳에 들어오고 싶은가 봐요."

한 걸음 움직이면 닿을 수 있는 거리를 스치면서도, 인사말을 건네면 들을 수 있는 위치를 지나면서도 둘은 서로를 알아보지 못했다. 두 사람의 목소리는 관람객들의 목소리와 부딪쳐 멀어졌다. 그럼에도 서로만이 느낄 수 있는 한 폭의 살아 있는 거대한 그림이 그려지고 있었다.

"서우 씨 눈 감아 봐요."

"눈을 감으라고요? 감았어요."

"거짓말하면 저는 다 알아요. 안 감았잖아요!"

단호한 시훈의 말투에 서우는 웃음이 나왔다.

"이번엔 진짜 감았어요."

"이제 천천히 움직여 보세요. 제 소리를 따라서."

눈을 감자 시훈의 세계가 서우에게 다가왔다. 시훈

의 말을 박자 삼아 서우는 한 걸음씩 걸어갔다. 다양한 소리가 빼곡하게 시간의 간격을 채우고 있었다. 음악이 흐르는 우주를 유영하는 기분이었다.

그 순간 둔탁하고 무거운 물체가 서우의 등에 닿으며 밀려 나갔다. 놀라 눈을 뜨는 순간 쨍— 하는 소리가 서우를 집어삼켰다. 서우는 황급히 귀에서 팝콘을 뺐다. 세라믹으로 제작된 전시 작품이 파편이 되어 바닥에 흩어져 있었다. 사람들의 뾰족한 시선이 온몸을 찔렀다. 서우는 그대로 얼어붙었다. 온몸의 근육이 서늘하게 떨렸다.

전시 안내 중이던 동미의 도움으로 서우는 겨우 그 자리를 빠져나올 수 있었다. 동미는 사고의 당사자가 서우라는 사실을 알고 말을 아꼈다. 표정에는 당혹감과 실망감이 가득했다. 동미는 자신이 상황을 정리할 테니 내일 출근해서 이야기를 나누자고 했다. 당장 서우가 할 수 있는 일은 없었다.

집에 돌아와 침대에 누워도 악몽 같은 소리가 계속 들렸다. 누구는 사건 현장을 기록하는 증인이 되고자 했고, 누군가는 특별 이벤트를 본 듯 기념사진을 남기고자 했다. 서우를 둘러싸고 연신 울리던 카메라 소리가 고통스럽게 귀에 맴돌았다.

서우는 시훈을 떠올렸다. 마음을 기댈 유일한 곳이었다. 서우는 간신히 몸을 일으켜 내팽개친 옷 주머니에서 팝콘을 꺼냈다.

"미안해요."

이 말을 먼저 꺼낸 건 서우가 아니라 시훈이었다. 그 사실이 서우를 미안하게 했다.

"시훈 씨가 왜 미안해요. 제가 갑자기 말도 없이 사라졌는데."

"서우 씨 괜찮아요? 목소리가 안 좋아 보여요."

시훈의 말이 맞았다. 서우는 괜찮지 않았다. 그러나 괜찮지 않은 지금이 괜찮았다. 서우는 시훈의 목소리를 듣는 것만으로도 마음을 달랠 수 있었다. 침묵이 어색하지 않고 고요하게 느껴졌다.

그때 정적을 깨는 목소리의 선율이 들렸다. 마치 피아노를 통째로 삼킨 사람이 성대로 건반을 꾹꾹 누르는 것만 같았다. 시훈은 언제나 음악을 들려줬지 직접 부른 적은 없었다. 처음 듣는 시훈의 노랫소리였다. 시훈이 부르는 감정의 선율이 서우에게 온전한 위로가 되었다.

음악이 멈췄다. 집 안의 모든 것은 그 자리에 그대로 있었다. 그리고 어떤 마음은 다시 제자리로 돌아왔다.

"어때요? 마음이 조금 풀려요?"

"정말 따뜻한 목소리네요. 매일 들으면서도 몰랐어요. 이렇게 좋은 목소리를 가졌다는 걸. 그동안 왜 노래는 안 들려줬어요?"

"무서워서요."

"무섭다고요? 대체 뭐가요?"

"서우 씨는 무섭지 않아요?"

시훈의 목소리가 옅게 떨렸다.

"저는 항상 도망쳤어요. 사실 오늘도요. 저 오늘 서우 씨 본 거 같아요. 아니 봤어요. 근데 먼저 다가갈 수 없었어요."

진심이 아닌 말을 하면 감정을 숨길 수 있다고 서우는 생각했다. 하지만 시훈 앞에서는 그게 불가능했다.

"그러면 오늘 저를 불러 주지 그랬어요…."

솔직한 마음이 서우 자신도 모르게 튀어나왔다. 서우의 마음은 시훈을 한 발자국 더 다가오게 했다.

"서우 씨 아직 안 늦었다면, 우리 만날래요? 궁금했어요. 서우 씨가 말할 때 짓는 표정."

시훈의 말은 짐짓 서우로 하여금 서로가 닮지 않았다는 결론을 내리게 했다. 시훈의 목소리는 용기였고, 서우의 목소리는 두려움이었다.

"시훈 씨, 저는 좋은 사람이 아니에요. 저는 사람들에게 상처 주는 사람이에요. 시훈 씨의 목소리에서 진심이 느껴져서 좋았어요. 그런데 제가 시훈 씨 앞에서도 솔직해질 수 있을지 모르겠어요. 그렇다고 거짓된 모습도 싫어요. 전 상처 주고 싶지 않아요."
"그거 알아요, 서우 씨? 지금 그 말이 무엇보다 상처라는 거?"

서우는 눈을 감았다. 눈을 감는다고 눈물이 나오지 않는 것은 아니었다. 서우의 목소리가 떨렸다. 시훈에게 좋은 사람이 되고 싶었지만, 시훈만큼 용기를 내기가 어려웠다.

"하루만 시간을 주세요."

팝콘을 들으세요

"기다릴게요."

서우는 팝콘을 귀에서 뺐다. 불이 꺼진 천장을 올려다봤다. 어둠 위로 시훈의 얼굴을 그려 봤다. 다정하고 따뜻한 목소리를 가진 사람의 얼굴을, 무한한 시간 속에서 기다림을 포용하는 표정을, 마음을 숨길 수 없는 깊고 검은 눈동자를.

서우가 낸 사고는 조용히 마무리되었다. 동미의 빠른 대처 덕이었다. 사고 다음 날 아침, 망가진 작품의 작가가 미술관에 왔다. 서우는 거듭 허리를 숙여 사과했다. 작가는 오히려 괜찮다는 위로를 건넸다. 별다른 보상금을 요구하지도 않았다. 서우에게는 다행인 일이었다.

그러나 서우는 더 이상 미술관에서 일할 수 없었다. 미술관 측은 불필요한 소문이 나는 것을 막고 싶어 했다. 서우의 입장에서는 근무 중 발생한 일이 아니었기에 억울한 점도 있었지만, 묵묵히 받아들일 수밖에 없었다. 오히려 부당하다고 대신 화를 내 준 것은 동미였다. 동미에게는 누군가를 위해 대신 목소리를 내 주는 사람의 용기가 있었다. 서우는 동미가 고마우면서, 동시에 부러웠다.

2년을 넘게 근무했지만 서우의 캐비닛 짐은 작은 종이 가방 하나에 다 들어갔다. 유니폼을 반납하고 마지막 퇴근을 준비했다. 미술관을 떠나기 전 서우는 동미에게 고개 숙여 감사 인사를 전했다. 동미가 서우의 어깨를 가볍게 두드려 주며 말했다.

"서우 씨, 미술 좋아하죠?"

"네? 그게 무슨 말씀이신지….."

"전시 해설 일을 오래 하면서 생긴 능력이에요. 작품을 진심으로 대하는 사람과 그렇지 않은 사람은 딱 보면 알 수 있어요. 마음이라는 게 생각처럼 쉽게 숨겨지지 않아. 표정이며 몸짓이며 다 보이게 되어 있어."

생각지도 못한 동미의 말에 서우는 당황하여 쉽사리 말이 나오지 않았다. 머릿속에서 한참 동안 단어를 고를 뿐이었다.

"저는 그저….."

"항상 그럴 필요는 없지만, 가끔은 솔직해져도 괜찮아. 특히 그게 사랑하는 거면 더욱더."

"맞아요. 좋아해요. 애정하고 사랑하는 일이었죠….."

"대화를 많이 나누지 못해서 아쉽지만, 서우 씨와 함께 일해서 나도 좋았어. 서우 씨, 참 좋은 사람 같아."

"고맙습니다….."

지하철 플랫폼에 서서 서우는 열차를 기다렸다. 열차가 도착하기 전까지 결정을 내리기로 다짐했다. 그렇게 다섯 번째 열차를 보냈다. 동미의 말이 스치며 용기가 났다가, 정우와의 기억이 떠올라 다시 결정을 주춤했다.

다시 쓸 일 없는 캐비닛 짐을 털어 내면 마음도 정리될 것 같았다. 짐을 버리러 쓰레기통으로 걸어갔다. 쓰레기통 안을 본 서우는 굳어 버렸다. 팝콘이 가득 버려져 있었다.

팝콘은 운명이 아니라 상품이었다. 하나의 팝콘을 버리면 새로운 팝콘을 사면 되었다. 시훈도 그럴 것이다. 당연한 일이다. 서우는 결심이 섰다. 팝콘을 꽂자 곧바로 시훈의 목소리가 들렸다. 오랜 기다림이 느껴졌다.

"마음 정하셨나요?"

분명 결심했다고 생각했는데, 시훈의 목소리를 듣자 다시 망설여졌다. 이 순간만큼은 솔직하게 이야기하고 싶었다. 시훈에게 자신이 수많은 팝콘 중 하나일지라도 괜찮았다.

"용기 내 줘서 고마워요. 시훈 씨 노래 정말 좋아요. 많은 사람이 들었으면 좋겠어요. 모든 사람이 좋아할 목소리잖아요. 그리고 저는⋯."

그때 열차가 시끄러운 마찰음을 내며 역사 안으로 들어왔다. 안내 방송이 역 안에 퍼졌다. 지하철의 소음이 잠깐의 시간을 벌어 주었다. 서우는 시훈을 보고도 솔직해질 수 있을지 속으로 되물었다. 점점 마음이 하나의 답을 찾아가고 있었다.

지하철 문이 열렸다. 우르르 사람들이 쏟아져 나왔다. 멍하니 생각에 잠긴 채 서 있던 서우는 사람들과 부딪쳤다. 귀에서 팝콘이 빠졌다. 사람들의 바쁜 발걸음 틈을 헤집고 바닥에 떨어진 팝콘을 주워 들었다. 지하철 문이 닫히려고 했다. 서우는 아슬아슬하게 지하철을 탔다. 지하철이 출발하고 서우는 결정을 내렸다. 팝콘을 귀에 꽂았다.

"우리 만나요! 저도 만나고 싶어요!"

서우는 자신의 결심을 한 글자 한 글자 힘주어 발음했다. 그런데 들려오는 목소리의 주인은 시훈이 아니었다.

"뭐라고? 아니, 누구세요?"

처음 듣는 여자의 목소리였다.

"네? 뭐라고요, 시훈 씨?"

"시훈? 민우 아니야? 아니, 아니세요? 누구세요?"

팝콘이 바뀌었다. 지하철은 이미 역을 떠난 뒤였다.

집으로 돌아온 서우의 손에는 바뀐 팝콘이 있었다. 서우는 깊은 한숨을 쉬었다. 마지막 말이 시훈에게 전달되지 못했다. 이런 끝맺음을 원했던 것은 아니었다. 모든 것을 제자리로 돌리고 싶었다. 바뀐 팝콘을 다시 꼈다.

"이제 어쩔 거예요?"

훌쩍이는 소리가 섞인 주진의 목소리가 들려왔다. 바뀐 팝콘의 원래 주인은 민우였고, 민우와 연결된 상대가 주진이었다. 주진도 서우만큼이나 당황스러웠다. 시훈도 마찬가지일 것이다. 그리고 얼굴과 목소리도 모르는 민우가 지금 어떤 기분일지 서우는 조금 알 것 같았다.

"전 민우 꼭 찾아야 해요." 주진이 말했다.

"…"

"지금 듣고 있어요?" 주진이 다시 말했다.

"그…"

서우는 목이 다시 막히기 시작했다. 시훈과 함께 목소리가 떠난 기분이었다. 지금 말하는 상대가 시훈이라고 스스로를 속이며 말을 겨우 이어 나갔다.

"좋아요… 이렇게 해요…. 다시… 바꿔요."

"뭘 바꿔요? 팝콘 말하는 거예요?"

"제가 주진 씨… 있는 곳… 갈게요."

"그게 무슨 소리예요? 저희 둘이 만나서 뭐 해요? 저희 둘이 바꾸면 다시 제자리잖아요!"

주진의 말대로였다. 서우와 주진의 팝콘이 바뀐 게 아니었다. 서우와 민우의 팝콘이 바뀐 거였다. 주진과 서우가 만난다고 해서 달라지는 건 없었다.

"시훈이라고 했죠? 그 사람은 어디 살아요? 제가 가서 바꿔 올게요. 그러면 되겠네요."

"몰라요…."

"뭐라고요?"

"어디 사는지… 모른다고요…."

"그러면 아는 정보를 알려 주세요."

"없어요… 전혀…. 민우 씨는요?"

"…."

"듣고 있어요?"

"저도 몰라요."

팝콘의 한계였다. 팝콘은 서로의 목소리를 이어 줄뿐 다른 정보를 알려 주지는 않았다. 그건 사용자의 몫이었다. 서우는 이대로 모든 것이 끝났다고 생각했다.

"그런데 하나는 알아요. 이번 주말에 열리는 팝콘 컨퍼런스 행사에 간다고 했어요. 근데 그거 말고는 몰라요…. 얼굴도, 몇 시에 가는지, 무슨 목적으로 가는지도요….”

작은 가능성이 느껴지자 서우의 목이 다시 움직였다.

“그럼 같이 가서 찾아 봐요.”
“어떻게요?”
“가만히 있는 것보다는 가면 뭐라도 방법이 있겠죠.”

서우는 태연한 척 말했지만 불안감에 목소리가 떨렸다. 시훈이었다면 곧장 눈치챘을 것이다. 팝콘을 찾아야 했다. 아직 시훈에게 못다 한 말이 남아 있었다.

회백색의 거대한 내부 홀은 높은 천장에 매달린 조명의 빛을 받아 새하얗게 보였다. 진행 요원, 안전 스태프들, 각종 신문사 기자들, 그리고 빽빽한 부스 행사장에 가득한 관람객들까지. 넓은 광장이 사람들로 붐볐다. 팝콘을 만든 스타트업에서 주관한 팝콘 누적 판매 300만 기념 행사였다.

서우는 사람이 이렇게 붐비는 곳에 마지막으로 온 게 언제인지 기억도 나지 않았다. 벌써부터 숨이 막혔다. 믿을 건 주진뿐이었다.

“저는 도착했어요. 어디세요?” 서우가 말했다.
“저도 도착했어요. 지금부터 제 말대로 하세요.”
“그게 무슨 소리예요?”
“민우를 찾아야 하잖아요.”
“그게 저만 좋자고 하는 게 아니잖아요!”
“미안해요. 하지만 제 말대로 해 주세요. 지금 보는 반대 방향을 보세요.”

"지금 제가 보이세요?"

서우는 주변을 빠르게 돌아봤다. 팝콘을 낀 사람들이 보였다. 그것도 너무 많이. 누가 주진인지 알 수 없었다.

"그쪽 방향 말고요!"

서우는 테러리스트에게 잡힌 인질이 된 기분이었다. 선택권이 없었다. 시훈에게 연락할 유일한 방법은 민우가 가진 서우의 팝콘을 돌려받는 것이었다.

"알겠어요. 천천히 말해요."
"정문 출입구 기준으로 5시 방향이요."

서우는 주진의 말을 따라서 천천히 고개와 몸을 돌렸다.

"맞아요. 거기 멈춰요. 앞에 청색 재킷 입은 남자 보여요?"
"네, 보여요."

서우는 침을 삼켰다. 긴장감을 안고 청색 재킷 남자에게 다가갔다. 서우는 남자를 붙잡았다.

"혹시 민우 맞아요?"
"저요? 아니요."
"죄송해요. 사람을 착각했어요."

남자는 뚱한 표정으로 서우를 보고는 자리를 피했다. 서우는 얼굴이 달아올랐다.

"아니잖아요!"
"저도 이름 말고는 모른다고 했잖아요!"

서우가 목소리를 높이자 주진도 지지 않고 소리를 높였다.

"이럴 거면 그냥 저 혼자 찾을게요. 제가 민우를 먼저 찾으면 당신 팝콘은 이제 제 상관 아니에요."

주진의 목소리가 날카로워졌다. 서우는 주진을 달랬다. 시훈을 찾을 수 있는 다른 방법이 생각나지 않았다. 주진의 도움이 필요했다. 서우는 소리를 낮춰 말했다.

"알겠어요. 다시 해요. 같이 찾아요."
"1번 구역 부스에 있는 직원이요."
"네, 가 볼게요."

이번에도 틀렸다. 주진이 후보를 선택하고 서우가 가서 물어보는 식의 수색이 계속되었다. 주진은 번번이 오답을 골랐다. 희망이 사라짐을 느끼자 서우의 목소리는 점점 작아졌다. 시훈을 찾지 못해 영영 목소리를 잃을 것 같은 두려움이 몰려왔다. 서우는 점점 지쳐갔고 화도 났다.

"대체 무슨 기준으로 말하는 거예요!"

감정적인 순간에는 또 목소리가 나왔다. 주진도 지쳤는지 목소리에 힘이 떨어진 게 느껴졌다.

"그냥… 민우처럼 생긴 사람이요. 제가 목소리를 듣고 상상한 얼굴이요…."

주진의 말을 듣고 서우는 시훈을 생각했다. 시훈이라면 이 상황에서 어떤 행동을 할지, 만약 이곳에 시훈이 있다면 어떻게 찾을 수 있을지, 지금 이 순간 시훈이라면 어떤 얼굴을 하고 있을지. 서우는 달빛에 의지해 책을 읽는 것처럼 유심히 사람들의 표정을 보면서 그 안에 담긴 감정을 찾아갔다.

메인 이벤트 시간이 다가올수록 행사장에 사람들이 점점 많아졌다. 팝콘의 후속 모델을 발표하는 시간이었다. 팝콘 개발을 총괄한 대표가 마이크를 쥐고 행사장 중앙에 설치된 단상 위로 올라왔다. 사람들이 행사장 중앙으로 몰려들자 서우는 민우를 찾기는커녕 사람들 틈을 빠져나오기도 힘들었다.

대표의 목소리가 스피커를 통해 울려 퍼졌다.

"오늘 행사에 와 주신 모든 분들께 깊은 감사의 말씀을 먼저 올립니다. 행사에 참여하신 모든 분들께 신제품을 무료로 나눠 드릴 예정입니다."

사람들의 박수와 환호가 쏟아졌다. 서우는 귀가 먹먹해졌다.

"뇌파를 통해 서로를 이어 주는 새로운 데이팅 기기 '유니콘'을 소개합니다!"

행사장 스태프들이 기다란 원뿔 모양의 전자 기기를 사람들에게 나눠 주기 시작했다. 몇몇 사람들은 제품을 받자마자 착용했다. 머리에 뿔이 난 우스꽝스러운 모습이 서우는 기괴하게만 느껴졌다.

"앞으로도 다양한 '콘' 시리즈를 통해 진화된 데이팅 체험을 제공해 드릴 예정입니다!"

곳곳에서 터지는 카메라 플래시음과 사람들의 웃음소리가 행사장을 가득 채웠다.

그때였다. 모두가 웃고 있는 행사장에서 울상을 하고 있는 여자가 보였다. 깊게 눌러쓴 모자로도 숨길 수 없는 축 처진 입꼬리가 서우의 눈에 들어왔다. 감정이 그대로 느껴지는 표정이었다. 주진이 확실했다.

서우는 유니콘을 쓰고 좀비처럼 움직이는 사람들을 뚫고 주진에게 다가갔다. 주진이 쓴 모자를 낚아채듯 벗겼다.

"당신이죠, 주진."

주진은 놀라서 그대로 자리에 주저앉았다. 이제 막 성인이 된 티가 묻은 얼굴로 주진은 울먹이며 말했다.

"죄송해요. 무서워서 그랬어요."
"뭐가 무서운데?"
"사람들한테 다가가는 게요."
"그래서 나보고 대신 가라고 한 거야? 그럼 해결이 돼?"

서우는 주진을 타박했다. 주진을 타박하는 말은 곧 자신을 향한 독백이었다. 서우가 화를 내는 대상은 주진이 아니라 서우 자신이었다. 주진의 모습에서 용기를 내지 않았던 자신의 과거 모습이 겹쳐졌다. 이제 서우는 두렵지 않았다. 목소리가 막힘없이 나왔다.

"일어나."

서우는 주진에게 손을 내밀었다. 손을 잡고 주진이 일어났다. 주진은 눈에 고인 눈물을 닦아 냈다. 이제야 주진의 얼굴을 제대로 볼 수 있었다. 서우의 눈에는 못난 것 하나 없는 아이였다.

"이제 방법이 없겠죠…."

주진은 고개를 푹 숙이고 모든 것을 체념한 듯이 말했다. 하지만 서우의 생각은 달랐다. 한 가지 방법이 떠올랐다.

"민우도 널 좋아하는 거 확실해? 민우는 널 안 찾을 수도 있잖아."

서우의 말에 주진은 대뜸 화를 냈다.

"함부로 말하지 마요! 민우는 정말 좋은 아이라고요…. 저를 어떤 편견도 없이 생각해 준 사람이에요. 분명 여기 있을 거예요."

서우는 확신이 생겼다. 주진을 닮은 표정을 찾아내야 한다. 사랑하는 사람을 기다리는 또 하나의 표정이 분명 이곳에 있다.

유니콘이 방출하는 뇌파가 정말 효과가 있는지 착용한 사람들은 넋이 나간 채 돌아다니고 있었다. 반쯤 입을 벌리고 휘청이는 표정에는 어떤 간절함도 없었다.

서우는 소리 높여 민우의 이름을 불렀다. 머리에 뿔이 난 사람들 틈을 헤치며 더 크게 목소리를 냈다. 다시는 쓰일 일이 없을 것 같았던 목소리가 최선을 다해 서우를 도왔다. 서우를 따라 주진도 목소리를 냈다. 따뜻하게 식어 가는 찻잎 같은 주진의 목소리가 민우의 이름을 불렀다.

사랑하는 사람의 목소리는 사랑받는 사람의 표정을 바꿨다. 유니콘에 취한 사람들 속에서 반듯하게 서서 놀란 표정을 짓는 한 소년이 서우의 눈에 들어왔다.

주진의 목소리가 마침내 민우에게 닿은 것이다. 주진도 자신에게 닿는 시선을 느꼈다. 주진과 민우의 눈이 마주쳤다. 단번에 서로를 알아보았다. 그때 갑자기 민우가 몸을 돌려 도망치듯 달렸다. 놀라서 얼어붙은 주진을 대신해 서우가 민우를 쫓았다.

사람들의 행렬이 미로 같은 벽을 만들었다. 민우는 행사장 곳곳을 가로지르며 서우의 추격을 피했다. 서우의 숨이 턱 끝까지 차올랐다. 간절한 사람이 승리한다고 했는데, 역시 쫓는 쪽보다는 도망치는 쪽이 더 간절한 건가 싶었다. 체력이 한계에 가까워졌다. 어느덧 행사장 출구가 보였다. 서우와 민우의 거리는 점점 멀어졌다. 그 순간 주진이 달려와 민우를 붙잡았다. 둘은 그대로 바닥에 엎어졌다.

주진과 민우는 턱 끝까지 찼던 숨을 내쉬었다. 서로의 숨이 오고 갔다. 호흡이 점점 진정되어 갔다. 둘을 향해 서우가 천천히 다가갔다.

왜 항상 사람들은 도망치는 걸까. 대체 뭐가 무서운 걸까. 나는 뭐가 두려웠던 걸까. 한 걸음 다가갈 때마다 서우의 머릿속으로 질문이 쌓여 갔다. 한가득 쌓인 질문은 주진과 민우의 표정을 보는 순간 모두 사라졌다. 사랑에 빠진 사람들의 표정이었다. 먼저 입을 연 건 민우였다.

"미안해. 나도 내가 왜 도망쳤는지 모르겠어⋯. 네가 나를 싫어할지도 모른다고 생각했어."

민우의 말을 들은 주진의 눈이 붉어졌다. 입은 미소를 머금고 있었다.

"아니, 난 괜찮아."

그 짧은 한마디로 충분했다. 어쩌면 정말 팝콘이 두 사람을 이어 준 것일지도 모르겠다고 서우는 생각했다. 아직 답을 찾지 못한 질문은 시훈을 만나서 묻고 싶었다. 시훈을 만나러 가야 했다. 아직 늦지 않았다. 시훈의 앞에서 목소리를 내리라 다짐했다. 서우는 팝콘을 꺼내 원래 주인인 민우에게 건네주었다.

"이제 필요 없겠지만 그래도 원래 주인이 가져가는 게 맞겠죠."

서우는 자신의 팝콘을 돌려받기 위해 손을 펼쳐서 내밀었다. 하지만 민우는 눈을 피했다. 서우의 심장이 한 순간 무거워지며 가슴을 크게 쿵 쳤다.

"미안해요. 이렇게 될 줄 몰랐어요…. 팝콘이 바뀐 날 바로 버렸어요."
"버렸다고요? 왜요?"
"팝콘은… 원래… 그런 거잖아요…."

민우는 미안하다는 말만 반복할 뿐이었다. 시훈을 찾을 방법이 사라졌다. 이제 시훈은 기억 속에서 목소리로만 남게 되었다.

"고마워요."

멍하니 서 있는 서우에게 주진이 다가와 말했다. 미안하다는 말보다 위로가 되었다. 만약 시훈을 만날 기회가 온다면 미안하다는 말 대신 고맙다는 말을 해야겠다고 서우는 다짐했다. 그런 날이 올 수 있다면.

팝콘의 유행이 끝났다. 후속 제품인 유니콘은 괴상

한 디자인이 혹평을 받고, 허위 광고 사실이 발각되며 쓸쓸히 퇴장했다. 얼마 지나지 않아 팝콘의 생산이 중단되었다. 아쉬워하는 사람은 없었다.

팝콘이 사라지기 전 서우는 팝콘을 한 번 더 구매했다. 혹시라도 시훈과 다시 연결이 될 기적적인 확률을 기대했다. 기적은 일어나지 않았다. 모든 것이 꿈같이 느껴졌다. 다시 돌아온 현실에서 서우는 도망치지 않기로 했다.

서우는 수소문 끝에 찾은 정우의 졸업 작품을 보러 갔다. 대학 재단에서 정우의 작품을 본관 건물 로비에 걸어 두었다. 정우의 그림은 서우의 조언대로 수정되어 있었다. 보다 진심이 느껴지는 그림이었다. 서우는 그림을 향해 고맙다는 인사를 했다. 목소리가 완전히 돌아왔다. 이미 오래전부터 서우 안에 있던 소리였다.

서우는 다시 공부를 시작했다. 사랑했던 세계로 다시 들어가고자 했다. 당당한 모습으로. 면접과 취업 준비로 바쁜 하루하루가 지나갔다. 아프지 않은 날들이었다.

1년 반이라는 긴 준비 끝에 서우는 마침내 새로 생긴 미술관에 전시 기획자로 들어갔다. 작품의 고유한 매력을 발견해 내는 서우의 안목은 정확했다. 얼마 지나지 않아 서우는 동료들의 인정을 받는 기획자가 되었다.

서우는 다양한 젊은 작가들의 작품을 골라 전시를 기획했다. 그중 정우가 그린 유화 그림도 한 점 있었다. 죄책감으로 고른 건 결코 아니었다. 정우의 재능이 온전히 담긴 그 작품의 의미가 전시 주제와 잘 통했다.

전시 첫날 서우는 관람객들 사이에 섞여 함께 작품을 감상했다. 탁 트인 개방감을 주는 거대한 통창에서 들어오는 햇빛이 작품들을 환하게 밝혔다. 그중 유독 햇빛에 어우러지는 세라믹 설치 작품이 있었다. 서우가 특별히 위치를 신경 쓴 작품이었다. 서우는 뿌듯한 마음으로 작품 주위를 서성였다. 서우와 마찬가지로 작품 앞에 오래 서 있는 한 남자가 있었다. 그 남자와 눈이 마주쳤을 때 서우는 소리를 지를 뻔했다.

재욱이었다. 몇 해 전 서우가 사고를 치고 망가뜨렸던 작품의 주인이었다. 전시를 준비하면서 같은 작가의 작품이라고는 생각하지 못했다. 재욱도 서우를 알아봤다.

"기묘한 인연이네요."

서우가 재욱을 처음 봤을 때는 사과를 하느라 경황이 없어서 알지 못했다. 재욱의 목소리가 이토록 다정한지.

두 사람은 전시실을 나와 미술관의 야외 마당을 함께 걸으며 대화를 나눴다.

"정말 몰랐어요? 제 작품인지?"

재욱은 이 상황이 신기한지 계속해서 물었다.

"몰랐어요. 그때 일은 정말 죄송해요….."
"이제 다 지난 일이잖아요. 마음 쓰지 마세요."
"작가님 작품 정말 좋아요. 관람객을 생각하면서 설

계한 게 느껴져요. 이번 전시 작품 중에서 가장 깊은 배려가 느껴지는 작품이에요. 보자마자 이 작품이다 싶었죠."

"그러면 예전 그 작품은 어떠셨어요?"

서우는 잠시 뜸을 들이다 말했다.

"지금 작품보다는… 아쉬웠죠…."

서우의 말에 재욱은 소리 내서 웃었다.

"서우 씨, 거짓말 잘 못하죠? 엄청 솔직한데요."
"솔직하다고요? 제가?"

서우는 의아해하며 눈을 크게 떴다. 재욱은 서우의 동그래진 눈을 정면으로 응시하며 말했다.

"일 끝나고 같이 저녁 드실래요?"
"저랑요? 왜요?"
"저도 솔직하게 말씀드리면 되나요?"

마침 재욱이 서 있는 얼굴의 각도가 햇빛을 정면으로 받았다. 재욱이 짓는 미소가 따뜻해 보였다.

재욱이 서우를 데려간 곳은 재욱의 오랜 단골 식당이었다. 흰 김이 피어오르는 따뜻한 모두부가 식탁에 차려졌다. 재욱이 자신 있게 두부를 떠 서우에게 내밀었다. 서우는 두부의 끝자락을 숟가락으로 떼어 먹었다. 뻔하게 생긴 하얀 두부인데 뻔하지 않게 맛있었다.

"맛있죠? 이 두부가 제 작품의 롤모델이에요. 평범해 보이지만 먹어 보면 정말 특별하죠."

재욱의 표정에 진심이 가득해서 서우는 웃음이 나왔

다. 서우가 웃자 재욱도 따라 웃었다.

"진짜예요. 작품을 만들 때 좋아하는 것을 생각하면서 만들어요. 그러면 작품에 애정이 담기죠."
"전시 작품도 이 두부를 생각하며 만든 작품이에요?"
"그건 다른 롤모델이 있죠. 잠시만요."

재욱은 가방에서 무선 이어폰을 꺼냈다. 이어폰 한쪽을 서우에게 건넸다. 서우는 이어폰을 귀에 꽂았다. 그러자 익숙한 목소리가 들렸다. 순간 서우는 팝콘을 낀 줄 알았다. 분명 시훈의 목소리였다. 시훈이 불러 주었던 노래의 멜로디가 흘러나왔다.

"어때요? 좋죠? 가장 좋아하는 가수예요. 딱 듣자마자 이 사람이구나 싶었죠."

"네, 정말로… 좋네요." 서우의 목소리에 오랜만에 떨림이 깃들었다.

"이번 주말에 콘서트가 있어요. 괜찮으시면 같이 가실래요?"
"고마워요."
"네?"
"가고 싶어요. 콘서트."

무대 위로 떨어지는 옅은 조명 빛 속에서 먼지가 춤을 추듯 휘날리고 있었다. 서우는 재욱과 함께 공연장 맨 앞줄에 앉아 공연을 기다렸다. 서우는 자기가 공연을 하는 것처럼 긴장했다. 잠시 뒤 객석 조명이 꺼졌다. 서서히 무대조명이 밝아지며 시훈이 무대 위로 올라왔다. 조명 아래에서 시훈의 얼굴이 밝게 빛났다.

서우가 오래 상상해 왔던 얼굴과는 달랐다. 상상보다 훨씬 투박하지만 정이 가는 얼굴이었다. 자기도 모르게 피식 웃음이 새어 나왔다. 서우는 시훈의 얼굴을 빤히 쳐다봤다. 숨길 수 없는 행복한 미소가 보였다. 서우의 얼굴에도 미소가 번졌다.

그때 손을 감싸는 따뜻한 온기가 느껴졌다. 재욱의 손이 서우의 손등 위로 조심스럽게 포개어졌다. 서우는 마음이 편해졌다.

공연은 점점 끝을 향해 갔다. 어느덧 마지막 한 곡이 남았다. 시훈은 마지막 곡을 부르기 전에 할 말이 있다고 했다. 그러고는 최근 몇 년 동안의 일을 들려주었다. 그 말을 하는 시훈의 얼굴에는 분명한 설렘이 묻어 있었다.

"우리 모두 그런 비슷한 경험이 있을까요? 하루아침에 사랑하는 사람이 사라지는 일이요. 저는 있었어요."

시훈의 말을 듣는 서우의 심장이 터질 듯이 빠르게 뛰었다. 시훈은 담담하고 차분하게 말을 이어 갔다.

"그 경험이 저에게 큰 용기를 주었어요. 다시는 머뭇거리다가 내가 사랑하는 걸 놓치지 않기로 했죠. 음악도 사람도. 그 덕에 여기까지 왔습니다. 그리고 그 순간 제 손을 잡아 준 사람이 있었기 때문에 가능했죠. 지금까지 항상 제 옆에 있어 준 사람입니다."

무대에서 피아노를 연주하던 피아니스트가 자리에서 일어나 인사를 했다. 사람들의 박수가 쏟아졌다. 재욱은 이미 둘의 서사를 알고 있었다. 시훈은 사랑하는

팝콘을 들으세요

팬들 앞에서 결혼을 발표했다. 그리고 피아니스트에게 다가가 입맞춤을 했다. 누구보다 신이 난 재욱이 큰 환호를 보냈다. 재욱의 표정에도, 시훈의 표정에도, 공연장에 있는 관객과 무대 위 세션들의 표정에도 행복이 담겨 있었다. 서우의 표정도 마찬가지였다.

시훈은 허리를 숙여 관객들에게 감사 인사를 보냈다. 시훈의 마지막 곡이 시작됐다. 서우가 팝콘을 통해 들었던 곡이었다. 사랑이라는 단어를 수없이 읊조리는 시훈의 목소리가 담긴.

서우는 진심으로 시훈의 앞날을 축복해 줄 수 있었다. 이제는 팝콘이 없어도 시훈의 목소리를 언제든 들을 수 있을 것이다. 서우는 포개어진 재욱의 손을 마주 잡았다. 맞잡은 재욱의 손은 방금 튀긴 팝콘처럼 따뜻했다.

나의 지구

우재윤

외계인과 게임 소재의 소설을 썼다.
이 소설은 게임과는 관련이 없지만, 게임이 아니었다면
이 세상에 나오지도 못했을 것이다.

가을 강변에 밤바람이 불고 있었다. 재혁은 영롱한 빛깔의 맥주 한 병을 손에 든 채 어설프게 버스에서 기어 나왔다. 유통기한이 얼마 남지 않았다며 아르바이트하는 가게에서 사장님이 준 선물이었다.

　재혁은 차창으로 한강을 바라보다 홀린 듯이 하차 벨을 눌렀고, 버스에서 내린 순간 후회했다. 10월의 한강은 머지않아 몰아칠 겨울 날씨가 강바람을 무시무시한 것으로 만들기 전에 마지막 나들이를 즐기러 온 사람들로 가득했다. 재혁은 수많은 웃음소리와 말소리를 지나쳤다. 가족, 친구, 연인. 머리를 맞댄 채 서로만 공유하는 친밀한 공간을 형성한 사람들. 그들이 상대를 바라보는 방식은 더없이 편안하고 다정했다. 어쩌면 저렇게 약속한 듯이 함께인 걸까?

재혁은 자신이 누군가와 함께하는 모습을 그려 볼 수 없었다. 물론 재혁에게도 스쳐 간 인연들이 있었다. 하지만 타인과 같이 있는 기분은 언제나 어색하기만 했다. 지금 이 순간조차 재혁은 최대한 사람들과 떨어져 인적이 드문 곳을 찾아 걷고 있었다. 길게 풀어진 구름과 넓은 밤하늘, 그 아래 끝없이 늘어선 길은 하나의 조화로운 퍼즐처럼 느껴졌다. 그러나 자신은 어디에도 들어맞지 않는 못난이 조각이었다.

이 별과 나는 어울리지 않아.

불행히도 그런 생각을 한 건 재혁 혼자만이 아닌 듯했다.

처음에 그것을 발견했을 때는 심장이 선득했다. 반짝이는 검은 물 위로 솟아 나온 길쭉한 물체…. 2006년 이후 봉준호 감독이 서울 시민의 뇌리에 단단히 박아 넣은 괴생명체가 떠오른 것도 무리는 아니었다. 그러나 이내 그것이 볼품없는 첨벙첨벙 소리를 내기 시작하자 재혁은 현실감을 되찾았다.

만약 그 사람이 더 깊은 곳에 있었다면 재혁은 물에 뛰어들 생각까지는 하지 않았을지도 몰랐다. 예를 들어 가슴이나 어깨 깊이였다면 말이다. 하지만 아직은 허리 정도였고, 그래서 구할 수 있을 것 같다는 자신이 들었고, 정신을 차리고 보니 두 다리로 차가운 물속을 엉금엉금 걷고 있었다.

구조를 요청하는 문자메시지를 보내면서 재혁은 고래고래 소리를 질렀다. "저기요! 그러다 죽어요!" 그러다 죽는다니. 죽으려고 뛰어든 사람이니까 어련히 알 텐데. 자신이 뱉은 말이지만 멍청하기 짝이 없었다. 자살을 마음먹은 사람도 되돌릴 만한 촌철살인의 명언 같은 건 급박한 상황에는 떠오르지 않는 걸까. 물은 어느새 허벅지 높이까지 차올랐다. 평소 같았으면 뜨끈한 방바닥에 퍼져 있을 시간에 이게 뭐 하는 짓인가 싶었지만, 일단 저 사람을 막아야겠다는 생각이 가장 컸다.

상대는 재혁의 고성을 듣고 위기감을 느낀 건지, 흘긋 돌아본다 싶더니 머리부터 강물 속에 집어넣었다. 상대의 허리를 잡고 뭍으로 끌어내면 되겠거니 생각했던 재혁은 높아진 난도에 골이 지끈거렸다. 그러나 여기까지 온 이상 물러설 수도 없었다. 재혁은 가슴 밑까지 강물이 닿는 것도 아랑곳하지 않고 성큼성큼 위험 속으로 걸어 들어갔다.

둥근 머리가 물 밖으로 잠깐 나왔다가 첨벙 소리를 내며 사라졌다. 두피는 머리카락 하나 없이 푸르렀다. 강 주변에는 끈적한 어둠이 자리 잡고 있었기에 재혁은 자신이 목격한 것을 확신할 수 없었다. 어쩌면 강물이 너무 차가워서 피부색이 퍼렇게 변해 버린 건지도 몰랐다. 머리는 다시 나왔다가 안으로 들어갔고, **그것**에게서는 살려 달라는 비명도 공기를 들이마시려는 헐떡임도 들리지 않았다. 지나치게 조용했다. 무언가 잘못됐다는 감각에 신경이 곤두섰다. 자신이 쫓아온 게 사람이 맞는지 확신할 수 없었다. 문득 자신을 둘러싸고 있는 커다랗고 검은 강물이 의식되었다. 재혁은 낯설고 어두운 물속에 홀로 있었다.

고개를 드니, 강 건너편으로 사람들이 모여 있다는

사실을 알려 주는 작고 촘촘한 불빛들이 보였다. 눈물이 나올 것 같았다.

재혁은 몸을 돌려 왔던 길을 되짚어가려고 오른발을 뻗었다. 그러나 발은 디딜 곳을 찾지 못했고, 기우뚱 중심을 잃은 몸을 물살이 손쉽게 넘어뜨렸다. 그다음 과정은 재혁이 자기 힘으로는 어찌할 수 없는 일도 존재한다는 것을 절감하는 사건의 연속이었다. 강물은 장난감을 가지고 노는 아이처럼 재혁의 몸을 뒤집고 잡아당기고 끌어 내렸다. 코와 입으로 더러운 물이 틈입하는 상황에서도 재혁은 당황하지 말고 침착해야 한다는 사실을 알았지만, 침착한다고 해서 무슨 뾰족한 수가 있는 것도 아니었다. 머릿속에서 그날 선물 받은 맥주 한 병이 원망스럽게 윙윙거렸다. 그걸 들고 새내기라도 된 듯한 마음으로 어색하게 버스에서 내렸던 한심한 자기 자신도.

거봐, 안 하던 짓을 하면 죽는다니까.

요사이 심신이 허하다 싶더니 물귀신에게 홀린 게 분명했다. 죽는다는 사실에는 이의가 없었지만, 죽는 순간에 떠올릴 사람 하나 없는 건 억울했다. 아니, 오히려 다행이라고 해야 하나. 재혁이 이 세상에서 사라진다고 해서 진심으로 슬퍼할 사람은 한 명도 없을 테니까. 그 사람 죽었대. 진짜? 나랑 같은 수업 들었었는데! 그냥 이 정도. 그렇게 생각하니 여태껏 세상이 자신에게 다정하지 않았던 이유도 납득이 갔다. 일찍 거둬질 목숨이라면 누구와도 가깝지 않은 편이 나았다.

그런 염세적인 생각조차도 물에 갠 진흙처럼 풀어질 즈음, 귓속으로 몽환적인 소리가 들려왔다. 마치 누군가 원통 입구에 입술을 대고 공기를 불어 넣는 듯한 소리였다. 왐, 왐. 재혁은 그것이 다른 세상으로 가는 신호라고 생각했다. 수많은 웹소설에서처럼, 눈을 감았다 뜨면 어마어마한 능력을 보유한 채 이세계에서 깨어나 새로운 삶을 시작하게 되는 거다. 왐.

재혁은 눈을 떴다. 이세계는 없었다. 새로운 삶도 없었다. 단지 축 늘어진 자신의 몸이 수면 위를 가로지르고 있었다. 재혁은 놀라 버둥거렸다. 그러자 재혁의 허리를 잡고 있던 퍼런 손에 힘이 들어갔고, 덩달아 재혁의 몸부림도 거세졌다. 재혁은 허리를 감싸고 있는 낯설고 징그러운 손가락이 떨어져 나가기를 바랐고, 바람은 이루어졌다. 그 결과 재혁은 두 번째 익사 위기에 처했다. 낯선 손을 떨어뜨리려던 노력이 무색하게, 재혁은 붙잡을 무언가를 간절하게 원했다.

그런 재혁의 손에 부드러운 밧줄 같은 것이 닿았다. 재혁은 그것을 필사적으로 붙잡았다. 밧줄이 미끈거려서 한 바퀴 돌려 오른손에 단단히 감았다. 밧줄은 손아귀에 꼭 들어맞았고, 재혁은 그것을 놓칠세라 두 손으로 강하게 당겼다. 가장 많이 당긴 사람에게 오천만 원을 수여한다는 소리라도 들은 것처럼 열심히 당겼다. 그러자 밧줄에서 건강한 기운이 흘러나와 재혁의 하체를 든든하게 감쌌다.

그 기분 좋은 느낌에 언제까지나 아기처럼 매달리고 싶었지만, 재혁은 마른 땅으로 토해지듯 내던져졌다.

"컥, 컥."

재혁은 본능적으로 풀밭으로 기어가 물을 뱉어 냈

다. 물 대신 마른기침이 나올 때까지 게워 낸 후 몸을 뒤집었다.

머리 위에서 낯선 남자가 이쪽을 들여다보고 있었다. 재혁은 비명을 지르며 다리를 떨었다. 이 세상의 것 같지 않은 퍼렇고 둥근 얼굴이 턱을 비죽 내밀고 있었다. 얼굴에 박힌 눈동자는 지나치게 검고 컸다.

최초의 공포가 지나가자 자세히 살펴볼 마음의 여유가 생겼다. 남자—아니 **그것**은 귀신도 유령도 아닌 살아 있는 생물이었다. 그보다 중요하게는, 그것이 아무것도 걸치지 않은 알몸이라는 사실이었다. 그리고 온몸에 털이 하나도 없었다. 민머리에, 민가슴에, 민…. 재혁은 고개를 돌렸다. 그러나 방금 목격한 광경이 사진처럼 재혁의 기억에 남아 버리고 말았다. 그것의 중요 부위는 음경처럼 돌출되어 있었다. 차이점은 음경의 끝에 말미잘 같은 뭉툭하고 보드라운 촉수들이 무수히 나 있다는 것이었다.

"너 외계인?"

재혁은 자신의 귀를 의심했다. 그러나 잘못 들은 게 아니었다.

그것이 재혁에게 묻고 있었다.

"외계인이지?"

"그, 그…." 재혁이 말했다. "그건."

그건 내 대사야. 그게 재혁이 하고 싶었던 말이었다. 하지만 외계인이 선수를 쳤다는 생각에 기가 막혀 말이 나오지 않았다.

외계인은 재혁의 말에 더 이상 귀 기울이지 않고 머리를 치켜들었다. 더 중요한 소리가 들렸다는 듯이. 그 무심함마저도 재혁을 열받게 했다.

그러나 이내 재혁의 귀에도 소리가 닿았다.

멀리서 사이렌이 울리고 있었다.

재혁은 경찰차 카시트를 축축하게 적시며 집으로 돌아왔다. 경찰관들은 참고인 조사라는 명목으로 재혁의 경험담을 귀 기울여 들었지만, 사건의 근원이자 미친놈은 재혁이라고 믿는 듯했다. 어쨌건 재혁 혼자서는 집으로 돌아갈 방도가 없었다. 강에서 난리 통을 겪는 동안 손에 들고 있던 휴대폰과 주머니 속 지갑을 유실한 후였으니까.

물비린내가 풍기는 재혁을 골목에 뱉어 낸 경찰차는 미련 없이 붕 떠났다. 재혁은 자신을 변호할 의지도 기력도 없었다. 오로지 쉬고 싶은 마음뿐이었다. 터덜터덜 빌라 안으로 기어들어 간 재혁은 비밀번호를 누르고 작은 방 안에 몸을 넣었다. 어깨를 틀어 문을 닫으려는데 외계인이 재혁의 뒤를 따라 집 안으로 당연한 듯 들어왔다.

"뭐야! 뭐야!"

재혁은 외계인의 맨가슴을 밀치고는 문을 쾅 닫았다. 그러나 외계인은 아무렇지 않게 닫힌 문을 투과해 들어왔다. 재혁의 입술이 공포로 일그러졌다.

그런 재혁에게 외계인은 친절하게 술병을 내밀었다.

"너 이거 놓고 갔다."

"어?"

재혁이 혼란스러워하기만 할 뿐 아무런 후속 행동도 하지 않자, 외계인이 눈을 부라렸다. 이럴 때 해야 하는 말이 있지 않냐는 듯.

"네 거, 올리오가 찾아왔다고."

"고… 고마워."

재혁이 가까스로 말했다. 외계인은 빙긋 웃고는 방 바닥에 퍼질러 앉았다.

재혁이 사태를 파악하기까지는 6초가 소요되었다.

"저기, 외계인아?"

"응?"

재혁은 자신이 상대를 외계인이라고 불렀다는 사실과, 상대가 거기에 응답했다는 사실에 가슴이 뿌듯했다. 그래, 네가 외계인이라고. 내가 아니라.

"내 집에서 나가 줄래?"

재혁이 말했다. 외계인은 못 알아들었다는 듯 눈을 크게 떴다. 재혁은 그 모습이 가소로워 웃음이 나왔다.

"나가라고."

"아이참," 외계인이 귀(라고 추정되는 부분)를 매만졌다. "번역기가 또 말썽이네."

가증스럽게 꾸며진 태도였다.

"나가." 재혁이 으르렁댔다. "눈앞에서 꺼져."

외계인은 재혁을 슬쩍 흘겨보았다. "쳇."

외계인이 자리를 툴툴 털고 일어섰다. 그러자 다리 사이의 해면체가 크리스마스 장식처럼 좌우로 은은하게 흔들렸다. 재혁은 머리가 다 지끈거렸다.

"그럼, 잘 가라."

재혁이 승리감에 비죽 웃으며 외계인을 배웅했다. 외계인은 대꾸하지 않았다. 대신 조용히 가운뎃손가락을 올렸다.

재혁은 이성을 잃고 달려들 뻔했으나 간신히 참아냈다. 상대는 우주 어디서 굴러먹었는지 모를 야만인이었다. 진정해, 김재혁. 저 근본 없는 종자에게 지구인의 긍지를 보여 주자고.

재혁은 승무원처럼 깨끗한 미소를 전개했다. 외계인이 부루퉁한 눈으로 재혁을 째려봐도 입꼬리 하나무너뜨리지 않았다. 어때, 외계인아. 이게 바로 은하계 어디에 내놓아도 꿀리지 않는 후기 자본주의 미소란 말이야. 그 의미는 다음과 같지. 볼일 다 봤으니, 피차 귀찮게 굴지 맙시다.

외계인은 재혁을 얼마간 쳐다보더니, 집에 들어왔을 때처럼 벽 속으로 쑥 들어가 사라져 버렸다.

마침내 재혁은 혼자가 되었다. 한바탕 소동을 겪고 나니 그 사실이 축복처럼 느껴졌다. 고된 노동을 하고 온 뒤에 마룻바닥 위로 퍼질러 누울 때의 그 감각.

하지만 오늘은 무언가 달랐다. 쉬고 있는데 쉬는 것 같지 않았다. 혼자 있는데 혼자가 아닌 기분이었다. 마치 누군가 재혁을 지켜보고 있는 것 같은….

이를테면 벽 뒤에서….

"나와."

재혁이 말했다.

외계인은 기다렸다는 듯 벽을 뚫고 기어 나왔다. 묘하게 헤실거리는 듯한 얼굴이 기분 나빴다.

"너 왜 안 가?"
"못 간다."
"왜, 왜!"

재혁은 씩씩거렸다. 못 간다니, 못 간다니!

외계인이 말했다.

"아이를 지켜봐야 해."

재혁은 이해하지 못했다. **아이**?

외계인이 말을 이었다.

"네가 울리오의 아이를 뺐다."

울리오. 그게 재혁을 임신시킨 녀석의 이름이었다.

재혁은 그 이름을 피로 적어 대대로 가문의 숙적으로 지명하겠노라 맹세했다. 그러나 곧 결심을 고쳐먹어야 했다. 대대로, 라고 해 봤자 자신이 이어 버린 건 울리오의 대에 불과하다는 생각 때문이었다.

울리오는 재혁이 빌려준 하얀 삼각팬티를 입고 있었다. 사타구니 사이가 보기 싫어 집히는 대로 던져 준 것인데, 퍼런 몸뚱어리에 하얀 면 팬티를 입으니 색감이 돋보여 더욱 짜증이 났다.

"그러니까, 울리오는 지구라는 행성의 정보를 수집하던 중이었다."

울리오는 자기네 고향 별에서 파견된 조사관이었다. 이 별에는 스스로를 '이우리'라고 부르는 종족이 살고 있었다. 근래에 울리오가 살던 행성이 불안정 상태에 접어들어 이우리 전체가 이주할 새로운 터전이 필요했고, 지구는 이주 행성 후보 중 하나였다. 울리오는 바로 어제, 밤에도 밝게 타오르는 서울의 빛을 따라 지구에 도착했다. 지구에서 만난 잘생기고 친절한 개체가 정보를 수집할 장소로 한강을 추천해 주었다.

"울리오의 임무는 수집한 정보를 전송하고 상부로부터 회신이 오길 기다리는 거야."

"됐고, 그럼 너 어제 도착해서 지구에 대해 개뿔도 모른다는 거잖아." 재혁은 자신만만하게 말했다. "네가 몰라서 착각했나 본데, 남자는 임신 같은 거 못 해."

"남자?"

"수컷 말이야. 수컷은 임신시키는 쪽이지 임신하는 쪽이 아니라고." 재혁이 울리오의 다리 사이를 턱으로 가리켰다. "너도 수컷이니 잘 알 텐데."

그러나 울리오는 이해를 못 하는 표정이었다. 나가라고 했을 때 가짜로 못 알아듣는 척하던 그 표정이 아니라, 진짜로 못 알아들은 얼굴이었다.

재혁이 말했다.

"아무튼 임신 아니니까 이만 가라."
"하지만 재혁, 확실히 임신했다. 네 배 속에 있는 내 아기가 보여."

내 아기….

"그런, 그런 표현은 삼가 줄래?"
"부끄러워, 재혁?"

"그런 문제가 아니라!" 재혁이 손바닥으로 바닥을 탕 쳤다. "아, 진짜 배를 까뒤집어 보여 줄 수도 없고!"

"너는 하늘색 팬티를 입고 있어."

뭐라고? 재혁은 바지 위로 속옷이 삐져나왔는지 확인했다.

속옷은 보이지 않았다.

올리오가 말을 이었다.

"외음부는 줄기와 주머니로 구성되어 있군. 줄기 부분은 손가락 두 마디 크기로, 검은 실이 이끼처럼 주위를 덮고 있다. 가슴 양쪽에는 지구 단위로 직경 3.1센티미터, 0.4센티미터의 갈색 동심원이 있어. 아, 안쪽 동심원은 돌기처럼 튀어나오는 종류의 것이구나. 방금 확인했다."

"그만, 그만!" 재혁의 입술이 벌벌 떨렸다. "이게 무슨 예의 밥 말아 먹은 소리야!"

재혁은 열을 내려다 그만두었다. 생식기를 드러내 놓고 다니는 족속한테 문명인의 예의 운운해 봤자 아무 소용도 없었다.

올리오가 두 손가락으로 자신의 눈과 재혁의 배를 차례로 가리켰다.

"보인다니까."

"그러니까, 네 말은—" 재혁이 말했다. "내 배 속을 투시할 수 있다는 거야?"

"난 아까부터 동일한 요지의 정보를 전달했다. 내 언어능력이나 번역기는 멀쩡하니, 아무래도 재혁의 인지능력에 문제가 있는 것 같다."

"난 자궁이 없는데?"

"아기가 자라나는 기관을 말하는 거라면, 그건 문젯 거리가 아니다."

"아니, 아니 그것보다!" 재혁이 말했다. "어째서 아기가 생긴 거야. 아기가 생기려면… 먼저, 먼저….'"

"먼저?"

올리오가 인상을 찡그렸다. 재혁은 울고 싶었다.

"우린 안 했잖아!"

"섹스 말이야?"

재혁은 눈을 꽉 감은 채 고개를 열렬히 흔들었다. 유교 문화권 청년에게 그건 너무 가혹한 단어라고 생각하면서.

올리오는 재혁을 잠시 바라보더니, 자신의 팬티로 손을 가져갔다.

"으아악! 그거 꺼내지 마!"

재혁은 필사적으로 올리오의 두 손을 잡았다.

"말로 해, 말로."

재혁은 숨을 몰아쉬었다. 정말 한순간도 안심할 수

없는 녀석이었다.

골반에서 손을 거둔 울리오가 말했다.

"재혁, 네가 물에 빠져 죽을 뻔했을 때를 기억해?"

"너 구하려다가?"

울리오가 가볍게 한숨을 쉬었다.

"울리오는 죽을 위기가 아니었다. 재혁에게 구해 달라고 부탁한 적도 없어. 아무튼 그때," 울리오가 말했다. "너는 내 생식기를 마구 잡아당겼다."

재혁의 뺨에 오스스 소름이 돋았다.

"내가? 언제…?" 재혁이 말끝을 흐렸다. 손바닥을 가로지르던 밧줄의 감각, 설마.

울리오가 말했다.

"기억났구나."

"하지만 네 그곳은 그런 모양이 아니었는데?"

울리오가 다시 고간으로 손을 가져갔고, 재혁은 빠르게 사과했다. 재혁은 울리오의 두 손을 안심할 수 있을 만큼 오래 붙들고 있다가 살포시 울리오의 무릎 위에 올려놓았다.

재혁은 애써 이 사태를 이해해 보려고 했다.

"그러니까, 내가 허우적대다가 네 그곳을…."

"그래, 하필 울리오의 생식 기간에 재혁이 내 성기를 개방시켰다." 울리오가 유감스럽다는 듯 중얼거렸다. "울리오도 못생긴 외계인과 성교를 하고 싶진 않았다…."

"이럴 때만 말줄임표 쓰지 마." 재혁이 말했다. "넌 지구 바깥에서 왔잖아. 우주에는 지구랑 다른 미의 기준 없냐고. 솔직히 저 바깥에 나보다 특이하게 생긴 놈들 많잖아?"

"울리오는 우주의 여러 종족을 봐 왔다." 울리오는 한숨을 쉬었다. "재혁만큼 못생긴 개체도 찾기 힘들다."

"이게 진짜." 재혁의 얼굴이 분노와 수치심으로 붉어졌다. "나는 뭐 좋아서 그런 줄 알아!"

그러거나 말거나, 울리오는 이제 거의 울먹거리고 있었다.

"잘생긴 개체가 내 아이를 낳아 주겠다고 했었는데."
"어제 지구에 왔다면서 무슨."

잘생긴 놈이 뭐가 부족해서 외계인 아이를 낳아 주겠다고 해. 미치지 않고서야.

"정말… 잘생겼었다…."

급기야 울리오의 눈에서 닭똥 같은 눈물이 떨어졌다. 재혁은 당황스러웠다.

"왜, 왜 울어."
"그 개체를 닮은 아이를 낳을 수 있었는데…."

울리오는 품을 내어 달라는 듯 재혁에게 다가왔다. 재혁이 쭈뼛쭈뼛 팔을 벌리자, 울리오가 기다렸다는 듯 재혁의 품에 안겨 끅끅 소리를 냈다.

"내 아이, 잘생겼을 내 아이…!"
"…미안하게 됐다."

올리오의 등을 두드려 주던 재혁은 자리에서 일어났다. 그리고 유리잔 두 개를 가져와 선물 받은 맥주병과 함께 올리오 앞에 내려놓았다. 외계 종족을 위로하는 데에 알코올이 효과가 있을지 확신할 수는 없었지만.

"이거라도 마실래?"

병따개가 없다는 사실을 깨달은 것은 그때였다.

한강에서 잃어버린 게 아니라 처음부터 가지고 있지 않았다.

애초에 맥주 한 병 때문에 버스에서 내려서 이 사달이 난 건데. 어차피 따서 마시지도 못할 술이었다니.

"나 진짜 한강 왜 간 거냐."

재혁이 자신의 어리석음을 한탄하는 동안, 올리오는 잔 하나를 들고는 병 안으로 집어넣어 맥주를 담은 후 재혁의 몫으로 밀어 놓았다. 그리고 자신의 잔도 똑같은 방식으로 채웠다.

"오."

"마셔."

올리오가 잔을 부딪친 다음 꼴깍꼴깍 넘겼다.

"크."

올리오가 이를 드러내며 눈을 꼭 감았다. 재혁은 어처구니없다는 표정으로 이 모든 과정을 지켜보았다.

"너 외계인이라며. 짠 하는 건 어디서 배운 거야."

"한강의 외계인들은 다 그러고 있던데."

한강의 외계인들…? 아.

이 자식이 헷갈리게.

"지구에 왔으면 외계인 말고 지구인이라고 해 줄래?"
"지구인. 알았다."
"외계인아."
"올리오."

"그래, 올리오." 재혁이 말했다. "내가 다른 건 몰라도 임신은 좀 많이 곤란하거든? 그러니까 낙태 같은 거 할 수 없겠냐?"

"낙태?"
"애를 지우는 거 말이야."

그러자 올리오가 자세를 고쳐 잡았다. 녀석의 표정은 사뭇 진지했다.

"재혁. 이우리에게 생식의 기회는 일생에 단 한 번뿐이다. 그리고 네가 너 살자고 내 생식기를 잡아당기는 바람에 그 기회를 써 버렸어."

"그건…." 재혁이 눈을 질끈 감았다. "진짜 미안해. 근데 임신은 나한텐 생존의 문제야. 배가 부르면 바깥 활동도 못 할 텐데, 9개월 동안 집 안에서 버틸 돈은 없어."

재혁이 이번 학기를 다닐 수 있는 것은 지난 학기에 휴학을 하고 아득바득 학자금을 모았기 때문이었다. 바깥 활동을 못 하면 이번 학기 등록금을 날려 버리는 셈이나 다름없었다.

그러나 올리오는 의아스럽다는 표정이었다.

"9개월?"

"설마…."

"설마…."

둘은 동시에 말했다.

"너네는 9개월도 안 해?"

"너네는 9개월 동안 임신을 해?" 올리오의 다음 말은 파격적이었다. "우린 21일이다."

재혁이 입을 떡 벌렸다. '3주 만에 쓸 만한 고등 생명체가 만들어지긴 해?'라고 묻는 눈으로 바라보자, 올리오가 씩 웃었다.

"그럼 괜찮은 거지?"

"어…." 재혁이 눈알을 굴렸다. "그, 그러…."

"좋았어."

"야, 잠깐만!" 재혁이 말했다. "부작용은 없어? 외계인의 아이를 임신해도 괜찮은 거냐고."

"바로 그게 문제다."

재혁의 심장이 덜컹 내려앉았다.

"뭐?"

"재혁에게 문제가 생길 수도 있어. 그래서 임신 기간 동안 올리오가 옆에서 지켜봐야 한다."

"나 죽는 거 아냐? 늦기 전에 낙태해야 되는 거 아니냐고!"

"그게 더 위험할걸. 이미 아이가 네 안에 제대로 자리를 잡았다."

"텄네."

울리오는 위대한 예술 작품이라도 감상하듯이 재혁의 배를 내려다보며 천천히 고개를 끄덕였다.

"우주선 도킹처럼 기가 막힌 주차 실력이다."

"비유까지 들면서 감탄하지 마."

재혁은 자포자기했다. 그렇게 외계인과의 동거가 시작되었다.

그날 밤, 하늘도 인간과 외계인의 합방을 걱정하듯 잔뜩 먹구름을 그러모으더니 장대비를 쏟아 냈다.

재혁은 방 한가운데 쭈뼛쭈뼛 서서 울리오의 손길을 받고 있었다. 예기치 않은 임신이 재혁의 신체에 이상 반응을 일으키지는 않았는지 진찰하는 과정이었다.

울리오는 복잡한 기계를 점검하듯 재혁의 몸을 샅샅이 촉진했다. 머리에서 목을 타고 내려와 어깨와 팔을 매만지는 울리오의 손길은 물 흐르듯 자연스러웠다. 울리오는 재혁의 두피를 긁거나 팔꿈치의 접힌 살을 당기는 등 재혁으로서는 이유를 알 수 없는 점검을 진행했다.

재혁의 날개뼈를 톡톡 두드리던 울리오가 말했다.

"재혁, 이 뒤에 있는 기관이 뭐야?"

"뭐? 폐, 심장?"

"주기적으로 수축하며 붉은 액체를 뿜어내던 기관인데, 조금 전부터 그 주기가 엄청나게 빨라졌다."

"…그거 폐야."

울리오는 폐, 하고 혼잣말을 했다. 그러면서 부드러운 손길로 재혁의 등판을 쓸어내렸다.

"앗, 폐가 더욱 빨리 움직이고 있다. 이거 문제없는 건가?"

귀가 시뻘게진 재혁이 울리오의 손을 쳐 냈다.

"그만해! 장기가 어떤 게 있는지도 모르면서 진찰은."
"하지만 재혁, 너는 내 배우자니까…."

재혁은 비명을 지르듯 소리쳤다.

"배애우자?"
"지구인은 아이를 낳고 함께 살기로 한 지구인을 그렇게 부르지 않나?"
"안 그래, 안 그래!"

재혁이 울리오의 등을 찰싹찰싹 때리자 울리오가 하하 웃었다.

"재혁, 왜 화내면서 웃어?"
"웃는 건 너잖아, 자식아!"

울리오는 재혁의 마음 상태가 즐거워 보이고 신체도 멀쩡하다는 진단을 내렸다. 재혁은 전자에 대해 반박하려다가 그만두었다.

헤실거리던 울리오는 마치 그것이 웃음의 연장선인 것처럼 자연스럽게 팬티를 내렸다.

"으아아! 너 뭐 해!"
"외출 준비."

"나가려면 옷을 입어야지 왜 벗어?" 재혁이 손가락

틈으로 울리오를 보며 말했다. "그리고 지금 시간이 몇 신데 나가?"

그러자 울리오는 지구에서는 나가는 시간도 정해져 있냐는 듯한 표정으로 재혁을 바라보았다.

"재혁 때문에 오늘 치 조사를 마치지 못했다. 상부에 전송할 보고서를 작성해야 해. 그게 내가 지구에 온 이유니까."

울리오가 다시 등을 보이자, 재혁은 울리오의 푸른 엉덩이를 때렸다.

"비가 쏟아지는데 이러고 어딜 가!"

토실토실하고 부드러운 엉덩이 촉감에 재혁은 내심 놀랐다. 원래는 한 번만 때리려던 거였는데 자신도 모르게 두어 번 더 때리고 말았다.

"우, 우산 들고 가."

재혁이 우산을 쥐여 주자, 울리오는 그것을 들고 다녀야 한다는 사실에 고개를 내저었다. 울리오가 다시 밖으로 나갈세라 재혁은 후다닥 우비를 꺼내 외계인의 파란 맨몸에 입혔다. 둥그런 머리에 후드까지 씌우고 나니 마음이 놓였다.

"너 그러고 다니면 사람들이 놀라 자빠진다고. 지구에서는 그래."
"왜?"
"그게 규칙이야. 인간은 옷을 입어야 한다고."
"울리오는 인간이 아닌데."

재혁은 머리가 지끈거렸다. 이걸 뭐라고 설명한담.

"인간처럼 대우받고 싶으면 인간처럼 굴어야 해. 그렇지 않으면 인간 대접 못 받아."

"인간 대접을 못 받는다는 게 무슨 뜻이지?"

"사람들이 널 무시하고, 좌지우지하고, 자기와는 동등한 개체로 보지 않을 가능성이 커진다는 거지."

올리오는 고개를 천천히 끄덕였다.

"지구에서 인간 대접을 받는 건 인간뿐인가?"

"꼭 그런 건 아니지만… 대체로 그렇지."

올리오는 그 말을 곱씹어 보는 듯했다. 재혁의 심장이 낮게 요동쳤다. 자기가 한 말이 올리오의 '보고서'에 포함될지도 모른다는 생각이 머릿속을 스쳤다.

재혁이 화제를 바꾸었다.

"늦게 들어올 거면 아마 난 자고 있을 거야. 도어록 사용 방법은 알아? 비밀번호는…."

재혁은 말을 멈추었다. 벽을 자유자재로 통과하던 올리오가 떠올랐다.

"도어록?"

"…못 들은 걸로 해."

재혁은 잠시 올리오의 고향 별을 상상했다. 옷도 문도 필요치 않은 세계라니. 그럼 통로와 방밖에 없는 건가. 지상에 건축한 개미굴 같은 형태의 도시가 떠올랐다. 그리고 그곳을 유유히 거니는 푸른빛의 민둥이들….

올리오가 문 너머로 사라진 뒤 재혁은 바닥에 널브러진 흰 팬티를 집어 들었다. 묘하게 파란 물이 든 듯한 색감이 기분 나빴다. 피부가 무슨 싸구려 원단처럼 물 빠지는 재질이냐고.

올리오를 기다리는 동안 재혁은 유튜브에서 가장 좋아하는 프로그램인 〈전지적 칩거 시점〉, 줄여서 〈전칩시〉의 편집본을 시청했다. 한국의 은둔 청년들을 찾아가 청소와 미용 서비스를 제공하고 사회에 나갈 수 있도록 일자리를 연결해 주는 프로그램이었다. 일각에서는 시혜적이라는 비판도 없지 않았으나 히키코모리로 출연했던 유자 씨가 성공적으로 사회에 복귀해 〈전칩시〉의 패널로 등장하는 등 국가가 소홀했던 어두운 면을 방송 프로그램이 조명하고 있다는 긍정 평가가 자자했다.

물론 '로또 기다리듯 히키코모리들이 노력도 안 하고 〈전칩시〉에 당첨되기만을 기다린다'거나 '정말 심각한 히키코모리들은 방송에 출연조차 못 한다며 〈전칩시〉는 비교적 쉬운 사례만을 다루고 있다'는 의견도 여전했다.

재혁이 〈전칩시〉를 보는 이유는 출연하는 은둔 청년들의 대다수가 철저하게 혼자이기 때문이었다. 가족이 없거나, 가족이 있어도 소통이 부재하다시피 했다. 그건 재혁에게 자기만 혼자인 건 아니라고 말해 주는 것 같았다. 그래서 프로그램 말미에 은둔 청년들이 사람들과 교류를 시작하거나 가족들과 화해하는 모습을 보면 기쁘다가도 한편으론 씁쓸해졌다.

재혁은 마침 유자가 출연하는 편을 다시 보고 있었다. 유일한 가족이었던 할머니마저 돌아가시자 일상 생활을 놓아 버렸던 유자가 성우의 꿈을 이룰 수 있도록 제작진이 성우진과의 만남을 주선하는 장면이었다. 자신이 존경하는 이누야샤 성우를 보자마자 유자는 눈물을 터뜨렸다.

그 순간 외계인의 숨결이 재혁의 귀에 닿았다.

"재혁, 눈이 왜 그래."

재혁은 놀라서 작게 소리를 냈다가 올리오의 얼굴을 보고 비명을 질렀다.

"넌 왜 그래!"

올리오의 왼쪽 눈은 퉁퉁 부어 있었고, 왼쪽 빰과 입술도 물주머니를 집어넣은 듯 팽팽했다.

"누가 봐도 오른손잡이한테 맞은 몰골이잖아!"
"오른손잡이였구나. 왠지 이쪽 얼굴만 얼얼하더라니."

재혁은 무심코 올리오를 살피다가 악 소리를 냈다. 불투명했던 우비가 푹 젖어서는 안이 다 들여다보였다. 이 우비, 이런 재질이었구나.

자신의 실수였다.

"어쩌다 이런 거야?"

다시 정신을 차린 재혁이 물었다. 올리오의 어딘가 많이 모자란 설명으로 유추해 본 상황은 이랬다.

올리오는 궁금했다. 어떤 지구인들은 끊임없이 움직이는 데 비해 어떤 지구인은 왜 가만히 멈춰 있는지. 그래서 아마도 정류장인 것으로 짐작되는 장소에서 두 명의 지구인 중 한 명을 관찰했다.

문제는 울리오가 너무 가까이 붙었다는 것이고, 그보다 더 큰 문제는 울리오의 아랫도리가 투명하게 비쳤다는 것이었다. 한 지구인이 기겁해서 울리오를 밀치자 울리오는 다른 지구인에게 달라붙었다. 두 번째 지구인이 울리오를 눕히고 폭행하는 동안 첫 번째 지구인은 경찰에 신고했다.

울리오는 순순히 끌려가 조사를 받고 유치장에 간혔다. 그리고 아무도 자신을 보지 않는다 싶을 때 경찰서 밖으로 유유히 걸어 나왔다.

"덕분에 멋진 보고서를 작성할 수 있었다."

울리오가 홀로그램을 연상케 하는 특이한 재질의 종이를 내밀었다. 거기에는 주먹질을 당하고 창살 안에 갇힌 외계인의 모습이 그려져 있었다.

재혁은 기함했다.

"오해하기 딱 좋은 그림이잖아!" 재혁은 울리오에게 진정하라는 듯 두 손을 내밀었지만, 사실 진정이 필요한 것은 자신의 마음이었다. "울리오, 들어 봐. 들어 봐 봐."

"응."

"인간 사회는 고도로 발달한 사회고, 그만큼 복잡한 각종 규칙들이 있어. 그중에 하나는," 재혁이 말했다. "낯선 지구인과는 적정 거리를 유지해야 한다는 거야."

"재혁은 울리오를 만나자마자 성기를 잡아당겼一"
"그건 특수한 상황이고! 일상생활에서는 낯선 사람에게 가까이 달라붙으면 안 돼. 절대다수의 지구인은 불쾌함을 느낀다고."

올리오가 고개를 끄덕였다.

"너희 외계인들이 우리 지구인을 오해할까 봐 덧붙인 거야. 보고서에 내가 한 말도 포함하라고."

"이미 상부에 전송했는데."

재혁은 조용한 비명을 질렀다.

"내일 보고서에 덧붙이면 되지." 올리오가 천진난만하게 말했다. "이제 누워도 될까?"

재혁이 올리오의 어깨를 붙잡았다.

"씻어, 이 자식아."

재혁은 팔베개를 하고 누운 채, 수건으로 가슴을 톡톡 두드리며 화장실 밖으로 나오는 올리오를 지켜보았다. 인정하기는 싫지만 올리오의 알몸이 익숙해지고 있었다.

털 하나 없는 올리오의 사타구니, 그리고 재료를 너무 많이 넣어 꽁다리 밖으로 당근이며 어묵 끄트머리가 비집고 나온 듯한 김밥 모양의 그것.

"아무리 봐도 고추 같은데."

재혁은 자기도 모르게 혼잣말을 했다.

"응?"

"너 그거 고추 아니냐."

"고추가 무엇이지."

"수컷들이 달고 있는 거 말이야."

울리오는 재혁의 시선을 따라가더니 자신의 파란 개불을 발견했다.

"재혁, 울리오를 좋아해?"

재혁은 기겁해서는 몸을 일으켰다.

"왜 그따위 생각을 했지?"

"성기를 뚫어져라 보는 것은 성적으로 관심이 있다는 뜻이다."

"난 여자가 좋아!"

그러자 울리오는 예의 알쏭달쏭한 표정을 짓더니, 수컷이니 여자니 하는 것들이 무엇인지 물어보았다. 재혁은 지구 생물체 중에서는 암수가 구분되는 것들이 많다고 설명하면서도, 얼마나 많은 생물체들에게서 성이 구분되는지는 자신도 알지 못한다는 사실을 깨달았다.

울리오가 재혁의 배꼽 아래를 바라보았다.

"뭐야, 투시하지 마."

재혁은 두 손으로 바지 사이를 가렸다. 그러자 울리오가 손 너머를 투시하는 것이 느껴졌다.

"투시하지 말라고."

"울리오는 재혁이 마음에 든다."

재혁은 탁자를 부술 뻔했다.

"난 남자 싫다니까?"

"이우리들은 성 구별이 없다. 왜 자꾸 울리오를 남자라고 생각하는 거지? 남자 아닌데."

'아니, 남자잖아. 저건 누가 봐도 수컷의 그것이잖아.'

재혁은 울리오의 생식기를 너무 뚫어지게 바라보지 않으려고 노력하면서 훔쳐보았다.

"그래, 네가 수컷이 아니라 치자." 재혁이 말했다. "아무튼 난 여자가 좋아. 넌 여자는 아니잖아? 거기도 너무 남성형이고."

그러자 울리오의 살이 울컥거리면서 꿈틀대기 시작했다. 끄트머리에 아기 말미잘이 붙어 있던 개불이 삼켜지듯 안으로 쏙 들어가더니, 어느새 전복 하나만 남겨져 있었다.

'이게 무슨 해양 다큐멘터리 같은 묘사야.'

"이러면 되겠어?" 울리오가 말했다.

"어, 어?" 당황한 재혁이 말을 주워섬겼다. "그, 그거… 변형시킬 수도 있는 거야? 아니 그게 중요한 게 아니고…."

재혁이 헛기침을 했다.

"어쨌든! 난 지구인이 좋아. 외계인과의 로맨스는 사절이라고."
"재혁, 네 폐 지금 난리 났어. 너 여성형 성기에 반응한다."
"거, 거짓말 치지 마."

재혁의 눈이 핑핑 돌았다.

"맞아, 거짓말이야." 울리오가 아무렇지 않게 말했다. "너의 폐는 조금 전 성기 모양에도 반응했다." 울리오가 눈을 가늘게 떴다. "너… 성기이기만 하면 다 좋은 거냐."

재혁의 발가락이 부르르 떨렸다.

"아니거든!"

울리오의 왼쪽 얼굴은 재혁이 발라 준 후시딘으로 반짝거렸다.

재혁은 걱정이 앞섰다. 슬슬 잠을 자야 할 시간이었다. 문제는 혼자 사는 재혁에게 여분의 침구가 없다는 것. 울리오는 벽에 기댄 채 맨바닥에 앉아 있었다. 어쩌지, 저 녀석이랑 같은 침대에서 자는 건 싫은데.

울리오가 잠을 자지 않는 외계 종족이었으면 좋겠다는 부질없는 희망을 품고 재혁이 물었다.

"울리오."
"응."
"자지는 않지?"
"응."

재혁은 가슴으로 뜨거운 눈물을 흘렸다. 사려 깊은 우주의 신이시여, 감사합니다.

울리오는 벽에 기대앉아 냉장고를 뚫어져라 보고 있었다. 외계인이라 지구 음식이 신기한 모양이라고 재혁은 생각했다.

"울리오."

울리오가 재혁을 보았다.

잘 자, 라고는 할 수 없어서 재혁은 다른 표현을 생각해 냈다.

"좋은 밤 보내라."

그러자 울리오의 얼굴이 다시 냉장고를 향해 돌아갔다.

재혁은 침대에 누워 눈을 감았다. 좋은 꿈은 아니더라도 무난한 꿈을 꾸고 싶었다. 그러나 방 안에 있는 동거인의 존재가 라디오의 잡음처럼 귓가를 왱왱거렸다.

재혁은 살짝 눈을 떴다. 울리오의 고개가 푹 꺾인 채 아래로 기울어지고 있었다.

'누가 봐도 졸고 있잖아!'

"야." 재혁이 말했다. "야, 외계인!"

울리오가 소스라치게 놀라며 깨어났다. "…8, 27, 31!" 그러더니 믿기지 않는 듯 아무것도 없는 방바닥을 헤집었다. "하느님 맙소사! 세 자리밖에 못 들었단 말이야!"

재혁이 인상을 찌푸렸다. 외계인도 로또 꿈을 꾸는 거냐고.

"너 안 잔다며!"

"어, 어?"

"잠 같은 거 안 잔다며. 근데 지금 자고 있잖아!"

"아." 울리오가 깨달은 듯 말했다. "수컷이냐고 물은 줄 알았다."

"뭐라고?"

"재혁이 아까 그랬잖아. 자지는 않지, 하고."

"그래!"

"울리오는 응이라고 했고."

"그래!"

"그게 자지 아니냐고 묻는 줄 알았다."

"그래!" 재혁이 격하게 고개를 휘저었다. "…가 아니라! 뭐?"

울리오가 재혁의 목소리를 흉내 냈다.

"울리오… 너… 자지는 아니지?"

"그렇게 의미심장하게 말한 적 없거든!"

재혁은 왁 하고 소리를 질렀다.

"애초에 그게 제대로 된 질문이기는 하냐고!"

"지구인들은 상대의 성기를 그 사람을 부르는 호칭으로 사용하는 문화가 있다고 배웠다. 울리오는 남성이 아니라서 아니라고 대답했다."

"너네 번역기 그거 일부러 성 관련된 쪽으로만 오역하는 거 아냐?"

그러자 울리오가 쑥스러워하면서 대답했다.

"사용자의 취향에 편향된 방식으로 정보처리가 이루어지기도 해."

역시 이놈 변태잖아!

"아무튼 너도 잠을 잔다 이거지."

머리가 지끈거렸다. 성기를 투시하며 호감을 표현한 외계인에게 침대 옆자리를 내주어도 될까. 하지만 아무리 외계인이라도 침구도 없는 맨바닥에 자게 하는 건 내면의 예의 바른 소년이 허락하지 않았다.

재혁은 누군가와 함께 편안하게 자 본 적이 없었다.

어쩌다 다른 사람과 이불을 공유하게 되면 지독하게 잠을 설치곤 했다.

재혁이 고민하는 사이 울리오가 벽에서 스르르 미끄러지더니 바닥에 얼굴을 박았다. 그리고 고통스러운 신음을 냈다. 하필 연고로 번들거리는 왼쪽 얼굴을 찧었던 것이다.

"울리오."

울리오가 끙 하고 대답했다.

"너 내일도 지구 답사인가 뭔가 가는 거지."

"으, 응."

"내가 내일 같이 가 줄게. 쉬는 날이고, 수업도 없으니까." 재혁이 말했다. "네가 또 맞고 다닐지 어떻게 알겠냐."

"정말?"

울리오가 눈을 반짝였다. 재혁은 고개를 끄덕였다. 울리오가 좋아하는 모습을 보니 만족스러웠다.

"근데 너 배고프냐? 왜 자꾸 냉장고 안을 투시해."

"냉장고?"

그렇게 말하는 순간에도 울리오는 냉장고를 쳐다보고 있었다.

"네가 보고 있는 거 말이야."

"이름이 있었구나." 울리오는 안심한 듯 말했다.

"나는 재혁과의 동거를 합의하지 않은 불법 거주 생물체인 줄 알았다."

재혁이 어이없다는 듯 웃었다.

"야, 그렇게 치면 침대나 탁자도 다 불법 거주 생물체? 난 또 배고픈 줄 알았네."

"울리오는 다리가 많은 생물을 먹지 않아. 냉장고는 다리가 많다."

순간 피가 빠져나가는 듯한 싸늘한 기운이 온몸을 스쳤다.

"…그거 어떻게 생겼어."

울리오는 의아한 표정으로 고개를 기울였다. 재혁이 자신과 똑같은 걸 보고 있지 않느냐는 듯.

"손가락 세 마디 크기에 얇은 몸통, 전신을 둘러싼 무수한 다리를 가지고 있다."

"벌레 크기 묘사할 때도 손가락 마디라는 단위 사용하지 말아 줄래!"

재혁은 울리오를 잡아끌어 침대로 데려왔다. 울리오는 재혁에게 끌려가면서도 줄곧 냉장고 아래 어둠을 보고 있었다.

울리오는 생물체의 이름을 듣더니 냉장고보다 훨씬 어울리는 이름이라고 말했다. "그리—마. 위대한 작곡가 같은 이름이다."

재혁은 벌벌 떨면서 생각했다. 바그너, 모차르트, 그리마.

"그게 냉장고 밖으로 나오면 말해, 알았지?"

"괜찮다. 겁이 많고 조심스럽다. 마치 재혁처럼."

"얻다 비교하는 거야, 자식아." 재혁은 혹여 그것이

듣기라도 할까 봐 숨죽여 말했다. "움직이면 말해. 움
직이면 말해."

"재혁."
"움직여?"
"껴안아도 돼?"

심장이 밖으로 튀어나올 만큼 놀랐다.

"뭐? 안 돼!"
"응."

재혁은 울리오에게서 등을 돌렸다. 이름만 폐인 기
관이 쿵쾅댔다.

"재혁."
"왜."
"살짝만 껴안으면?"
"안 돼."
"응."

재혁은 다시 잠을 청했다. 잠시 후 울리오가 말했다.

"재혁."
"안 된다고."
"듣지도 않고."
"안 돼."
"듣기나 해 봐."
"뭐, 뭐!"
"팔만 올리면?"

"아, 진짜—" 재혁은 욕을 했다. "알아서 해."

그러자 울리오의 팔이 수줍게 재혁의 허리를 감쌌

다. 부드럽고 서늘한 감촉에 배가 조여들었다. 올리오는 팔 외에 다른 부분이 닿지 않게 조심하는 것 같았다. 그래서 묘하게 어색한 자세를 하고 있었다.

재혁이 허리에 둘린 올리오의 팔을 내려다보았다. 불편하잖아, 바보 같은 자식.

"올리오."

"응."

"나 너 싫어하는 거 아냐. 그냥—"

"올리오 좋아하는 거 안다."

"들어."

"응."

"그냥…." 재혁이 말했다. "내가 시설에서 자랐거든. 갓난아기 때부터. 그래서 누가 안아 주는 게 어색해서 그래. 바쁘고, 아이는 많고."

재혁은 자기 말이 이치에 닿는지 알 수 없었다. 올리오가 자신의 말을 알아들었는지도 알 수 없었다. 성별이 무엇인지도 모르던 올리오인데, 시설 같은 에두른 표현을 이해할 수 있을 것 같지 않았다.

올리오가 말했다.

"알았어."

그러고는 등이 가슴과 맞닿도록 재혁을 꼭 끌어안았다.

"좀 떨어져 줄래?"

말을 채 마치기도 전에 귓가에 나지막한 왐왐 소리가 들려왔다. 재혁은 한숨을 쉬었다. 자기 멋대로 잠에 빠지기나 하고. 짜증 나는 녀석. 이 녀석이 내 이불을 뺏어 가기라도 하면 어쩌지. 이래서는 자세를 바꿀 수도 없잖아. 외계인 녀석이 불편해 보여서 도와주려던 거였는데 괜한 짓을 했다. 내일 당장 침낭 사러 가야지.

올리오의 팔은 시원했다. 거슬릴 정도로 낮은 온도는 아니었고, 그냥 적당히 시원했다. 허벅지에 닿은 올리오의 무릎은 부드러웠다. 그건 확실히 신기했다.

'무릎이 부드러울 수도 있나….'

그것이 마지막 생각이었다. 무릎이 부드럽다는 것.

잠이 든 재혁의 배 위로 파랗고 조그만 손가락이 솟아났다.

*

지구력 2023년 10월 27일 금요일

한강은 작은 바다만큼 깊고 넓어요. 우리 모두가 헤엄쳐도 남아돌 만한 크기예요.

지구인에게 다가갔는데 잔뜩 얻어맞았어요. 잠시 후 다른 지구인들이 올리오를 창살이 있는 공간으로 초대해 주었어요. 하지만 벽 색깔이 마음에 들지 않아 호의를 거절하고 몰래 빠져나왔답니다.

재혁과 함께 잠을 잤어요. 재혁은 올리오의 아이를 임신한 지구인의 이름이에요. 잠에 푹 빠진 모습이 꽤나 귀엽습니다.[1]

---

1 외계어는 고딕체.

*

토요일 점심, 재혁은 마취에서 깨어난 것처럼 얼떨떨한 기분으로 일어났다. 언제 잠들었는지 모를 정도로 정신없이 잤다. 입가에 하얀 침이 말라붙어 있었다.

올리오는 없었다.

재혁은 생각했다. 자신이 꿈을 꾸었고 다시 혼자가 되었다고. 이우리인지 하는 외계인도, 외계인 아이도 없다고. 매일 하던 대로 〈전칩시〉를 보며 밥을 먹어야겠다고 생각하던 차에 올리오가 들어왔다.

"재혁."

올리오의 얼굴은 싱글벙글했다.

"내가 옷 빌려줄게. 제발 그러고 밖에 나가지 마." 재혁이 앉으라는 듯 방바닥을 톡톡 두드렸다. "밥부터 먹자."

"마침 그 얘기 하려고 했는데," 올리오가 문밖을 가리켰다. "내 친구가 재혁 몫까지 사 준대."

"네가 친구가 어딨어." 재혁은 컵에 물을 따랐다.

"올리오가 임신시키려던 개체."

재혁이 물을 뿜었다.

"벌써 입덧하는 거야?"

올리오가 걱정스러운 듯 물었다. 재혁이 캑캑거렸다.

"입덧한다는 건 또 어디서 들었냐."

"정한이 알려 줬어."

정말 잘생겼다더니, 정한은 그 말 그대로였다.

울리오가 정보 습득이라는 핑계를 대며 차 안에서 정한의 스마트폰으로 K-드라마를 보는 동안, 재혁은 조수석에 앉아 정한과 단둘이 대화해야 하는 위기에 봉착했다. 스테이크를 사 준다는 말에 아무 고민 없이 울리오를 따라나선 게 후회되었다. 정한은 자신과는 다른 세계의 사람이었다. 깔끔하게 뒤로 넘겨 고정한 밝은색 머리카락, 옅은 줄무늬가 들어간 하얀 셔츠와 검정 슬랙스, 슬쩍 봐도 명품인 듯한 고가의 은색 시계, 무엇보다 기저에 흐르는 여유와 자신감 넘치는 태도. 이런 사람이 울리오와 어떻게 친구가 된 거지?

정한이 입을 여는 순간 그 이유가 짐작되었다.

"듣던 대로 아름다우시네요."

재혁은 아무것도 먹지 않았는데 벌써 체한 것 같은 기분을 느꼈다.

정한의 차에서는 은은한 향수 냄새가 풍겼다. 재혁이 조수석에 오르자마자 정한은 몸을 기울여 안전띠를 매 주었고(대체 왜? 재혁도 손이 있었다), 덕분에 정한의 머리카락에서 나는 매혹적인 샴푸 향기를 맡을 수 있었다.

식당 앞에 도착하자 정한은 재혁에게 잠시 기다려 달라고 말하더니 차에서 내렸다. 무슨 급한 볼일이 있나 보다 했는데 조수석의 문이 열렸다. 정한이 손을 내밀었고, 재혁은 자신도 모르게 손을 잡고 차에서 내렸다. 무슨 상황인지 몰라 얼떨떨했다. 그러다 오토바이가 달려와 재혁을 칠 뻔하자 정한이 자신을 넓은 가슴에 끌어안는 사건을 겪고 나서야 깨달았다.

'서브남이구나.'

밝은 계열의 머리카락을 하고 다정한 미소를 지을 때부터 알아봤어야 했는데.

그렇게 생각하면서도 재혁은 정한이 당겨 준 의자에 무의식적으로 앉았다.

정한이 서브남이면 울리오는…. 재혁은 식탁에 앉아 있는 퍼런 외계인을 보다가 고개를 세차게 흔들었다. 아니야. 아닐 거야.

재혁은 둘을 차례로 살펴보았다. 신분을 숨기려 야구 모자를 푹 눌러쓴 채 휴대폰을 내려다보고 있는 울리오. 그 옆에서 길고 굵은 손가락을 움직이며 진지하게 메뉴판을 넘기고 있는 차정한.

울리오는 두 살배기처럼 느껴졌다. 머리털과 함께 태워 먹었는지 눈치라고는 없고, 알몸으로 돌아다니고, 규칙을 일일이 알려 줘야 하는 녀석. 그에 비하면 정한은 풍성하고 부드러운 머릿결에, 비싼 정장을 갖춰 입고, 뭐 이런 거까지 해 주나 싶긴 하지만 대체로 매너 있게 행동한다….

재혁은 정한에게 호감을 느끼는 자신을 보며 화들짝 놀랐다. 나 뭐 하는 거야. 왜 울리오랑 다른 남자를 비교하고 있어.

아, 이건가? 이게 판을 짠 설계자의 의도인가?

메인 남주를 형편없는 놈으로 설정한 다음, 멀쩡한 서브 남주에게 끌리게 하는 거?

울리오는 빨대로 우유를 먹고 있었다. 액체를 빨아들이기 위해 입술이 오므라들었다.

정한이 그런 울리오를 보며 말했다.

"귀엽지 않아요?"

재혁은 음식을 뱉지 않기 위해 입술을 꾹 닫은 채 필사적으로 기침을 했다. 정한이 괜찮냐고 물었다. 재혁은 오른손을 들고 고개를 끄덕였다. 멀쩡하다는 말은 취소다.

"정한 씨는," 재혁이 말했다. "남들이 지나치는 부분도 긍정적으로 돌아보는 사람 같아요."

"그렇게 보여요? 전혀 아닌데."

"설마요."

"알고 나면 놀라실걸요?"

정한이 하하 웃었다. 재혁도 따라 웃었다.

집에 가고 싶다.

울리오는 우유를 바닥까지 빨아 먹었으면서도 컵을 기울여 시끄러운 빨대 소리를 내고 있었다. 한 잔 더 마시겠냐고 물어도 대답하지 않고 흡입을 계속했다.

"질투 나요."

"에, 예?"

정한이 재혁의 배를 내려다보며 말했다.

"귀여운 울리오의 아기를 가졌으니까요."

시선을 천천히 들어 올리며 재혁을 그윽하게 바라보는 정한의 속눈썹은 길고 풍성했다. 그리고 표정은 화가 날 정도로 섹시했다.

잘생긴 얼굴 그따위로 낭비하지 마요.

정한이 또 무슨 말을 뱉을세라 재혁이 재빨리 말했다.

"울리오랑 어떻게 알게 된 거예요?"

"울리오가 저를 보자마자 마음에 든다고, 자기 아이를 임신해 달라고 했어요."

재혁은 자신이 전환한 화제가 잘못되었음을 깨달았다.

그리고 울리오를 바라보았다. 그게 처음 본 사람한테 할 말이야?

"들어 보니까 괜찮을 거 같아서, 그러겠다고 했죠."

"아 그렇구나."

재혁은 외계인의 아이를 임신하는 일이 대체 어딜 봐서 괜찮은 건지 묻고 싶었다. 하지만 정한의 눈빛이 잔잔하게 미쳐 있는 것 같아서 입을 다물었다.

"원래 울리오가 저희 집에서 머물기로 했는데," 정한이 말했다. "재혁 씨랑 동거하고 있네요?"

"그렇게 됐어요…."

"역시 질투 나." 정한이 말했다. "서로 어떤 점이 끌린 걸까?"

"그런 거 아니라고요!"

재혁이 자리에서 벌떡 일어섰다. 악몽을 꾸고 일어

난 것처럼 티셔츠 등 부분이 푹 젖어 있었다.

식당 안의 몇몇 손님과 웨이터가 놀란 눈으로 재혁을 보았다. 재혁은 눈치를 보며 천천히 앉았다.

"그냥 사고예요, 사고⋯." 재혁은 괜히 올리오에게 성질을 부렸다. "야, 올리오. 넌 친구를 앞에 두고 폰만 보고 있냐? 그거 예의 아냐."

"정한이 그래도 된댔어."
"그건 예의상 한 말이지."

"뭐만 하면 예의, 예의. 지겨워." 올리오가 입술을 비죽 내밀었다. "재혁은 나한테 폰 빌려주지도 않잖아."

"누구 때문에 한강에 빠뜨렸는데!" 재혁이 말했다. "새로 배송 오는 대로 빌려줄 테니까 그만해."

"응."

올리오는 휴대폰 화면을 끄고 정한에게 내밀었다. 정한이 얼떨떨하게 받아 들자, 재혁이 올리오에게 쏘아붙였다.

"친구한테 빌려줘서 고맙다고 해야지."
"빌려줘서 고마워, 정한."

그리고 올리오는 다시 빨대를 빨았다.

"빨대 소리 그만 내. 사람들에게 피해 주는 거야." 재혁이 말했다. "우유가 부족하면 하나 더 시켜."

"여기 우유 한 잔 더 주세요."

올리오가 손을 들고 말했다.

정한이 휘둥그레진 눈으로 재혁과 올리오를 번갈아

보더니, 천천히 고개를 끄덕였다.

"알겠네요."

"예?"

재혁은 이제 정한의 입에서 무슨 얘기가 나올지 두려웠다.

정한은 대답 없이 빙그레 웃었다. 눈망울은 마치 노을을 쳐다보는 듯 낭만으로 푹 젖어 있었다.

정한이 차창 밖으로 손을 흔들자, 차가 출발했다. 재혁도 손을 흔들어 주었다.

울리오는 인사하는 기색이 없었다. 무얼 하는가 보았더니, 차 뒤꽁무니에 대고 스르르 가운뎃손가락을 올리고 있었다.

재혁이 울리오의 손을 찰싹 때렸다.

"야, 뭐 하는 거야."

"다시 보자는 인사."

울리오가 마치 종교의식처럼 느리게 손가락을 접었다.

"열받아서 다시 보긴 하겠다."

재혁은 타박했지만, 그 순간 뇌리를 스쳐 가는 장면이 있었다. 잘 가라고 인사했는데 중지를 들어 올리던 울리오의 모습.

그게 맞인사였구나.

그래서 벽 뒤에 숨어 있었던 거였어. 날 다시 보려고.

"이 자식 이거 예의 있네?" 재혁은 올리오의 머리를 끌어안았다. "요 기특한 자식!"

그러자 올리오가 재혁을 보며 싱긋 웃었다. 거두어들였던 중지를, 재혁을 향해 도로 풀어 놓으면서.

아니야, 이건 아닌 것 같아. 재혁은 조용히 올리오의 손을 감싸 주먹을 쥐게 했다.

올리오는 어리둥절한 표정으로 재혁을 바라보았다.

"재혁, 왜…?"
"하지 마."
"응."

재혁과 올리오는 뒤돌아 버스 정류장을 향해 걸어갔다. 두 동거인이 아웅다웅하느라 정신이 팔린 사이, 재혁의 등 뒤에서 자그마한 팔이 튀어나와 사라져 가는 정한의 차를 향해 중지를 내밀었다.

*

지구력 2023년 10월 29일 일요일

오늘 재혁이 공원에 올리오를 데려갔어요. 공원에는 나무가 많아요. 나무는 정말 아름다우니 꼭 보셔야 해요. 아래에 사진을 첨부했습니다.

올리오가 있는 지역의 지구인 대다수가 아파트에 살아요. 아파트는 층이 많고 층마다 벽으로 나누어져 있는 주거 공간이에요. 지구인들은 공간이 물체로 가로막혀 있으면 그 너머를 보지 못해요.

그제야 지구인이 혼자서 울고 있는 이유가 이해됐어요. 그들은 각자 슬퍼했지만, 자신이 울고 있는 그 순간에 다른 지구인들도 울고 있다는 사실은 몰랐어요. 재혁은 그게 외로움이라는 감정이래요.

*

울리오가 재혁의 집에 온 지 닷새가 흘렀다.

그동안 재혁은 울리오와 함께 밥을 먹고, 잘 때는 같은 침대를 썼다. 침낭을 산다는 계획은 어느새 잊어버렸다.

울리오는 평소에도 얼마든지 재혁의 몸을 투시할 수 있었기에, 옷을 벗을 때 문을 닫는 행위는 무의미했다. 그렇지만 재혁은 화장실에 갈 때만큼은 울리오에게 뒤를 돌아 달라고 부탁했다. 울리오는 재혁이 용변을 처리하고 나올 때까지 얌전히 화장실을 등지고 있었다.

외계인이 주인공으로 나오는 드라마가 있다는 소식을 듣자 울리오는 당장 보고 싶어 했다. 둘은 침대에 나란히 누워 〈내 이름은 외삼순〉을 시청했다. 재혁은 드라마 속 외계인이 현실성이 없다는 소리를 들을 준비를 했다. 하지만 녀석은 파란 얼굴이 빨개질 만큼 펑펑 울었다.

울리오는 스마트폰으로 하는 웹 서핑에도 익숙해져서, 혼자 이것저것 정보를 탐색하고 다녔다. "재혁 왼쪽 가슴에 있는 거, 폐가 아니라 심장이잖아." 어느 날은 이렇게 말해서 재혁의 가짜 폐를 철렁하게 했다. 다행히도 울리오는 눈치가 없었다. "재혁 바보다. 지구인이면서 그것도 몰라." 재혁은 안도의 한숨을 쉬었다.

물론 매일의 지구 탐방도 게을리하지 않았다. 울리오는 얄궂게도 그것을 데이트라고 불렀다. 하지만 재혁을 기절하게 한 것은, 울리오가 데이트를 준비한답시고 벽을 뚫고 옆집으로 가 향수를 뿌리고 온 사건이었다. 재혁은 울리오를 앉혀 놓고 아무렇게나 타인의 공간을 횡단하거나 물건을 사용하면 안 된다고 주지시켜야 했다.

정한도 간간이 방문해, 발목이 꺾여 넘어지려는 재혁을 끌어안는 장면을 몇 번 연출했다. 재혁은 대체 누구를 위한 연출인지 알 수 없었다. 이렇게 정한이 재혁을 구해 내면 울리오는 박수를 쳤고(드라마를 보며 다양한 제스처를 학습하고 있었다) 정한은 뿌듯해 했으며 재혁은 땀을 뻘뻘 흘렸다.

그렇게 먹고 자고 다투는 동안 울리오의 왼쪽 얼굴에 난 상처는 가라앉았고, 재혁이 사 준 울리오의 속옷들은 파랗게 물들었다.

울리오를 만난 지 딱 일주일째 되는 날이었다. 잠자리에 들려던 재혁은, 미리 침대 안에 들어가 목 아래까지 이불을 덮고 있는 울리오를 발견하고 기가 찼다.

"너 아주 당연하게 자리를 꿰차고 있다?"
"그럼, 재혁 옆자리는 울리오 거다."
"허, 참!"

재혁은 주섬주섬 이불을 걷고 침대로 들어가 자리를 잡았다. 울리오가 말했다.

"툴툴대면서도 얌전히 내 옆에 눕는군."

"네가 내 옆에 누운 거거든?"

울리오가 으하하 하고 웃었다.

"내일은 어디 갈까, 재혁?"

하루의 끝에 침대에 누워 데이트 코스를 정하는 것은 어느덧 둘의 일과가 되었다. 울리오는 아파트를 어떻게 짓는지 보고 싶다며, 공사장 견학을 당당히 요구했다. 재혁은 곤란한 표정을 했다. 공사 중인 현장에 일반인(그리고 외계인)을 들여보내 주진 않을 것 같으니, 일일 노가다라도 뛰어야 하나.

"그러고 보니 너 번호는 어떻게 됐어?"

재혁이 묻자, 울리오가 부자연스럽게 고개를 돌렸다.

"무슨 번호."

"너 로또 꿈 꿨잖아."

울리오는 재혁을 보지 않고 대답도 하지 않았다. 재혁은 울리오의 고개를 자기 쪽으로 가져오려 했다. 재혁의 얼굴이 시뻘게졌다. "이 외계인 힘주는 거 봐." 울리오는 버텼지만, 결국 재혁에게 얼굴을 보이고 말았다.

울리오의 두 눈에서 눈물 줄기가 흘러내리고 있었다. 이것으로 대답을 대신한 셈이었다. 재혁은 미안한 듯 울리오의 뜬 눈을 손바닥으로 감겨 주었다.

"원래 그거 잘 안돼. 외계인이 당첨돼서 뭐 하려고."

"재혁 주려 그랬지."

재혁의 눈이 커졌다.

"거짓말이야. 부부 사이라도 안 되는 건 안 되는 거다."

재혁이 투레질을 했다. 이제 반박할 힘도 없군.

그러거나 말거나 올리오는 입맛을 다시며 손바닥을 비볐다.

"기가 막힌 장사 아이디어가 있다…."

"뭔데?"

"훔치지 마!"

올리오가 벌이라도 쫓듯 요란하게 팔을 휘저었다. 재혁은 웃음이 터지려는 걸 참았다.

"그냥 순수하게 물어본 거야."

그러나 올리오의 얼굴에는 그늘이 드리워져 있었다.

"자본주의 세계에서 순수함이란 없어…."

풀 죽은 외계인 머리를 살살 쓰다듬자, 올리오가 재혁을 꼭 끌어안았다. 재혁은 이제 다른 존재의 포옹에도 익숙해지고 있었다.

올리오가 재혁을 안은 채로 말했다.

"여기 살고 싶어."

"내 몸 안에?"

재혁이 장난스레 배를 감싸 쥐자, 올리오가 책망하

듯 건너다보았다.

"거긴 이미 임차인이 있잖아. 지구에서 살고 싶다는
말이야."

"지구 어디에서 살 건데?"

"재혁네 집."

"내 의견은?"

"지금 물어보는 중."

재혁이 어이가 없어서 웃음을 터뜨렸다.

"싫다면?"

그러자 울리오가 고개를 푹 떨어뜨리고는 낮게 왐
왐 소리를 냈다. 그 소리가 유난히 시무룩해 보여서,
재혁은 피식 웃음이 났다.

"장난이야. 같이 살자."

"정말?"

"그래, 안 될 거 있냐." 재혁이 방긋 웃었다. "대신
월세 내."

울리오가 유례없이 순수한 눈망울을 했다.

"월세가 무엇입니까?"

"자본주의 세계에서 순수함이란 없다며!"

재혁이 울리오의 맨머리를 거칠게 쓰다듬었다. 울
리오가 "왐! 왐!" 하고 이상한 물개 웃음소리를 내는
바람에 재혁은 따라 웃고 말았다. 한번 터진 웃음은
멈출 줄을 몰랐다.

그러다 재혁은 자신이 즐겁다는 것을 깨닫고 놀랐

다. 비단 이 순간에만 즐거운 것이 아니었다. 아침에 눈을 뜰 때부터 잠이 드는 순간까지 내내 즐거운 기분이었다. 마치 축제 기간처럼 며칠 동안 즐거움이 끊이지 않았다.

어쩌면 상대방과 함께 살고 싶은 마음은, 올리오보다 재혁이 더 클지도 몰랐다.

"올리오."

재혁의 목소리에, 올리오가 검고 큰 눈을 재혁에게로 돌렸다.

다른 존재의 얼굴을 이처럼 가까운 거리에서 들여다보는 게 재혁은 태어나서 처음이었다. 태어나서 처음이라는 말은 틀릴 수도 있었다. 응시를 두려워하지 않던 갓난아기 시절엔, 재혁도 낯선 이의 눈을 가만히 바라보았을지 모른다. 그리고 상대도 신비와 경이로 재혁을 바라보았을 것이다. 중요한 것은 아니었다. 그와 같은 일이 다시 일어나고 있는 지금 이 순간에는.

올리오가 재혁을 보고 있었다. 대상을 넘나들며 공간을 횡단하던 눈이 재혁만을 보고 있었다. 맞닿은 시선 속에서 그들만의 비밀 기지를 짓겠다는 듯이.

공간 구분이 없는 외계인에게는 너무나 사적인 장소였다.

*

"빈 병이야!"

사장의 비명이 들렸다. 냉장고에 맥주를 채워 넣던 재혁은 고개를 돌렸다.

사장이 빈 맥주병을 양손에 들고 앞뒤로 흔들었다.

"얼어 죽을 놈들! 또 깡통을 줬어."
"나사가 빠졌나 보네요."

딴생각을 하던 재혁이 무성의하게 맞장구쳤다. 실상 나사가 빠져 있는 건 재혁이었다. 한숨도 못 잤다면서 기묘하게 활기 넘치는 얼굴에, 입꼬리는 느물거리는 웃음으로 장식돼 있었다. 사장은 재혁에게 뭐 재미난 일이라도 있냐고 물었다.

재혁은 지금쯤 곯아떨어져 있을 올리오를 떠올렸다. 오늘 새벽의 기억도.

재혁이 화장실 밖으로 나오자, 올리오가 다급하게 스케치북을 덮었다.

"뭐야, 또 그거냐."

재혁은 관심 없다는 듯 수건으로 머리를 털었다. 올리오는 경계심 많은 동물처럼 잔뜩 긴장한 채 재혁을 주시했다.

"훔치면 안 돼, 재혁."

예의 그 '기가 막힌 장사 아이디어'를 말하는 것이었다. 재혁은 코웃음을 쳤다.

"관심 없어."
"견물생심이랬어! 일단 이걸 보고 나면—"
"기껏해야 아이스크림 장사겠지 뭐."

그 말에 울리오의 어깨가 눈에 띄게 굳었다. 거울을 보며 로션을 바르던 재혁이 심드렁하게 말했다.

"어떻게 알았냐고? 네가 유제품밖에 안 먹는데 뻔하지 않냐."

울리오는 표정을 보이지 않으려고 등을 돌렸다. 그러나 등줄기에서 솟아 나온 파란 땀은 정직하게 침대를 적셨다.

잠시 후 울리오가 중얼거렸다.

"재혁은 아니까 안 먹어 봐도 되겠네."
"어, 어?"

"아쉽다. 재혁한테 처음으로 맛 보여 주려고 했는데." 울리오가 새침하게 고개를 돌렸다. "그냥 제일 먼저 오는 손님한테 팔래."

"나! 내가 제일 먼저 갈래!"

울리오는 거절했고, 재혁은 매달렸다. 한참을 실랑이하고 나서야, 재혁은 자신에게 가장 먼저 울리오표 아이스크림을 선보이겠다는 약속을 겨우 받아 낼 수 있었다.

재혁이 안도의 표정을 지었다.

"좋아… 약속한 거다."
"알았어, 약속."

울리오는 마지못해 약속한다는 시늉을 했다.

이렇게 아웅다웅하면서도, 울리오는 아르바이트를 가는 재혁을 군말 없이 배웅해 주었다. 지하철은 만원이었다. 두 사람은 팔을 딱 붙이고 서서 앞사람의 목에 난 사마귀를 구경했다. 이 정도 인구밀도야 서울 시민인 재혁에게는 평범한 수준이었지만, 외계에서 온 올리오에게는 낯설 법도 했다.

슬쩍 옆을 보니 올리오가 사춘기 아이처럼 반항적인 웃음을 짓고 있었다.

"뭐야, 왜 이래."

재혁이 질겁하자, 올리오가 뿌듯하게 말했다.

"재혁이 하지 말라던 거 하는 중."

무슨 말인가 하니, 낯선 지구인에게는 가까이 다가가면 안 된다고 했던 재혁의 말을 떠올리고 있는 것이었다.

재혁은 고개를 절레절레 저으며 피식 웃었다.

"아무것도 아니에요."

사장은 재혁의 어깨를 툭 치고는 창고로 들어갔다.

사장님은 상상도 못 하시겠지. 자기가 선물한 맥주 한 병이 파릇파릇한 외계 호박을 넝쿨째 굴러 들어오게 했다는 걸.

고개를 드니, 웃고 있는 자신의 얼굴이 유리창에 비쳤다. 지나가던 어린아이가 창 너머로 재혁에게 손을 흔들었다. 재혁이 마주 손을 흔들려는 찰나 아이는 뛰어가 버렸다. 재혁은 머쓱하게 손을 내리고 다시 물품을 정리했다.

그런 재혁의 등 뒤로, 이전보다 커진 파란 손이 불

쑥 비집고 나와 거리의 아이들에게 인사를 했다.

11월의 첫 번째 토요일, 잠에서 깨어난 재혁은 티셔츠 앞섶이 솟아올라 있는 것을 발견했다. 보이지 않는 빨래집게로 널어 두기라도 한 것처럼.

아직 잠에 취해 있던 재혁은 그것을 대수롭지 않게 여겼다. 그래서 손바닥으로 무심코 티셔츠를 눌렀다.

그리고 비명을 지르며 벌떡 일어섰다. 찌릿한 느낌이 가슴을 가로지르고 지나갔다.

재혁은 티셔츠 목을 잡아당겨 안을 확인했다. 유두가 달팽이 눈처럼 길게 늘어나 있었다.

그것도 꼿꼿하게. 그것도 파란색으로.

재혁은 용기 내어 그것을 건드려 보았다. 달팽이 눈처럼 쏙 들어갔다면 굉장히 징그러웠을 터였으나 다행히 그것은 별 반응이 없었다. 그저 꼿꼿하게 남아 있을 뿐이었다. 그것 역시 징그럽기는 매한가지였지만.

시선이 방 안을 헤맸다. 울리오는 보이지 않았다. 외출한 모양이었다.

재혁은 울리오와 처음 새벽을 보냈을 때를 떠올렸다. 그날 재혁의 살은 푸른빛으로 물들었다가 시간이 지나자 본래의 색으로 돌아왔다. 그러나 그날 새벽으로 끝나지 않았다. 그 후 여러 밤이 있었고, 그때마다 재혁은 자기 색깔을 잃었다가 되찾았다.

이제 그 벌을 받는 걸까. 그래서 이제 자신도 푸르뎅뎅한 몸으로 변해 가는 걸까.

상의를 벗고 전신 거울 앞에 서서 망연자실한 표정으로 길게 자라난 파란 안테나를 보고 있는데, 울리오의 얼굴이 거울을 뚫고 나타났다.

"깜짝이야." 재혁이 말했다.

"놀랐지!"
"놀라 준 거야."

울리오는 재혁의 몰골을 보더니 이를 드러내며 환하게 웃었다. "더듬이 나왔구나!" 그러고는 재혁을 얼싸안고 더듬이를 잡아당기는 등 가슴이 간질간질한 행동을 일삼았다.

재혁은 울리오의 배를 발로 막았다.

"더듬이가 뭔데? 넌 이렇게 될 줄 알고 있었어?"

"몰랐어." 울리오가 말했다. "근데 무언가가 나올 줄은 알았어."

정말이지 뻔뻔한 녀석이었다.

"그럼 미리 말을 해 줬어야지, 자식아!"

재혁이 그대로 발에 힘을 주어 밀었고, 울리오는 우당탕 넘어지더니 현관문 뒤로 사라졌다.

재혁은 울리오가 다시 들어오길 기다렸다. 그러나 울리오는 돌아오지 않았고 재혁의 마음에 걱정이 피어났다.

빼꼼 문을 열자, 복도 끝에서 정한과 대화를 나누고 있는 울리오가 보였다. 정한이 손을 흔들었다. 재혁은 문을 쾅 닫고 방바닥에 널브러진 티셔츠를 헐레벌떡 주워 입었다.

잠시 후, 정한은 침대 아래에 앉아 재혁이 건네는 컵을 받아 들었다.

재혁이 말했다.

"웃지 마요. 당신도 이 꼴이 될 뻔했다고."

이래도 올리오의 아이를 갖지 못한 것이 질투 나냐고 물으려다가 그만두었다. 더듬이를 바라보는 정한의 눈이 기묘한 흥미로 반짝이고 있었다. 더 말했다간 정한이 재혁을 똑바로 바라보며 낮은 목소리로 "예뻐요" 하고 수작을 걸어올 것만 같았다.

재혁은 가슴을 쓸어내렸다(반만 그렇게 했다. 더 쓸어내렸다면 손이 더듬이에 걸렸을 것이다). 다행히도, 재혁의 유두가 변형된 것은 아니었다. 재혁의 몸은 말짱했다. 문제라면 아기가 자랐다는 것이었다. 올리오의 몸이 벽을 뚫듯, 아기의 더듬이가 재혁의 유두를 뚫어 버린 것뿐이었다.

이해를 돕기 위한 이런 비유가 괜스레 재혁의 가슴을 더 아프게 했다.

재혁은 올리오에게 따져 물었다.

"근데 얘는 누굴 닮은 거야? 너도 나도 더듬이는 없잖아."

"모르겠다. 정한도 더듬이 없었어?"

올리오가 정한을 보았다. 재혁은 정한이 무슨 상관인가 싶었다.

정한은 인자하게 웃으며 대답했다.

"어렸을 때 있었는데 사라졌어요."

"그렇구나." 재혁이 무심코 말했다. "…가 아니라, 뭐라고요? 당신 외계인이야?"

그러자 울리오와 정한이 이상한 눈으로 바라보았다.

"몰랐어, 재혁?"

"너무 현지화됐나요?" 정한이 만족스러운 듯 가늘게 웃었다. "하긴, 저도 이제 한국어가 더 편해요."

"얼마 전에 '우리말'이라고 말했는데 정한이 자연스럽게 한국말이라고 알아들어서 웃겼다." 울리오가 경험을 공유했고, 재혁을 제외한 두 사람, 아니 두 외계인은 껄껄 웃었다.

그러다 울리오의 얼굴이 굳어졌다.

"그럼 설마 지금까지 재혁은," 울리오가 말했다. "울리오가 갓 만난 지구인에게 아이를 임신해 달라는 부탁을 했다고 생각한 거야? 울리오를 뭐로 보고?"

재혁이 눈을 돌렸다.

"울리오."
"왜 불러, 재혁."
"울리오로 봤다고."

"울리오라면 오해할 만하죠." 정한이 맞장구쳤다.

울리오가 두 지구인(모태 지구인과 귀화 지구인)을 노려보다가 물었다.

"정한의 이 우리 이름이 뭔 줄 알아?"

"제발."

"오리오리오."

정한은 머리를 감싸 쥐었고, 이번엔 오리오리오를 제외한 두 사람이 웃을 차례였다.

울리오는 느닷없이 미소를 지우더니, 왼쪽 팔꿈치에서 검은색 등딱지처럼 생긴 물건을 떼어 냈다.

"안 좋은 소식이 있어."

울리오가 거북이 등껍질의 옆면을 누르자, 허공에 두꺼운 반지 모양의 홀로그램이 생겨났다. 메시지는 재혁으로서는 도저히 이해할 수 없는 언어로 적혀 있었다.

"뭔 소리지."

그렇게 말한 것은 정한이었다.

울리오는 놀란 눈으로 정한을 보더니, 등딱지를 만지작거렸다. 그러자 메시지가 한국어로 번역되었다.

'지금까지의 보고서 내용으로 미루어 볼 때, 지구를 적절한 이주 행성으로 판단하기에는 다소 무리가 있는 듯함. 더 지켜볼 필요가 있겠음.

추신: 이전 보고서에서 파견자가 언급했던 사항(14)에 대한 추가적인 정보를 요청함.'

울리오가 손바닥으로 등딱지를 덮자 메시지가 사라졌다.

잘되어 가는 줄 알았는데. 재혁은 실망스러웠다. 매일 올리오의 지구 답사를 도와주며 보고서 작성에 기여했기에 더욱 실망스러웠다.

정한은 별다른 말이 없었다. 이미 지구에서 오랫동안 살아왔기에 종족 전체의 이주라는 대사건은 정한과 관계없는 일인지도 몰랐다.

아무래도 가장 실망한 건 올리오일 거라고 재혁은 생각했다. 가뜩이나 지구를 마음에 들어 하는 데다가, 나와 함께 살고 싶어 하니까.

재혁이 조심스레 말을 꺼냈다.

"그런데 지구가 이주하기에 부적절하다는 결정이 내려지면 어떻게 되는 거야?"

올리오는 이주 관련 정보 수집을 위해 지구에 파견된 직원이었다. 부적합 판단이 내려지면 더 이상 지구에 관한 정보를 수집해야 할 이유도 없어지니까, 올리오도 고향 별로 돌아가게 되는 걸까.

올리오는 별일 아니라는 듯 대수롭지 않게 대답했다.

"괜찮아. 이제부터 보고서에 좋은 얘기 많이 쓰면 된다."

그 말을 지키겠다는 듯, 올리오는 휴대폰에 머리를 박고 다음에 방문할 장소를 열심히 검색했다. 재혁이 우유 한 잔 먹으면서 하라고 해도 고개를 내저었다.

재혁은 정한과 음료를 나눠 먹으며 올리오를 지켜보았다.

재혁이 물었다.

"정한 씨 피부는 왜 파란색이 아니에요?"
"물이 빠졌어요."

진짜 빠지는 재질이었구나. 재혁은 어이가 없어서 웃음이 나왔다.

"그럼 공간을 통과하는 능력도 사라졌어요?"
"아뇨, 남아 있죠."
"그럼 왜 제 앞에선 한 번도 사용하지 않은 건데요?"

정한은 문을 직접 여닫으며 차에서 내렸고, 탈 때도 그렇게 했다. 엘리베이터를 탈 때나 식당의 유리문을 밀 때도 능력을 사용하지 않았다. 더군다나 오늘도 재혁이 문을 열어 줄 때까지 복도에서 잠자코 기다렸다. 올리오는 이미 집 안으로 쏙 들어간 후였는데도 말이다.

정한이 말했다.

"그건 지구 예절이 아니니까요."

재혁은 입을 떡 벌렸다. 일주일 넘게 올리오와 살면서 비상식적인 일만 겪다가 지극히 정상적인 사고에서 나온 정상적인 발언을 들으니 망치로 머리를 맞은 느낌이었다. 그래, 멋대로 공간을 통과하는 건 지구인의 예의가 아니지. 올리오와의 생활이 자신의 뇌를 얼마나 절여 놓았는지 절감하는 순간이었다.

"재혁!" 재혁이 마음속으로 자신을 흉보았다는 사실을 아는 것처럼 올리오가 소리쳤다. "우리 도서관이랑 놀이공원에 가자."

재혁은 왜냐고 묻는 듯한 표정을 지었다. 올리오가

신나게 재잘댔다.

"우리 이우리는 호기심이 많고 모험을 좋아한다. 도서관과 놀이공원을 소개하면 마음에 쏙 들어 할 거야."

"놀이공원은 그렇다 치고, 도서관은 왜?"

울리오가 손가락으로 재혁의 관자놀이를 톡톡 두드렸다. 정한 덕분에 잠시 멀쩡하게 돌아온 뇌를 다시 절여 놓겠다는 듯이.

"지적인 모험."

그러고는 다시 휴대폰에 고개를 박았다. 숙제를 마치면 아이스크림을 먹어도 된다는 약속을 받아 낸 초등학생 같았다.

"효과가 있을까요." 정한이 말했다.

"다람쥐 같지 않아요?"

"네?"

정한은 재혁의 말에 놀라 하고 있던 생각을 잊었다. 울리오가 귀엽다고 말했던 정한이었지만, 털 한 올 없는 대머리를 다람쥐에 비유하는 지경에는 이르지 않았다.

"도토리 까먹으려고 이리저리 굴리는 다람쥐 있잖아요. 딱 그거 같아요."

재혁이 울리오를 바라보며 꿈꾸듯 말했다. 그 표정을 본 정한은 아차 싶었다.

"…많이 좋아하나 봐요." 정한이 말했다.

"예?"

재혁이 퍼뜩 정신을 차린 순간 올리오가 소리쳤다.

"재혁! 어린이대공원에 가자!"
"어, 어. 오늘은 주말이라 사람 많을 거야. 주중에 가자."

재혁은 어설프게 대답하며 슬쩍 정한의 표정을 살폈다. 정한의 얼굴에서 처음으로 웃음기가 사라져 있었다.

*

올리오는 정한을 배웅해 준다며 자리를 비웠다.

재혁은 오래간만에 홀로 방에 남았다. 쓸쓸하거나 외롭지는 않았다. 그저 담백한 느낌이었다. 다른 사람들은 혼자 있을 때 늘 이런 기분인지 궁금했다.

그러자 가슴에 난 더듬이가 반항하듯 살랑거렸다. 아차차, 이제 홑몸이 아니지.

터놓고 말하자면 배 속의 아기에게 부성애나 가족애를 느끼는 건 아니었다. 비록 육안으로 더듬이를 확인할 수는 있었지만, 아기를 배고 있다는 실감은 나지 않았다. 인간의 아기를 임신하는 것과 달리 이우리 아기를 임신하는 일에는 별다른 신체 증상이 동반되지 않아서 그런 건지도 몰랐다.

재혁이 함께 있다고 느끼는 존재는 아기가 아니라 올리오였다. 가족 같다고 느끼는 존재도 아기가 아니라 울리오였다. 울리오 없이 혼자 있는 지금 이 순간에 세상과 동떨어졌다거나 외롭다는 감정이 들지 않는 이유도 울리오가 돌아올 것을 알고 있기 때문이었다. 울리오는 재혁과 세상을 연결해 주었고, 재혁이 세상 위에 단단히 설 수 있도록 지지해 주었다.

"어린이대공원이라."

재혁은 슬며시 웃었다. 그곳이 어디든 누군가와 함께 간다는 생각만으로도 재혁을 즐겁게 할 수 있는 것은 울리오뿐이었다.

어쩐지 더듬이가 시무룩하게 처지는 기분이었지만.

울리오가 놓고 간 휴대폰이 바닥에 떨어져 있었다. 검색창에는 '어린이대공원 맛집'이라는 글자가 떠 있었다. 어차피 흰 우유만 주문하는 애가 맛집은 무슨. 재혁은 투덜대면서도 그것이 자신을 향한 울리오의 사랑이라고 느꼈다.

단지 울리오가 사용하다 말았다는 이유만으로 재혁은 화면을 그대로 두고 싶었지만, 인스타그램 알림으로 유자의 계정이 뜨자 자신도 모르게 클릭하고 말았다. 울리오를 만난 이후 재혁은 〈전칩시〉를 보지 않았다. 일부러 안 보려고 한 건 아니었는데 어쩌다 보니 그렇게 되었다. 과거의 외로웠던 자신에게 〈전칩시〉가 제공하던 것을 현재의 자신은 필요로 하지 않기 때문이었다.

인스타그램을 켜자 눈앞에 유자의 웃는 얼굴이 나타났다.

'오랜만입니다 여러분! 자랑하러 왔어요 저 멋지죠? #선행스타그램'

자신과 같은 처지에 놓인 사람들을 돕고 싶다더니, 은둔 청년을 지원하는 단체에 기부를 한 모양이었다. 일방적으로 단체의 도움을 받던 유자가 이제는 단체에 도움을 주는 사람으로 성장한 것이다. 눈물이 핑 돌았다.

재혁은 울리오가 오기 전에 눈물을 말리려고 손부채질을 했다. 그러다 시야에 벌레 크기의 까만 물체가 들어왔다. 심장이 멎는 듯했다. 공포로 가슴이 짓눌린 와중에도, 재혁의 뇌는 까망이의 다리가 몇 개인지 분간하기 위해 팽팽 돌아갔다.

다리는 없었다. 그것은 울리오가 떨어뜨리고 간 검정 등딱지였다.

재혁은 그것을 주워 울리오가 했던 것처럼 옆구리를 눌러 보았다. 반응이 없었다. 손가락으로 등딱지를 굴리며 옆면을 만지작거리자 어느 순간 픽 하고 홀로그램이 튀어나왔다.

그곳에는 수많은 반지 모양 메시지들이 떠 있었고, 단 하나를 제외하고는 전부 다 외계어로 쓰여 있었다.

지구력 2023년 11월 3일 금요일

인간은 이미 자신들이 지구를 한계까지 사용하고 있기에 우주의 다른 생명체가 거주하러 오는 상황에 지극히 민감할 것으로 사료됩니다.

그러나 동시에 그들은 자신들이 거주할 수 있는 다른 행성이 있다면 어떠한 '허락' 없이도 기어코 거주하려 할 것입니다.

자신의 공간에 다른 이가 거주하는 것을 막기 위해, 그리고 자신이 다른 곳에 거주하기 위해 폭력 행사도 서슴지 않을 종족이 인간입니다.

관련 자료(14)를 첨부합니다.

재혁은 단숨에 메시지를 읽고 나서, 두 번 더 읽었다. 마지막으로 읽을 때는 한 자 한 자를 눈으로 꾹꾹 눌러 담았다.

맨 처음 느낀 감정은 분노였다. 지구에 살고 싶다고, 재혁과 같이 있고 싶다고 말해 놓고 지구인에 대해 부정적으로 보고서를 작성한 울리오에게 화가 났다. 이따위로 보고서를 써 놓고 지구가 이주 행성으로 결정되기를 바란 건가? 정말 재혁과 함께 있고 싶은 게 맞기는 한 건가?

놀이공원에 가자며 순진한 척 소리치던 모습을 떠올리니 분노가 치밀었다. 지구에 대해 비관적인 회신이 온 것은 자신의 보고서 때문인데도 '이제부터 잘 쓰면 된다'니? 지구가 거주지로서 알맞지 않다는 보고서를 보내 놓고 고작 유원지나 홍보한다고? 살기도 힘든 곳에 이우리들이 잘도 놀러 오겠다. 정말이지 안이하기 짝이 없었다.

그런데도 울리오의 보고서에 완전히 분노하지 못하

는 자신에게도 화가 났다. 터무니없는 허튼소리였다면 하나하나 반박해서 마음이라도 편했을 텐데, 보고서에 적힌 것이 틀린 말은 아니었다. 적어도 다른 생명체와 지구를 공유한다는 사안에 있어서 인간은 형편없었다. 아니, 최악이었다.

분노가 물러가자 수치스러움이 몰려왔다. 울리오가 보고서를 쓴 날짜는, 울리오와 재혁이 처음으로 같이 새벽을 보낸 날이었다. 재혁은 그날 새벽 울리오의 귀(혹은 귀라고 추정되는 부분)에 속삭였던 수줍은 고백들을 갈가리 찢어 버리고 싶었다. 울리오는 진지하게 지구에 머물 마음이 없었는데, 조금 사랑을 느꼈다고 마음을 다 줘 버린 자신이 죽고 싶을 만큼 부끄러웠다.

재혁은 얼굴빛을 평소와 똑같이 만들기 위해 심호흡을 했다. 그리고 울리오의 통신 기기를 발견했던 장소에 다시 돌려놓았다.

"재혁, 오늘은 어디 갈까?"

정한을 배웅하고 돌아온 울리오가 싱글벙글한 얼굴로 물었다.

재혁은 아무런 반응도 없었다.

"놀이공원은 다음에 간댔으니까, 도서관 어때?"

울리오가 눈을 반짝이며 제안했다.

재혁이 검고 어두운 눈으로 울리오를 바라보다가 입을 열었다.

"공사장부터 가자. 너 공사장 가고 싶어 했잖아."

"공사장?"

재혁이 고개를 두 번 끄덕였다. 아주 천천히.

울리오가 함박웃음을 지었다.

"좋아!"

"재혁, 난 아파트가 지어지는 과정을 보고 싶었던 건데…."

울리오가 실망한 기색으로 위를 올려다보았다.

"여기도 공사장이야. 네가 공사장 보고 싶다며."

뒤에서 재혁의 차가운 목소리가 들렸다.

두 사람은 5년 전 대금 문제로 공사가 중단된 후 기약 없이 방치된 건물 앞에 서 있었다. 입구에는 '유치권 행사 중' '출입 금지'라는 팻말이 빨간 글씨로 쓰여 있었지만, 경고가 무색하게도 노숙자와 가출 청소년들이 제집처럼 들락거린 흔적으로 가득했다.

울리오는 손가락 하나를 들어 바닥에 뒹구는 흙먼지를 쓸었다. 뒤를 돌아보자, 이쪽을 응시하고 있는 재혁이 보였다. 뭐 느끼는 게 없냐는 듯한 얼굴로.

자리를 털고 일어난 울리오는 미소를 지었다. 손가락이 지나간 자리에 하트 모양이 만들어져 있었다. 사람 하나 없는 왜성 같은 이 장소가 금세 마음에 들었던 것이다.

그다음부터는 울리오의 무대였다. 호기심에 들뜬

울리오가 기록 장치에 이것저것 기록하는 동안, 재혁은 아무 말 없이 멀찍이 떨어져 있었다. 지구 탐사를 할 때 곁에 바짝 붙어 종알대던 재혁이었다. 울리오는 뭔가 이상하다고 생각했지만, 새로운 정보에 정신이 팔려 신경 쓸 겨를이 없었다.

울리오는 문득 고요해진 주위를 의식했다. 재혁이 보이지 않았다. 저편에서 문이 닫히는 소리가 들렸다. 울리오는 소리를 따라갔다. 재혁이 지나가는 길의 문을 모조리 닫으며 점점이 멀어지고 있었다. 문짝이 문틀에 부딪치는 반동 때문에 기대어 있던 판자가 무너져 통로를 막는데도 재혁은 뒤돌아보지 않았다.

"재혁!"

울리오는 문을 뛰어넘었다.

"어디 가!"

판자를 뛰어넘었다.

"나랑 같이 가!"

매정하게 걸어 잠긴 빗장을 뛰어넘었다.

마침내 건물 밖에서 우뚝 서 있는 재혁의 뒷모습이 보였다.

현관 밖으로 달려 나가면서, 울리오는 재혁을 놀리려고 했다. 장애물을 만들면 울리오가 넘지 못할 거라고 생각했냐고. 어떤 장애물도 뛰어넘는 울리오의 능력을 그새 잊은 거냐고.

하지만 재혁의 날카로운 목소리에 입을 다물어야

했다.

"넌 늘 그래."

울리오의 발이 굳었다.

"멋대로 영역을 넘어와. 누가 지구에 오라고 한 것도 아닌데."

물기 하나 없는 말투였다. 그러나 울리오는 어쩐지 재혁이 울고 있다고 느꼈다. 정작 재혁의 입꼬리는 올라가 있었는데도 말이다.

"그냥 혼자 살다 혼자 죽게 내버려두지 그랬냐."

그렇게 내뱉은 재혁은 발걸음을 옮겼다. 울리오가 모래 위에 그렸던 그림이 발에 밟혀 어그러졌다.

재혁은 당연히 울리오가 따라오리라고 짐작했다. 그러지 않았다면 어차피 같이 돌아가야 할 길을 혼자서 성큼성큼 걸어가지도 않았을 것이다.

그러나 마땅히 들려야 할 발소리가 들리지 않았다. 재혁은 결국 멈춰 섰다.

울리오는 처음 있던 자리에 그대로 서 있었다.

"왜 안 와. 집 가야 돼."

울리오는 머리를 숙이고 있었다. 하늘색 볼링공 같은 두상을 드러내면서.

울리오가 중얼거렸다.

"재혁이 내가 오길 바라지 않는 거 같아."
"내가 왜 이러는지 알면서 하는 소리야?"

"몰라. 그렇지만⋯." 올리오가 말했다. "다른 사람도 아니고 재혁이니까, 그럴 만한 사정이 있을 거라 생각했어. 재혁은 약속 지키잖아."

올리오의 마지막 말에 재혁은 입술을 열었지만, 이내 입을 다물었다. 말해 봤자 아무 소용도 없다는 걸 깨달은 것처럼.

"네 맘대로 해."

그러고는 더 기다리지 않고 자리를 떴다.

다음 날 올리오에게서 자초지종을 들은 정한은 심각한 표정을 짓더니 따로 재혁을 불러냈다.

"그 보고서, 내가 쓴 거예요."

재혁이 정한의 말을 이해하기까지는 수 초가 걸렸다.

"뭐라고요?" 재혁이 말했다. "보고서 담당자는 올리오잖아요."

"올리오가 딱 한 번 대신 써 달라고 한 날이 있었어요."

재혁은 11월 3일의 새벽을 떠올렸다.

정한이 이어 말했다.

"올리오는 단 하루만 온전히 재혁과 함께 시간을 보내고 싶다고 했죠."

그 말을 듣자마자 재혁은 얼굴이 붉어져 고개를 들 수가 없었다. 그것은 다름 아닌 재혁이 올리오에게 한 말이었다. 그날 저녁, 올리오는 더 늦기 전에 지구 탐사를 하러 나가야 한다고 말했다. 하지만 재혁이 가지 말라고, 오늘 하루만큼은 어떤 의무도 걱정도 없이 단 둘이 시간을 보내고 싶다며 울리오를 막았다.

그리고 둘은 다시 이불 속으로 파고들었다.

"전 당연히 안 된다고 했지만, 아시잖아요? 울리오 고집 센 거."

정한이 공모하는 듯한 눈빛을 보냈다.

"울리오도 제가 그렇게까지 쓸 줄은 몰랐겠죠. 저도 두 분이 그렇게까지 깊어질 줄은 몰랐고요." 정한은 말했다. "하지만 공과 사는 구분하자는 주의라."

재혁은 고개를 끄덕이지도 젓지도 못하고 가만히 앉아 있었다.

정한이 자세를 고쳐 앉았다.

"재혁 씨, 단도직입적으로 말할게요. 저는 이우리들이 지구에 이주하는 걸 반대합니다."

"왜요, 직접 살아 보니 별로라서요?"

재혁은 말을 뱉어 놓고 후회했다. 정한이 보고서를 썼다는 걸 알고 나니 가시 돋친 말이 튀어나왔다.

정한이 옅게 웃었다.

"놀랍게도, 저는 지구를 사랑한답니다. 재혁 씨가 믿건 말건, 이 별이 끝장나는 날에 전 지구와 함께 죽을 거예요."

정한이 윙크를 했다. 이젠 하다 하다 지구한테까지 플러팅을 하다니.

정한의 얼굴이 다비드상처럼 잘생긴 형태로 굳었다.

"하지만 이우리들은 그렇지 않아요. 그들이 필요로 하는 건 오랜 시간 안정적으로 거주할 수 있는 별이죠. 이 점에 있어서 지구가 적절치 않다는 건 재혁 씨도 알고 있을 거예요. 지구가 언제까지 우리 같은 대형 동물이 살 만한 기후 환경을 제공할 수 있을까요? 50년? 100년?"

재혁은 대답하지 못했다. 정한의 추정값은 낙관적인 수치일 수도 있었다.

"이우리들은 인간이 견딜 수 있는 것보다 더 큰 온도 차를 견딜 수 있습니다. 하지만 기껏해야 위아래로 5도쯤." 정한이 말했다. "비극은, 이우리가 인간보다 훨씬 오래 산다는 것이죠."

정한은 인간이 남기고 간 너무 뜨겁고 또 너무 차가운 행성에서 떼죽음을 맞을 이우리들의 미래를 그려 주었다.

그것은 울리오의 미래이기도 했다.

"어쩌면 울리오가 고향 별로 돌아가지 않고 여기 혼자 남을 수도 있겠죠. 하지만 울리오는 재혁 씨보다 40년 이상은 더 살 겁니다. 그것도 최소치이고, 70년이 될 수도 100년이 될 수도 있어요." 정한은 재혁의 눈동자 속 깊은 곳을 들여다보았다. "겨우 한 달 남짓 울리오를 알았으면서, 재혁 씨가 없는 수십 년을 울리오에게 동족도 없는 타지에서 살아가라고 말할 수 있나요?"

"저도 그럴 생각은 없어요! 어떻게 그럴 수 있겠어요. 저는 그냥—" 재혁이 말했다. "울리오가 언제든 고향에 돌아가고 싶다고 하면 돌아가라고 할 생각이었어요."

정한은 그렇게 간단한 문제가 아니라고 못 박았다. 울리오가 '언제든' 고향에 돌아가려면 전세 우주선이 있어야 하는데, 이우리들이 울리오가 개인적인 용도로 사용하도록 우주선을 내주겠냐는 것이었다.

"이우리들은 새로운 터전에서 자리를 잡느라 자원적으로도 체력적으로도 여유가 없을 겁니다. 이미 이주 행성을 탐색할 우주선을 건조하고 연료를 채우느라 진이 빠진 상태일 거예요."

정한은 물었다. 단 하나의 이우리를 위해 우주선을 내주는 사치를 지금의 이우리들이 부릴 수 있는지.

재혁이 힘없이 고개를 끄덕였다.

"결국 울리오 혼자 지구에 남을 수는 없다는 거군요…."
"물론 저는 울리오와 이우리들이 자발적으로 내리는 판단과 결정을 존중할 겁니다. 그들이 지구를 선택하면, 지구가 그들의 새 터전이 되는 거예요. 그래서 보고서에 최대한 끼어들지 않으려 했습니다."
"그럼 지금부터는 개입하겠다는 건가요?"

재혁이 묻자, 정한이 어쩔 수 없다는 듯 미소 지었다.

"상부에서 제 보고서에 대한 추가적인 정보를 요청했으니까요. 저는 성실하게 책무를 다할 생각입니다."

그 말은 지구를 반드시 이주 행성 후보에서 탈락시키겠다는 다짐으로 들렸다.

정한이 집으로 돌아가고 나서, 재혁은 정한의 마지막 말을 곱씹었다.

자신은 자신의 최선을 다할 테니, 재혁은 재혁의 최선을 다하라고. 자신이 한 말 때문에 재혁이 할 수 있는 일을 하지 않고 후회하지 말라고.

그 '최선'이 무엇인지에 대해서는 재혁과 올리오의 의견이 갈렸다.

"올리오는 재혁과 함께 남은 시간을 보내고 싶어."

그것이 올리오의 의견이었다.

"정한이 그렇게까지 말했으면 이우리가 지구로 이주할 확률은 0에 수렴한다. 어차피 망한 거, 보고서는 내버려두고 재혁이랑 의미 있는 시간을 보내고 싶어."

재혁은 올리오의 말 한마디 한마디에 화가 났지만 간신히 참아 냈다.

"여태껏 긍정적으로 굴던 녀석이 왜 이래! 할 수 있는 데까지 해 봐야지. 0에 수렴하는 거지 0은 아니잖아?"

재혁은 지금이야말로 보고서에 집중해야 할 때라고 설득했다. 자신이 아니라 정한의 곁에 붙어 있어야 할 때라고.

"다른 누구도 아닌 올리오 네 녀석을 지구에 보낸

이유가 있겠지. 넌 뭐든 새로운 시각으로 바라보잖아. 혹시 알아? 네가 곁에 있으면 정한 씨도 지구로의 이주에 대해 다른 생각을 갖게 될지."

"오리오리오는 고향 별에서도 유명한 비관론자였다. 생각을 바꾸긴 어려울 거야."

"그걸 아는 애가 정한 씨한테 보고서를 맡겨?" 재혁은 여태껏 잘 참다가 울컥 화를 냈다. "널 꼬드긴 내가 할 말은 아니지만… 난 정한 씨 성향을 몰랐고 넌 알았잖아."

하지만 재혁은 곧바로 그 말을 사과했다.

"아니다, 이미 엎질러진 물인데." 재혁이 말했다. "어제 일도 미안해. 오해했어. 가뜩이나 상황이 급한데 좋은 곳에 데려가도 모자랄 판에 괜히 심통이나 부려서."

"괜찮아, 재밌었어. 재혁 혼자 북 치고 장구 치고 울고불고."

올리오가 빙긋 웃었다. 재혁은 발끈했다.

"울고불고는 안 했거든?"

재혁은 마음을 가라앉힌 다음 올리오의 두 손을 맞잡았다.

"나도 너와 같이 있고 싶은 마음이 굴뚝같아. 근데 우리 장기적인 관점에서 생각하자. 조금이라도 우리가 미래에 함께할 가능성이 있다면 거기에 걸어보는 거야."

올리오는 볼을 부풀렸다. 가능성 낮은 미래에 소중

한 현재를 판돈으로 거는 행위가 영 마음에 들지 않는
것 같았다.

재혁이 말했다.

"일이 잘 안 풀리더라도 일단 너는 네가 맡은 일을
성실하게 수행해야 해. 그래야 높으신 분들한테 인
정받아서 나중에 너희 종족들이 네가 나 만나러 올
수 있게 우주선이라도 띄워 줄 거 아냐."

"이우리는 사적인 이유로 우주선을 운용하지 않는
다. 그건 인간들도 마찬가지 아니야?"

그렇긴 하지…. 일단 한 번 날리는 데 천문학적인
비용이 드니까.

"그럼 만약 이번에 네가 고향 별로 돌아가고 나
면…." 재혁이 말했다. "만에 하나라도 다음번에 지구
로 우주선이 보내질 계획은 없는 거야?"

"현재로선 그렇다. 지구가 탈락하고 다른 행성이 이
주지로 결정될 경우에는 더더욱 그렇겠지." 울리오가
말했다. "그런데도 울리오가 남은 시간을 정한과 함께
지내길 원하는 거야, 재혁?"

재혁은 고민했다. 울리오가 자신과 함께 있는 것, 그
리고 정한과 함께 있는 것 중에 무엇이 더 최선일지.

어쩌면…. 재혁은 생각했다. 울리오 곁에서 열과 성
을 다해 보고서 작성을 도와줄 수 있지 않을까?

하지만 벌써 마음이 약해졌다. 전에 그랬던 것처럼
또다시 울리오한테 곁에 있어 달라고 애원하지 않을
거라는 확신이 없었다. 지금도 아무렇지 않은 척하며

울리오를 마주 보는 게 힘이 드는데.

그러나 재혁은 울리오를 향해 웃음 지었다.

"응, 정한 씨가 보고서에 뭐라고 쓰는지 염탐하고 와." 재혁이 말했다. "그리고 최선을 다해 반박해야 해, 알았지?"

정한은 울리오가 집에 머무는 것을 흔쾌히 허락해 주었다. 오히려 왜 이제야 오냐며 가벼운 면박을 주었다. 원래 자기 집에 머물게 할 생각이었다면서.

재혁은 떠나는 울리오를 배웅했다. 울리오가 "놀이 공원은? 아이스크림은?" 하고 울상을 짓자, 재혁은 "결과 나오면 같이 먹으러 가자"라며 약속했다.

"재혁 몸이 괜찮은지 살펴야 하는데…." 울리오가 말했다.

"괜찮아. 출산 예정일도 꽤 남았고." 더듬이가 좀 불편한 것을 제외하면 별다른 증상도 없었다.

울리오는 금방이라도 울 것 같은 눈망울을 하고서 문밖으로 나가지 못했다. 차마 발걸음이 떨어지지 않는 모양이었다. 결국 재혁이 등을 떠밀고 나서야 간신히 집을 떠났다.

다음 날 아침 눈을 떴을 때, 울리오는 방 안에 없었다. 벽 속에 숨을 수 있는 능력이 무색하게, 울리오가 벽 속에 있거나 문 뒤에 있을 때 재혁은 마치 두 눈으로 보는 것처럼 울리오의 존재를 느낄 수 있었다. '월리(오)를 찾아라!' 놀이를 할 때도 재혁은 백발백중으로 울리오의 위치를 집어냈다. 울리오는 재혁도 투시 능력이 있는 것 아니냐며 잔뜩 입술을 내민 채 벽 밖으로 빠져나오곤 했다.

하도 잘 맞히니 급기야 울리오가 벽 안에서 스리슬쩍 다른 곳으로 이동할 때도 있었는데, 재혁이 그것마저도 알아내 버려서 울리오가 "한번 져 주지 그렇게 꼭 이겨 먹어야겠냐"면서 역정을 낸 적도 있었다.

하지만 지금은 울리오의 존재가 느껴지지 않았다. 벽 뒤에 없을 뿐만 아니라 근방에 있는 느낌조차 들지 않았다. 그러자 쓸쓸한 새 한 마리가 가슴속을 빙빙 돌다가 날아가 버렸다.

재혁은 한숨을 쉬었다. 조금 떨어져 있다고 이런 기분을 느끼는데, 울리오가 우주로 떠나고 나면 나는 정말 어떻게 해야 할까.

미래가 더 중요하다며 울리오를 보내기는 했지만, 사실 자신이 현재에 울리오와 추억을 쌓는 것을 기피하는 겁쟁이인지도 모르겠다고 생각했다. 그렇게 쌓인 기억이 나중에 상처로 돌아올까 봐 두려워서 말이다.

재혁은 눈을 감았다. 오늘 하루가 수업과 아르바이트로 채워져 있어서 다행이었다. 밖에 나가서 이것저것 하다 보면 잡생각이 사라질 테니까.

휴대폰을 들어 시간을 확인했다. 재혁의 눈이 번쩍 뜨였다.

'제목: 오늘부터 안 나와도….'

사장님으로부터 온 MMS였다. 전문은 이랬다.

'오늘부터 안 나와도 된다. CCTV 다 확인했으니까. 네가 저지른 짓이니 잘 알겠지. 같이 일하면서 신뢰를 쌓았다고 생각했는데 실망이 크네. 경찰에 신고를 할까도 생각했지만 그간의 정을 봐서 참는다. 선물한 셈 치고 물건값은 받지 않으마. 이달에 일한 건 다음 달 월급날에 들어올 거다.'

도대체 무슨 상황인지 이해할 수 없었다. CCTV? 경찰에 신고? 물건값?

내가 업장 물건이라도 훔쳤다는 거야?

재혁은 다리를 침대 밖으로 빼려고 몸을 옆으로 굴렸다. 그러자 옆구리에 무언가 배기는 느낌이 났다. 재혁은 몸을 덮은 이불을 걷었다.

옆구리에 짧고 통통한 파란색 팔이 나 있었다.

이불을 완전히 걷자, 골반 옆으로 비죽 솟아난—마찬가지로 짧고 통통한—다리가 보였다.

재혁은 비명도 지르지 못했다. 다만 상황을 이해하기 위해 전신 거울 앞에 서기는 했다. 몸 옆면에 4개의 파란색 팔다리가 자라난 재혁의 몸은 흡사 인간 벌레를 연상케 했다. 벌레 인간이 아니라 인간 벌레인 이유는, 그것의 최종적인 정체성이 인간이라기보다 벌레에 가까워 보일 정도로 너무나 징그러운 모습이었기 때문이다.

재혁은 울리오에게 연락할까 하다가 참았다. 울리오가 떠나기 무섭게 곧바로 연락을 하다니, 소식을 듣고 헐레벌떡 달려온 울리오가 도로 재혁의 집에 눌러앉는 흐지부지한 결말이 그려졌다.

대신 재혁은 더듬이가 나왔을 때 순수하게 기뻐하던 올리오의 표정을 떠올렸다. 미리 알려 주었더라면 더 좋았겠지만, 이 팔다리 또한 출산으로 향하는 자연스러운 과정의 일부인지도 몰랐다.

재혁은 제자리에서 가볍게 뛰어 보았다. 팔다리가 힘없이 덜렁거렸다.

이 녀석 살아 있는 거 맞아?

잘 살아 있어야 했다. 그래야 아르바이트하는 곳에서 멋대로 물건을 훔친 책임을 지울 수 있었다. 누구한테 배워 먹은 손버릇이야. 비난의 화살을 돌리려 해도 '누구' 후보는 기껏해야 재혁이랑 올리오밖에 없었다.

재혁은 걱정이 산더미 같았다. 안 그래도 더듬이를 테이프로 납작하게 붙이고 외출하고 있었건만, 팔다리는 무슨 옷을 입어도 가려지지 않았다. 이런 꼴로밖에는 어떻게 나가고 수업은 또 어떻게 들어야 한담.

결과적으로 말하면 재혁은 적응했다.

재혁은 커다란 담요를 판초처럼 어깨에 두르고 다녔다. 쌀쌀한 계절이라 다행이었다. 여름이었다면 견디지 못했을 것이다.

인간 벌레가 되었다는 최악의 상황 앞에서도 재혁은 하루하루를 잘 이어 나갔다. 바깥에서는 판초를 벗을 수 없는 것도, 팔다리의 무게 때문에 관절에 무리가 가는 것도 그럭저럭 참아 냈다. 하지만 자주 가던 식당에서 직원이 담요 밖으로 삐져나온 다리를 보고 노 키즈 존이라며 거절했던 기억은 조금 서러웠다.

가뜩이나 올리오에게 연락하고 싶은 마음도 꾹꾹 누르며 참고 있었기에, 집에 돌아오자마자 눈물이 폭발했다. 재혁은 왜 이렇게 서러운지 알 수 없었다. 임신 때문에 감정이 널뛰는 호르몬이라도 나오고 있는 걸까.

그렇게 울고 있는데 작고 파란 손이 휴지를 뽑아 재혁에게 건넸다. "고마워…." 재혁은 휴지를 받아 들고서 코를 팽 풀었다. 3초 후, 상황이 이해되자 어안이 벙벙해졌다. 작은 손이 엄지를 치켜들었다.

올리오는 정한 편으로 가끔 연락이 왔다.

'재혁, 나 열심히 하고 있어. 재혁은 어때? 몸은 괜찮아?'

재혁은 그때마다 자기는 괜찮으니 일에 집중하라고 답장했다. 하지만 괜찮냐는 질문에 매번 눈물샘이 고장 나 버려서, 작고 파란 손은 이제 발신자가 정한인 문자가 오면 숫제 손 모양을 애매하게 오므렸다. 언제라도 휴지를 뽑을 준비를 하는 것이었다. 그 준비된 닭발 모양이 은근히 재혁을 열받게 했다.

출산 예정일이 사흘 앞으로 다가온 어느 밤이었다.

재혁은 온몸을 두들겨 맞는 고통에 잠에서 깼다. 머리부터 발끝까지 땀으로 흠뻑 젖어 있었다. 조금만 움직여도 수십 개의 바늘에 찔리는 듯한 고통에 침대에 누운 채 신음만 흘렸다. 그러다가 이대로는 죽겠다 싶어 휴대폰을 들었다. 그 짧은 순간에도 119에 할지 정한에게 할지 잠시 고민하다가, 구급대원도 의사도 이

상황을 이해하지 못할 것 같아 결국 정한에게 전화를 걸었다. 그리고 통화 연결음이 세 번도 가지 않았을 때 그대로 기절해 버렸다.

일어났을 때는 올리오가 재혁의 머리맡에서 잠들어 있었다. 얼굴은 눈물 자국으로 엉망이었다.

올리오다.

재혁은 오랜만에 보는 올리오가 너무 신기해서, 올리오를 깨우지 않고 얼굴을 가만히 바라보고 싶었다. 올리오다, 올리오.

하지만 재혁이 마음속으로 이름을 부르는 걸 들은 건지, 아니면 재혁이 의식을 되찾았다는 사실을 감지하는 센서라도 있는 건지 올리오가 퍼뜩 눈을 떴다.

"재혁!"

올리오가 눈물을 터뜨렸다. 다른 말이 나오지 않는지 재혁의 이름을 자꾸자꾸 불렀다. "재혁, 재혁."

재혁이 잔뜩 갈라진 목소리로 대답했다.

"난 괜찮아."
"재혁."
"응."
"죽지 마, 죽으면 안 돼."
"응, 나 살아 있어."

올리오는 울면서 절대로 재혁 옆에서 떨어지지 않겠다고 말했다. 남은 날들은 재혁과 함께 보내고 싶다고, 아무리 가라고 해도 곁에 남아 있을 거라고 반복해서 말했다. 그러면서도 두 눈은 조심스럽게 동의를 구하고 있었다. 재혁은 자기도 모르게 피식 웃음이 나왔다.

지금은 올리오의 얼굴을 보고 목소리를 듣는 것 외에는 바라는 게 없었다.

아, 딱 한 가지만 더.

"올리오."

"응, 재혁."

재혁이 방긋 웃었다.

"나 물 한 잔만 주라."

재혁이 기절해 있던 동안 몇 가지 사건이 있었다. 유자가 자살을 기도했다가 자택에서 발견되었고, 지구는 이주 행성 후보에서 탈락했다. 이우리 상부는 올리오의 노고는 인상 깊지만, 종합적인 관점에서 지구는 이주 행성으로 적절치 않다는 최종 판단을 내렸다고 전해 왔다. 어느 정도 예상했던 일이었기에 재혁은 생각보다 덤덤했지만, 올리오는 아이처럼 엉엉 울었다. "넌 최선을 다했어, 올리오." 재혁이 올리오의 어깨를 토닥였다.

그러나 재혁이 대비했던 지점은 딱 거기까지였다. 이주 행성으로 낙점된 별이 지구와 통신이 닿지 않는 먼 우주에 있다는 소식을 들었을 때 위로받은 쪽은 재혁이었다. 재혁이 올리오의 품에 안겨 어깨를 적시고 있을 때, 앨리가 휴지를 내밀었다.

앨리는 태어난 아이의 이름이었다. 올리오가 잘생긴 개체와 성교하지 못해 꺼이꺼이 울었던 과거가 무색하게, 아이는 재혁과 닮은 곳이 하나도 없었다. 올리오가 자신을 복제했다고 해도 믿을 정도였다.

앨리가 태어나자마자 한 말은 "예정보다 일찍 태어나는 바람에 심려를 끼쳐 송구하다"였다. 재혁은 이우리 아이의 조숙함에 놀랐다. 그러나 올리오에게는 재혁의 반응이 의외였다. 정한이 말하길, 그런 조숙함이야말로 이우리에게 양육이 필요치 않은 이유라고 했다. 그래서 이우리에게는 '아이'라는 개념이 없었다. 배 속에 있을 때는 아기 취급을 받았지만 배 밖으로 나온 후에는 어엿한 이우리로 간주되었다.

처음에 재혁이 2세 이름으로 제안한 것은 잴리오였다. 그것을 들은 올리오와 정한은 서로를 바라보았다. 재혁이 왜 그러냐고 물으니, 토종 이우리말에는 'ㅈ' 발음이 없어서 고향의 이우리들이 발음하기 힘들 거라고 했다. "쓸 수 있는 발음이 한정돼 있다. 그래서 이름 짓는 게 골치 아프긴 해. 오죽하면 정한 이름이 오리오리오였겠어?" 올리오가 설명하자 정한이 이마를 짚었다. 논의 끝에 결국 절충안인 앨리로 정해졌다. 정한은 후보였던 잴리오를 자연스럽게 재혁과 올리오의 커플 이름으로 불렀다.

잴리오가 둘만의 시간을 보내는 동안 앨리와 오리오리오는 둘도 없는 술친구가 되었다. 앨리는 소싯적 병맥주를 훔쳐 먹던 짬으로 놀라운 알코올 분해력을 보여 주었다. 자기 술버릇이 십자말풀이를 푸는 거라고 하면서 여태껏 자신을 취하게 만든 사람이 한 명도 없다고 자신만만했던 정한조차 앨리 앞에서는 발을 동동 구르며 "그래서 '오'로 끝나는 스물일곱 글자 이

우리가 누군데!" 하고 울먹이는 아이가 되었다.

울리오가 고향 별로 돌아갈 날짜가 정해졌다. 재혁과 울리오는 남은 나날 동안 해야 하는 모든 일을 했다. 나중에 할 수 없다는 걸 알기에 그때그때 할 일을 했다. 아무것도 미루지 않았고, 어떤 것도 먼 미래에 기약하지 않았다. 다음에 이걸 하자고 하면 정말 다음 순간에 하고 있었고, 내일 저걸 하자고 하면 정말 다음 날에 했다. 그렇게 도서관에 갔고, 놀이공원에 갔고, 아파트가 건축되고 있는 공사장에 갔다.

그러다가 '내일은 저걸 하자'라고 말할 수 없는 날이 왔다.

그날은 오색 아이스크림을 먹으러 가기로 한 날이었다. 마지막이었기에 기념할 만한 것이 필요했다. 그러나 재혁이 인터넷으로 봐 두었던 가게에 막상 가 보니 문이 닫혀 있었다. 다른 가게를 찾기에는 시간이 촉박해서, 급하게 편의점에서 산 아이스크림으로 지구에서의 마지막 만찬을 대신했다. 재혁은 좀 더 철저하지 못했던 자신에게 화가 났고, 마지막을 이렇게 장식하게 되어 울리오에게 미안했다. 울리오는 최선을 다했으니 괜찮다고 했지만, 재혁에게 이 사건은 '최선을 다해도 이루지 못하는 일이 있다'는 사실을 재차 각인시키는 것 같았다.

울리오와 앨리가 우주선에 타는 동안 재혁과 정한은 손을 흔들었다. 다시 만나자는 말은 없었다. 오직 "잘 가"와 "잘 있어"만 존재했다.

정한의 말이 맞았다. 지나치게 수명이 긴 외계인에게 멸망해 가는 별에 머물러 달라고 말할 권리는 없었다. 그래서 재혁은 올리오에게 가지 말라고 하지 않았다. 곁에 있어 달라고 하지 않았다. 올리오에게 어떠한 마음의 짐도 더해 주고 싶지 않았다.

그런 재혁의 마음을 무너뜨린 건 아주 작은 손짓이었다. 수많은 눈물 바람 속에서 바야흐로 '금방이라도 울 것 같은 표정' 감별사가 된 앨리가 티라노사우르스처럼 양손을 애매하게 치켜들고 있었던 것이다. 하나의 닭발로는 감당할 수 없는 눈물의 쓰나미가 다가오고 있다는 사실을 직감하는 듯했다.

그리하여 우주선이 엄청난 굉음을 내며 땅에서 떠오르기 시작했을 때, 앞이 보이지 않을 만큼 자욱한 먼지구름 속에서 자기 자신에게 외치는 말조차 들을 수 없는 것이 확실해졌을 때 재혁은 꾹꾹 눌러 담았던 말을 토해 냈다.

"다시 오겠다고 약속해! 날 보러 오겠다고 약속해!"

우주선의 소음은 그 외침을 간단하게 삼켜 버렸다.

마침내 먼지가 가라앉았을 때는 지루하고 한결같은 지구 풍경이 두 사람을 기다리고 있었다.

*

12년 후.

2035년 여름, 재혁은 통유리창으로 광장이 내려다 보이는 카페에 앉아 있었다. 바깥 기온은 40도에 육박했고, 땡볕 아래를 걷는 사람들은 금방이라도 픽픽 쓰러질 것 같았다. 그늘막에는 보행 신호를 기다리는 행인들이 옹기종기 모여 있었다. 얼음물과 아이스크림을 파는 트럭들은 성황을 이루었다. 이런 날씨에 산책을 나오자고 졸라 댄 눈치 없는 개들은 혀를 잔뜩 늘어뜨린 채 뜨거운 아스팔트 바닥 위를 폴짝폴짝 뛰어야 했다.

오래지 않아 때아닌 먹구름이 모여들더니 비를 뿌리기 시작했다. 광장을 거닐던 사람들은 비를 그을 곳을 찾기 위해 분주히 움직였다.

"저러다 또 쨍쨍해지겠지. 날씨가 단단히 미쳐서는."

두 손에 커피를 든 준휘가 자리로 돌아오며 투덜거렸다.

"콜드브루 대령했습니다."
"고마워."

재혁은 컵을 기울였다. 준휘는 두 번째 회사에서 함께 일했던 동료였는데, 어쩌다 사적으로 한 번 만난 이후 종종 얼굴을 보는 사이가 되었다.

두 사람이 사석으로 잘 맞았던 이유는 대화의 원칙

이 비슷했기 때문이다. 식당에서는 얼굴을 보며 즐겁게 대화하되, 카페에서는 각자 쉬며 휴대폰을 들여다보는 것.

"네 말이 맞네."

재혁이 창밖을 보며 말했다. 언제 비가 왔냐는 듯다시 지옥 같은 햇살이 광장을 달구고 있었다. 지독하게 변덕스러운 날씨에 주말 나들이를 나온 사람들도 하나둘 자리를 떴다.

"형 아직 거기 살아요?"

준휘가 휴대폰에서 눈을 떼지 않고 물었다.

"이사 간 지 좀 됐어."
"여기 자취촌 싹 밀어 버린다는데?"

준휘가 휴대폰으로 뉴스 화면을 보여 주었다. 재혁이 대학생과 사회 초년생 시절을 보냈던 동네의 풍경이었다. 초년생티를 벗어나 이사를 갈 만큼 충분히 돈을 모았을 때도 재혁은 살던 동네를 떠나지 않았다. 그러다 어느 순간 이사를 결심했다. 모든 것이 변한다는 사실을 부정하던 시절도 있었다. 그러나 재혁이 인정하건 말건 모든 것은 변했다. 정말 사랑했던 마음까지도.

재혁은 가슴이 조금 내려앉는 기분을 느꼈지만, 잠시뿐이었다.

재혁이 뉴스에 별다른 관심을 보이지 않자, 준휘도 다시 웹 서핑으로 돌아갔다.

바람이 카페 통유리창에 후드득 빗방울을 뿌렸다.

바깥에는 어느덧 다시 천둥이 치고 있었다.

손가락으로 화면을 넘기던 재혁의 눈에 반가운 소식이 보였다. 어느새 데뷔 13주년을 맞은 유자의 인터뷰였다. 5년의 은둔 생활, 두 번의 자살 기도, 그리고 세 아이의 아빠가 된 현재.

'믿지 않았지만, 시간이 모든 걸 해결해 준다는 말이 맞았어요.'

유자의 소원은 한 가지였다. 오래오래 건강하고 행복하게 사는 것.

재혁은 미소를 지었다. 자신은 그렇게 살다 간 한 사람을 알고 있었다.

죽기 전 정한은 자신의 나이가 178살이라고 했다. 그런데도 마치 30대 중반처럼 보였다. 나란히 걸으면 재혁 또래로 보일 정도였다.

재혁은 정한이 자신의 죽음을 다소 민망해한다는 인상을 받았다.

"지구의 종말과 함께하고 싶었는데." 정한이 말했다. "한날한시에 죽고 싶었어요."

"무서운 소리 하지 마세요. 전 아직 살고 싶거든요?"

재혁이 타박했다. 정한은 눈을 감았다.

"사랑하는 행성보다 먼저 가다니."

"살아 있는 동안 서로 사랑했잖아요. 그거면 된 거죠."

재혁의 말에 정한이 미소 지었다.

"그런가요."

그것이 정한의 마지막 말이었다.

날카로운 바람 소리가 재혁의 상념을 깨웠다. 바깥에는 가로수를 때려눕힐 만한 매서운 돌풍이 불고 있었다.

"와, 아직도 있네." 준휘가 말했다.

"응?"

준휘의 손가락이 광장을 가리켰다. 그 끝에 위태로워 보이는 트럭 한 대가 있었다.

"다들 철수했는데 저것만 남아 있어요."

오락가락하는 날씨 탓에 다른 트럭들은 다 장사를 접고 셔터를 내린 후였다. 재혁은 창밖을 흘깃 보고는 중얼거렸다.

"이런 날씨에 누가 아이스크림을 먹는다고."

"저 트럭은 365일 장사한다던데요?" 준휘가 말했다. "근방에서 유명해. 벌써 3년 넘었을걸요?"

"맛없으면 성실함으로라도 때워야지."

"맛있대요."

재혁이 지갑을 꺼냈다.

"하나 사 줘?"

"죽고 싶어 환장했어요?"

재혁은 웃음을 터트렸다. 하지만 곧 벌떡 몸을 일으켰다.

준휘가 의자가 넘어갈 듯이 와하하 웃었다.

"진짜 가네!"

하지만 재혁이 긴장한 표정으로 장우산을 챙기자 준휘도 웃음을 거뒀다.

"진, 진짜 가요? 형!"

준휘가 말릴 새도 없이 재혁은 카페를 빠져나갔다.

유리문을 밀고 밖으로 나서자마자 비바람이 우산 아래로 들이쳤다. 머리가 헝클어지고 셔츠가 젖었지만, 재혁은 상관하지 않았다.

오래전 재혁의 동거인이 남기고 간 스케치북, 그 속에서 보았던 트럭이 저기 있었다. 옆구리에 철 지난 드라마 포스터를 달고, 정면에는 유치한 상호를 대문짝만하게 붙인 트럭. '내 이름은 외삼순'. 많고 많은 이름 중에 하필 삼순이라니. 저런 촌스러운 트럭을 아무렇지 않게 몰고 다닐 수 있는 존재는 우주에 단 하나뿐이었다.

일단 트럭을 발견한 이상, 재혁은 어떤 장애물이 있더라도 넘어갈 생각이었다. 공들여 세팅한 앞머리가 미역 줄기처럼 늘어져도, 아끼던 셔츠에 구정물이 튀고 우산이 찢어져도.

그 무엇도 상관하지 않을 작정이었다.

광장의 정중앙에 이른 순간 거짓말처럼 먹구름이 걷혔다. 눈부신 빛줄기가 보도 위로 떨어졌다. 마치 큐 사인이 떨어진 듯이 실내에 숨어 있던 사람들이 일제히 야외로 쏟아져 나왔다. 다들 옷장에서 새 옷을 꺼낸 것처럼 단정한 차림새였다.

넝마가 된 우산을 들고 넋 나간 꼴로 서 있는 사람은 재혁뿐이었다.

아이스크림 장수는 그 모습을 보고 웃음을 참지 못했다. 그의 피부는 살구색이었다.

재혁은 구덩이에 숨고 싶었지만, 걸어오던 기세를 차마 멈추지 못했다.

메뉴판에는 초콜릿과 딸기를 비롯해 다양한 종류의 아이스크림이 있었다. 아이스크림 장수가 메뉴판 제일 오른쪽에 붙어 있던 스티커를 뗐다. 재혁은 스티커 뒤에 있던 메뉴 이름을 확인하고는 웃고 말았다.

"우유아이스크림 주세요."

재혁이 흠뻑 젖은 주머니에서 물기 어린 지갑을 꺼내 마른 카드를 내밀었다.

"하나 드릴까요?"

아이스크림 장수가 물었다. 재혁은 잠시 고개를 들었다. 카페에 준휘가 앉아 있었다.

"두 개 주세요."

그렇게 말하면서, 재혁은 마치 처음 보는 것처럼 상대의 얼굴을 바라보았다.

"색이 다 빠졌네."

살구색 피부의 아이스크림 장수는 그 말을 듣고 미소를 지을 뿐, 아무 말도 하지 않았다.

재혁이 가볍게 타이르듯 말했다.

"연락하지 그랬어."
"방법이 없었어."

울리오가 슬며시 웃었다. 정한은 죽었고, 재혁은 살던 곳을 떠났으니까.

예전의 울리오에게는 없었던 자조적인 모습을 보며, 재혁은 시간의 흐름을 절감했다. 시간은 울리오의 외면뿐만 아니라 내면까지 바꾸어 놓았다.

울리오가 익숙한 동작으로 아이스크림을 퍼 담았다. 재혁은 울리오가 건넨 아이스크림을 가만히 내려다보았다. 뜨거운 날씨 탓에 아이스크림의 표면이 금세 녹아내렸다.

근육이 붙은 울리오의 팔에도 땀이 송골송골 맺혀 있었다. 재혁은 자신을 위해 아이스크림을 담는 바로 앞의 존재가 낯설다고 느꼈다.

울리오가 두 번째 아이스크림을 내밀었다. 재혁은 받지 않고 고개를 저었다.

"하나는 네 거야."

울리오가 뻗었던 손을 거두어들였다.

재혁은 뒤돌아 걷기 시작했다. 이게 최선이었다. 이것이 할 수 있는 전부였다. 울리오가 있다는 생각에 달려오긴 했지만, 그게 뭐 어쨌단 말인가. 재혁의 안에는 더 이상 울리오를 위한 부분이 남아 있지 않았다. 자신이 비겁하게 느껴졌으나, 길게 보면 이것이 서로를 위한 길이라는 것을 울리오도 알 거라고 생각했다.

청명한 햇살 아래 일상으로 돌아가는 지금, 재혁은 자신의 외침을 감춰 준 우주선의 굉음에 감사했다. 두 사람 사이에는 어떤 재회의 약속도 오가지 않았다. 그래서 책임 또한 존재하지 않았다. 십수 년 전 멋대로 지구에 찾아온 건 울리오였고, 이번에도 역시 제멋대로 온 건 울리오였다. 지구에서 울리오의 기나긴 생을 책임져야 하는 것은 재혁이 아니었다. 울리오를 다시 만난 지금 똑똑히 알 수 있었다.

순간의 치기로 평생을 함께하자고 약속하는 것만큼 바보 같은 짓이 없었다.

"재혁."

울리오가 말했다.

"약속 지켜 줘서 고마워."

재혁의 몸이 우뚝 굳었다.

울리오는 메뉴판에서 떼어 낸 스티커를 꼭 쥐고 있었다. 거기에는 '준비 중'이라는 글자가 3년의 시간만큼 하얗게 바래 있었다.

고마운 건 나지. 재혁은 그 말을 하고 싶었다. 울리오표 아이스크림의 첫 번째 손님이 되겠다는 약속을 지킬 수 있게 해 줘서.

정말 고마워.

그 말은 목구멍에 걸려 나오지 못했다.

이걸로 충분한 거냐고 재혁은 묻고 싶었다. 그 모든

문과 빗장과 장애물을 뛰어넘어 여기까지 왔으면서, 이 잠깐의 재회만으로 충분한 거냐고.

마치 그걸로 충분하다는 듯 올리오는 서 있었지만, 그러기 위해서 안간힘을 쓰고 있다는 사실을 재혁은 알았다. 그러나 발길을 돌릴 수밖에 없었다. 올리오에게 돌려줄 수 있는 약속은 더 이상 남아 있지 않았으므로.

뚝뚝 흘러내리는 아이스크림이 떠나는 재혁의 발걸음마다 자국을 남겼다.

*

지구력 2123년 10월 27일 수요일

…다음 날도, 그다음 날도 재혁은 아이스크림 트럭에 찾아왔어요. 왜 왔냐고 물으면 대답하지 못했지만요.

어느 날 아이스크림을 먹고 있는 재혁에게 이게 데이트냐고 물었어요. 아니라더군요. 그럼 데이트 신청은 언제 할 거냐고 물으니까, 그제야 재혁이 아이스크림을 내려놓았어요. 그날은 장사를 시작하고 나서 처음으로 가게 문을 닫은 날이 되었답니다.

재혁은 죽는 그날까지도 나를 "사랑하는 나의 외계인"이라고 불렀어요. 이제 피부에 파랑 한 점 남아 있지 않고, 만원 지하철을 보면 한숨부터 쉬는 나였는데도 말이에요.

차가운 이 행성에 노을이 지고 있습니다.

재혁과 함께한 것을 후회하냐고요? 셀 수 없을 만큼요. 밤이 너무 길어질 때, 몇 날 며칠을 걸어도 살아 있는 그림자 한 점 찾을 수 없을 때, 나를 사랑한다고 말하던 재혁의 눈빛이 유난히 선명하게 떠오를 때는 특히 그래요.

하지만 알고 있어요. 이곳은 이제 나의 지구라는 것을요.[2]

---

2 훗날 이 보고서를 발견한 요에우이는 이우리식 일기와는 달리 화자가 1인칭만을 사용하고 있어 신원을 파악하는 데 애를 먹었다고 전했다.

작가 후기

안녕하세요. 식사는 하셨나요?

밥은 먹었냐고 묻는 한국의 인사말을 좋아합니다. 유독 한국은 먹는 것과 사랑을 연관시키는 문화가 있죠. 손주들이 배가 부르다고 해도 계속 음식을 가져다주는 할머니나, 자녀가 먹는 모습만 봐도 배가 부르다고 말하는 부모들의 이야기가 흔하잖아요. 물론 반대로 사랑이 식으니 상대가 먹는 모습이 '처'먹는 것으로 보여 헤어졌다는 이야기도 있고요. 이렇게 누군가의 끼니를 챙기는 것이 애정의 증표처럼 여겨지는 감성은 어찌나 정겨운지요. 그래서 로맨스 도파민이라는 공모전의 이름을 처음 들었을 때, '로맨스' 부분에서는 바로 '식사'라는 소재가 떠올랐습니다. 누군가의 끼니를 챙기고 그가 항상 배부르고 따뜻하게 있기를 원하는 것, 그게 제가 생각하는 로맨스의 정의입니다.

물론 그건 상대가 식인귀여도 그렇습니다. ← 바로 여기가 도파민이 터지는 부분이죠.

영노와 해수의 이야기를 생각한 지는 좀 오래되었습니다. 한국풍으로 요괴가 나오는 이야기를 쓰고 싶었는데 탈춤에 등장하는 '영노'가 눈에 띄었습니다. 한국형 괴물로서 참 좋은 소재라고 생각했습니다. 특히 악한 사람만을 잡아먹는다는 점이 굉장히 마음에 들었고요. (요즘 같은 시대에 꼭 필요한 괴물이 아닌가요?) 그리고 그와 어울릴 만한 사람을 상상하다 보니 해수가 나타났습니다. 자기만의 선이 있고 줏대가 있어서 영노의 식성 같은 '사소한 흠'을 이겨 낼 수 있는 캐릭터여야 했죠. 해수 또한 영노가 없으면 살아가는 데 꼭 필요한 의식주 중에서 가장 중요한 부분인 '식' 부분이 채워지지 않으니 영노가 아니면 안 되는 사람이기도 합니다. 어쩌면 이것도 로맨스에서 중요한 부분이 아닌가요? 서로가 상대의 결핍을 채워 주는, 서로가 아니면 안 되는 사이 말입니다.

언젠가 기회가 된다면 두 사람의 이야기를 이어서 써 보고 싶습니다. 그때는 영노도 해수도 더 배불리 먹고 통통해진 모습을 하고 있었으면 좋겠다는 생각이 드는 것을 보니 저도 두 사람을 사랑하는 모양입니다.

이제 작품 이야기는 그만해도 되겠죠. 사실 저는 이 글을 시작하기 전 작가의 말은 대체 어떻게 써야 하냐고 트위터(X라는 이름은 쓰고 싶지 않네요)에서 울고 있었습니다. 정말로 처음 써 보는 장르라 막막했거든요. 읽는 사람일 때는 보너스처럼 여기며 가볍게 읽었던 것 같은데 막상 쓰는 사람이 되니, 작가의 말을 써 보는 것이 꿈이었음에도 불구하고 굉장히 부담스럽네요. 하고 싶은 말을 정리하려고 새벽까지 깨어 있다가 결국엔 모두 잊어버리고 그냥 다른 책에서 제가 느꼈던 것처럼 보너스 같은 글이면 좋겠다고 되뇌며 썼습니다. 여러분에게 정말 보너스 같은 글로 다가갔을지 궁금하네요.

마지막으로 안전가옥 덕분에 새로운 경험을 하게 되어 기쁩니다. 글이 지면에 인쇄될 수 있도록 다듬어 주신 PD님들께도 감사드립니다. 늘 응원해 주셔서 즐겁게 글을 다듬을 수 있었습니다. 그리고 밥 먹으면서 책을 읽을 때마다 하나만 하라고 혼내면서도 늘 식사를 챙겨 주신 부모님께도 감사드립니다. 덕분에 잘 먹고 잘 자라 좋아하는 일을 하면서 살고 있습니다.

그럼 저는 새벽까지 깨어 있어서 슬슬 배가 고프니 이만 줄이겠습니다. 이 글을 읽고 계시는 여러분도 식사 꼭 챙겨 드세요.

감사합니다.

조수연 작가 후기 · 308

포기하지 않는 사람들이 나오는 이야기를 좋아한다.

나도 그런 인물들의 얘기를 써 보고 싶었다. 포기하지 않는 이유가 사람과 사랑 때문이길 바랐다. 바보 같아 보일 수 있지만, 나는 그것만이 살아갈 이유라고 믿는 사람이기 때문이다.

그렇게 세라와 길동이 탄생했다.

세라는 길동을 만나고 자신이 얼마나 강한 사람인지 깨닫게 되었다. 운명적으로 만나는 누군가로 인해 사람들은 계속 변화하곤 한다. 상대로 인해 내가 얼마나 반짝이는 사람인지 알게 되는 마법 같은 순간을, 나는 이야기 안에서 펼쳐보고 싶었다. 세라가 우악스럽지만 따뜻한 사람이며 길동이어리숙해 보이지만 단단한 사람이란 걸 통해 사람은 보이는모습이 전부가 아니며, 사랑을 할 때에 진짜 자기 모습을 드러내게 된다는 걸 증명하고 싶었는지도 모른다.

사람과 사랑을 믿으며 세라도, 길동도, 나도 포기하지 않는삶을 살았으면 좋겠다.

그리고 비록 허구의 세계일지라도, 세라와 길동이 서로를 존경하고 때론 연민하며 사랑을 지속해 나가길 바란다. 이야기 안에서 영원히.

옻조

〈환승연애2〉가 막 종방을 하고 열기가 식지 않은 여름이었습니다. 제 취미는 시류 서핑하기. 즉 요즘 유행하는 수많은 것들 중 재미있는 게 있으면 올라타는 것인데, 문득 프로그램으로는 〈하트시그널〉이 방영되고 있는데 소설 내부에서는 〈환승연애〉가 벌어지고 있으면 재미있겠다 싶었습니다.

'백 번 웃겨 주는 놈을 좀 좋아하면 안 되나?'(2000년대 초 인터넷 소설 밈: '백 번 웃겨 주면 뭐 하나. 한 번 울리는 놈에게 가겠다), '오천 원만 주면 키스해 주는 놈(황미리 작가의 순정 만화 제목)' 말고 '오백만 원 주면 헤어져 주는 놈'. 이런 세기말 아이디어와 함께요. 오랜만에 순전히 즐겁게만 쓴 소설이었습니다.

수상을 했으니 제 얘기도 조금 해 보겠습니다. 제가 로맨틱 코미디로 데뷔를 하게 되다니. 여섯 살의 저에게 말해 준다면 (절대 안 믿지는 않고…) 가능성이 희박한 말이라고 생각하겠죠. 저는 비장하고 엄숙한 마음으로 개그를 하고자 하는 어린이였거든요.

처음 코미디언이 되고 싶다고 했을 때 주변에서 다 그랬어요. "너같이 심오한 애가 개그를 어떻게 하냐." 엄청 주눅 들었는데, 별개로 이런 마음가짐이 됐습니다. '소설로 코미디를 할 수 있다는 걸 보여 주겠다'. 물론 아직도 제가 여섯 살 때 코미디언을 꿈꿨다고 하면 다들 웃습니다. 그럼 제가 그래요. "어, 지금 웃으셨네요?" 역시 재능이 있는 편이라고 생각합니다.

사실 코미디를 보면서 웃기만 하는 게 아니라 감동을 받고 울기도 하잖아요. 유리를 한 겹 씌워 안전거리에서 들여다본 누군가의, 혹은 나의 아픔에 뒤늦게 열받기도 하고. 그래서 저는 치밀하게 잘 짜인 콩트가 좋습니다. 화려한 박수를 받는 즉흥 개그도 좋지만 탄탄하게 짜여 나도 모르게 웃고 있는 하나의 코미디를 보면 친절하고 사려 깊다는 인상을 받아요. 또 궁극적으로 '어떤 장르든(또는 삶이든) 포용할 수 있다'는 느낌이 들어요. 소설도 그런 콩트 같은 소설을 좋아합니다. 뭣보다도 OTT 전성기인 요즘 세상에, 소설을 보며 깔깔 웃을 수 있다면 그보다 더 좋은 건 없다는 생각이고요.

저는 대체로 퓨전 김치 다이닝 같은 글을 열심히 씁니다. 김치로 에클레어를 만든다고? 저게 뭐야. 하지만 어쨌든 김치니까 한번 먹어나 볼까? 이런 마음 말이죠.

〈행운을 빌어 줘〉도 그렇게 시작했습니다. 〈커피프린스 1호점〉, 〈궁〉부터 〈멜로가 체질〉, 〈이번 생은 처음이라〉까지 K-드라마의 전유물과 같았던 '재수 없는 놈 내가 너 사랑하나 봐라' 공식 속 두 사람이 여자라면 어떨까. 사랑하는 여자 둘이 늘 민소매 입고 담배 피우고 바다에 가서 사진만 찍는 건 아니니까요.

무엇보다도 보통의 사랑 그리고 연애 이야기입니다. 물어뜯고 싸우고 찧고 까불고… 이걸 다 상대해 주던 그 녀석이 내 천년의 사랑 맞구나. 특이할 것 하나 없는데, 이야기 속 사람들에겐 특별하다 못해 없어서 귀한 얘기.

낯설지만 그 속의 익숙함을 보고 여러분께서 비교적 프레시하게 '도전'하실 수 있는 장르가 되고 싶습니다. 요즘은 도전이 참 귀하잖아요. 작가와 독자라는 관계의 우리가 함께 서로의 도전이 되고 성취가 되면 좋겠습니다.

마지막으로 저의 행운을 빌어 주신 감사한 분들께 짧게나마 인사 남깁니다. 저를 알아봐 주신 안전가옥 PD님들께, 그리고 학교에서 공부 안 하고 맨날 글만 써도 혼내지 않아 주신 선생님과 교수님 감사합니다. 〈행운을 빌어 줘〉를 보고 가슴 퍽퍽 치며 '이럴 거면 헤어져!'라고 소리 질러 준 친구들

감사합니다. 그리고 세상에서 가장 사랑하는 엄마. 그리고 미처 감사의 마음을 전하지 못한 모든 분들에게 진심으로 감사합니다.

여기까지 읽어 주신 모든 분들의 행운을 빌며 이만 마칩니다. 머지않은 훗날에 다시 만나요.

김이슾 작가 후기 · 314

모두에게 좋은 사람이 되고 싶었던 시절이 있었습니다. 지금은 그게 불가능하다는 것을 압니다. 그럼에도 여전히 누군가에게 좋은 사람이 되고 싶고, 좋은 사랑을 주고 싶고, 좋은 글을 쓰고 싶습니다. 이런 마음들이 어쩌면 최선일지도 모르겠습니다. 그래도 우리 각자가 지닌 최선의 마음이 세상을 따뜻하게 변화시킨다고 믿습니다.

〈팝콘을 들으세요〉를 쓰며 다정함에 대해 자주 생각했습니다. 로맨스 이야기에서 다정함은 너무 뻔한 것은 아닌지 의심도 들었습니다. 하지만 그 뻔한 다정함이 우리가 사랑하는 일에 꼭 필요하다는 확신이 있었습니다. 이 이야기를 읽어 주신 분들께서 소소한 다정함을 느낄 수 있으셨다면 작가로서 더할 나위 없는 행복이겠습니다.

이야기의 가능성을 발견해 주신 안전가옥 PD님들께 감사함을 전합니다. 글을 쓰는 것은 혼자서 할 수 없는 일이고, 그래서 사실은 외롭지 않은 작업이라는 것을 다시금 느낄 수 있었던 시간이었습니다. 저의 글을 응원해 주는 친구들은 저의 동료이자 선생이었고, 제가 사랑하고 애정하는 사람들입니다. 덕분에 제가 감히 사랑에 대한 글을 쓸 수 있었습니다.

글을 쓰는 저를 잊지 않고 불러 준 모든 다정한 안부 인사가 고맙습니다. 어떤 이야기를 쓰냐는 질문에는 대충 사랑에 관한 이야기라고 얼버무리곤 했지만, 이번엔 조금은 떳떳하게 사랑 이야기를 썼다고 말하고 싶은 마음입니다. 사랑과 다정함을 오래 기억하겠습니다. 그렇게 계속 써 보겠습니다.

우제운

작가 후기 · 316

이 이야기에 제목이 없었던 시절, #AL(Alien Love)이라는 장르를 지정해 준 E에게 감사드립니다.

출산 방식에 대해 단순 명쾌한 아이디어를 제공한 jj에게 특별히 감사를 표합니다. 통과 능력을 이용해서 그냥 배 밖으로 나오면 된다니요, 천재적입니다.

E와 jj를 비롯하여 외계인 이야기를 듣고 흥미를 표해 준 모든 분들에게 감사합니다. 소설이 언제 나오냐고, 빨리 읽고 싶다며 기대해 주신 분들에게도 감사드립니다.

당선 소식을 듣고 축하하러 달려 와 주신 대대장님과 뮤즈님, 감사합니다. 외계인 소설에 꼭 알맞은 우주 케이크였어요.

무엇보다 소설이 나오면 적극적으로 관심 보여 주는 노가리 친구들이 있어 든든합니다.

따뜻한 Y를 포함한 콩깍지 친구들을 포함한 19기를 포함한 모든 은행잎 인연들에게 감사합니다. 은행잎 아닌 19기 친구들에게도 인사를 드립니다. 자주 연락하지 않아도 제 마음 한구석에 있어요.

위대한 추적을 함께한 파티원들에게도 감사 인사를 올립니다.

무려 AL의 손을 잡아 준 안전가옥의 용기에 박수를 보냅니다. 이게 세상에 나오네요.

섬세한 피드백을 공유해 주신, 카야와 테오를 포함한 모든 스토리 PD분들 고맙습니다. 여러분이 이 이야기의 첫 번째 독자입니다. 그래서 소설의 시점도 심사가 이루어지는 시간대로 설정했습니다. 여러분이 재미있게 읽어 주셔서 저는 이미 만족했답니다.

이야기를 쓰는 동안 몸 누일 곳과 먹을 양식과 적당한 날씨를 제공해 준 모든 존재에게 감사합니다(특히 양육자님이요). 아이 하나를 키우는 데 온 동네가 필요한 것처럼, 이 이야기도 온 누리가 키운 셈입니다.

마지막으로 jj에게 다시 한번 감사합니다. 아이디어를 제하더라도, jj가 아니었다면 이 이야기는 불가능했을 거예요. 차가운 지구에 다정한 존재로 와 줘서 고맙습니다.

당신이 미무는 시공간에 행복이 함께하기를.

로맨스 도파민 안전가옥 앤솔로지 11

초판 1쇄	2024년 4월 15일 발행
초판 2쇄	2024년 6월 7일 발행
초판 3쇄	2024년 7월 2일 발행

지은이	최영원·조수연·오조·김이숲·우재윤

기획	안전가옥
프로듀서	이수인
	김보희·신지민
	이은진·임미나
퍼블리싱	박혜신·임수빈
편집	김유진
표지 그래픽	이응셋
디자인	금종각·최세은
서비스디자인	김보영
비즈니스	이기훈
경영지원	홍연화

펴낸이	김홍익
펴낸곳	안전가옥
출판등록	제2018-000005호
주소	(04779) 서울특별시 성동구 뚝섬로1나길 5, 헤이그라운드 성수 시작점 202호
대표전화	(02) 461-0601
전자우편	marketing@safehouse.kr
홈페이지	safehouse.kr
ISBN	979-11-93024-65-2 (03810)